누가 나를 아시나요

누가 나를 아시나요

초판 1쇄인쇄 2021년 9월 17일
초판 1쇄발행 2021년 9월 24일

저   자 박영순
발행인 박지연
발행처 도서출판 도화
등   록 2013년 11월 19일 제2013 - 000124호
주   소 서울시 송파구 중대로34길 9-3
전   화 02) 3012 - 1030
팩   스 02) 3012 - 1031
전자우편 dohwa1030@daum.net
인   쇄 (주)현문

ISBN ㅣ 979-11-90526-48-7 *03810
정가 15,000원

도화道化, fool는
고정적인 질서에 대한 익살맞은 비판자,
고정화된 사고의 틀을 해체한다는 뜻입니다.

누가 나를 아시나요

박영순 소설집

도화

하늘이 높고 청명하다. 옛날 내가 다녔던 시골 여학교에 지천으로 피었던 코스모스가 생각나는 9월이다. 이 좋은 계절에 소설집을 펴낸다. 장편소설은 4권이 나왔지만 단편소설집은 두 번째다. 지난 2년간 여기저기 문학 잡지에 발표했던 작품 13편을 모았다. 이번 소설집은 디아스포라들의 얘기이다. 해외로 입양된 한국인들의 이야기와 탈북자들의 얘기를 한 권에 묶었다. 이 이야기들은 별로 재미도 없고, 또 관심도 없는 분들이 많겠지만, 한민족으로서는 외면할 수도, 외면해서도 안 되는 일들이다.

지구촌 어디에 살든 한국인은 모두 우리의 관심 대상이고, 우리가 사랑으로 품어야 할 형제들이다. 비록 자기의 출생과 관련한 정보를 모르고, 자라는 과정에서 아픈 과거를 가지기도 했지만, 건전하고 착하게 살아가는 자랑스러운 우리 한민족이다. 특히 수십 년 만에 잃었던 가족을 찾게 되는 경우는 우리 모두에게 크나큰 기쁨과 감동을 준다.

그들은 비록 자기가 태어난 곳에서 살지 못하고 낯선 곳으로 떠날 수밖에 없었던 운명을 타고 났지만, 오히려 그것을 전화위복으로 삼아 지혜롭게 사는 사연들이 아름답다. 세계 도처에 한국의 뿌리를 가진 사람들이 많이 있다는 것은 그만큼 한국문화의 세계화가 이루어지는 것이고, 한국의 문화영토가 확장된 것으로 보아도 좋을 것 같다. 힘차게 살아가는 그들에게 박수를 보내고 싶은 마음에서 쓴 글들이다. 갖은 고난을 겪고 탈북을 한 우리의 형제들에게도 박수를 보낸다.

정년 후에 문단에 나오고 보니 아직도 초등학생 수준에서 미진하고 미숙한 글만 쓰는 것 같아 부끄러움이 앞선다. 언제쯤이면 자신만만한 작품을 낼 수 있을지 모르겠다. 그래도 정진할 것을 독자들에게 약속해 본다. 평소에 저를 아끼고 응원해준 모든 분들께 진심으로 감사드린다.

도화출판사에 고마운 마음 전한다.

목 차

새로운 꿈

마이클은 인천공항에 내리니 그저 막막하기만 하였다. 한국에 대해선 아무것도 모르는데, 갑자기 추방되어왔으니 살아나갈 일이 까마득하였다. 의자에 앉아 가만히 생각을 해보니 무엇보다 우선 도움을 받을 수 있는 곳을 알아내야 할 것 같았다. 그러나 한국말을 한마디도 못 하니 묻고 싶어도 물을 수도 없다. 깊은 한숨을 쉬며 탄식을 하고 있는데, 마침 서양사람으로 보이는 한 신사가 지나갔다.

　－죄송하지만 영어를 아십니까?

　－예.

　－저는 미국에서 방금 추방되어 왔습니다. 저는 한국에 대해 아무것도 모릅니다. 좀 도와주십시오.

　－이럴 땐 경찰한테 물어보는 게 좋을 것 같습니다. 잠깐만. 저기 경찰이 있네요. 내가 가서 도움을 요청해 볼게요.

　조금 있으니 그 신사는 가버리고 경찰이 마이클한테 왔다.

-무엇을 도와드릴까요?

-예, 도와주십시오. 저는 한국말을 한마디도 못 합니다.

경찰은 따라오라는 손짓을 하며 건물 밖으로 나와 한참을 걷더니 주차장에 세워 둔 경찰차 앞에서 뒷문을 열어주고 타라는 손짓을 하고 자기는 운전석에 앉았다.

마이클은 두려움 반, 기대 반으로 경찰이 하라는 대로 했다. 경찰은 영어가 서툴고 마이클은 한국말을 못 하니 서로 침묵한 채 경찰은 운전만 하고 마이클은 불안과 초조, 기대를 안고 차가 달리는 걸 그저 바라볼 수밖에 없었다. 차가 달리는 동안 지난날들이 주마등처럼 한 장면씩 스쳐 지나갔다.

어느 비 오는 날 밤 값싼 여인숙에 여러 명의 노숙자들이 모여서 자는데, 대부분 마약도 하고 포커도 하였다. 그는 돈도 없고, 하기도 싫어 마약도 하지 않고 포커도 하지 않고 뒤에 누워서 잠만 청했다. 그러나 잠은 오지 않고 지난날 행복했던 시간들이 컬러사진처럼 선명히 떠올랐다.

초등학교 2학년 때 부모님과 동생 잭과 함께 디즈니랜드에서 신기한 것을 많이 보고 맛있는 것도 사 먹고 사진도 많이 찍었다. 더욱 좋았던 것은 그날 처음으로 어머니와 손을 잡고 다녔다는 것이다. 아마도 거긴 사람이 많고 넓어서 헤어지면 찾기 어려워서 그랬겠지만, 마이클로서는 참으로 소중한 추억이었다. 평소에 그런 일이 없어 엄마 손 잡고 다니는 아이들이 부러웠다.

자기도 모르는 사이 주르륵 흘린 눈물이 볼을 타고 내려와 다시 목으로 흘러내렸다. 얼른 손으로 눈물을 닦고 있는데, 어느 순간 경찰이 들이닥쳐 방안에 있던 모두를 수갑 채워 경찰서로 데려갔다. 마약을 하는 현장을 덮친 것이었다. 마이클은 마약도 안 했는데 도매금으로 잡혀오니 너무나 억울했다. 자기는 정말 안 했다고 아무리 말해도 귀담아 들어주지 않았다. 몇년 전에 멋모르고 친구들과 마약 한번 하다가 잡힌 전력이 있었기 때문이다. 이후로 마약을 하지 않았다.

사실 이번에는 억울했다. 같은 방의 동숙자들 중 두세 명이 마이클은 안 했다고 증언해 주었지만 경찰은 믿지 않았다. 과거의 마약 경력에다가, 마약자들과 같은 시간, 같은 공간에 있었다는 것은 마약을 할 생각이 있었던 걸로 간주된다는 이유였다. 만일 진정으로 마약이 불법이라고 생각했다면 이 현장을 경찰에 고발했어야 한다는 것이다. 결국 1년간 옥살이를 하고 나온 후 법에 따라 한국으로 추방되었다. 마약을 한 다른 친구들과는 달리 마이클은 영주권만 있을 뿐 시민권이 없다는 것이 이번에 밝혀졌기 때문이다. 아마도 양부모님이 시민권 획득을 위한 노력을 안 하셨거나, 잘 몰랐던 모양이었다. 입양되면 영주권은 자동적으로 나오는데, 영주권만 있으면 학교 다니거나 생활하는 데 아무런 지장이 없었다.

미국법으로는 시민권이 없는 사람이 징역 이상의 선고를 받으면 복역 후 원적이 있는 본국으로 추방하게 되어있었다. 지난 2001년 입양과 동시에 미국 시민권을 취득할 수 있도록 미국 시민권법이 개정됐지만, 그 이전에 입양된 사람들은 양부모가 시민권 취득 절차를 밟지 않아 '무국적자'가 되는 경우가 많았다. 한국전쟁 이후 미국으로 입양된 한국인 11만 명의 입양인 중 2만 명이 시민권을 획득하지 못

한 채로 살고 있다.

10년 전 마이클이 대학에 입학하고 한 달쯤 되는 어느 토요일 저녁이었다. 아버지 로버트 크레인이 아들들을 불렀다.

─ 얘들아, 오늘 너희들에게 들려줄 얘기가 있다. 너희 형제는 우리가 입양했단다. 첫째 마이클은 한국에서 데려왔고, 둘째 잭은 멕시코에서 데려왔다. 우리 부부는 너희들을 키우면서 어려운 순간도 있었지만 행복했단다. 너희들은 이제 성인이 되었으니까 자기의 뿌리를 아는 것이 좋을 것 같아 얘기해 주는 것이다. 각자의 조국에 대해 공부도 하고, 관심가지면 좋을 것 같다. 지금은 세계화 시대이므로 어느 나라에서 태어났건 아무 상관없다. 어디에서든 자기 능력을 발휘하고, 좋은 사람 만나 결혼하고 행복하게 살면 된다.

마이클과 잭은 순간 몹시 놀랐으나 이내 고개를 끄덕였다. 평소에 형제가 조금도 닮은 데가 없고, 아버지 어머니와도 닮은 데가 전혀 없어 마음속으로 의아해하고 궁금했던 터였기 때문이다. 어렴풋이 '입양한 게 아닐까?' 하는 의구심을 가졌던 게 사실이었다. 그러나 부모님이 워낙 잘 해주시고, 형제간에도 우애 있으니까 의식적으로 궁금함과 의구심을 떨쳐버리려고 했다. 이런 얘기를 해주시는 아버지가 당장은 야속했다. '그냥 모르고 살면 얼마나 더 행복할 텐데….'

마이클 가족은 LA 오렌지카운티에서 평화롭게 살았다. 네 식구가 별 갈등 없이 안정된 삶을 살고 있었는데, 두 형제가 모두 입양되었다니까 잭과 마이클은 금방 마음에 높은 파도가 일었다. 평소의 의구심이 사실로 드러났기 때문이다. 잭과 마이클은 갑자기 안정과 행복이라는 울타리가 심하게 흔들리는 걸 느꼈다.

마이클은 1995년 5월 13일 미혼모인 장순옥에게서 태어나 전주의 고아원 '사랑의 집'에 맡겨졌다. '사랑의 집'에는 마이클과 같은 고아가 50명 있었다. 2, 3개월짜리부터 열나섯 살까지의 아이들이 있었는데, 두세 명씩 사라지기도 하고 새로 들어오기도 하였다. 아이들 한 명, 한 명이 남다른 이야기의 주인공들이었다. 나중에 알고 보니 사라진 아이들은 미국이나 국내에 입양되어 나간 것이었다. '사랑의 집'은 어느 건설회사의 도움으로 대지 200평, 건물 100평으로 지어졌다. 신부님 한 명, 수녀님 두 명, 사무직원 두 명, 가정도우미 두 명 그리고 자원봉사자 4명이 힘을 합해 꾸려가고 있다. '사랑의 집'은 기업체 두 곳의 후원과 성당 교인들의 후원으로 운영되고 있다. 어린이들은 사랑으로 정성껏 길러진다. 미국 등 유럽의 믿을만한 가정에서 입양신청이 들어오면 홀트아동복지회를 통해 입양도 보냈다.

　　홀트아동복지회의 설립자 해리 홀트 씨는 한국의 전쟁고아 여덟 명을 직접 입양한 것을 시작으로 부인 버다 여사와 함께 평생을 한국 고아들과 장애아들을 위해 헌신했다. 그는 6·25전쟁 중 부모를 잃고 고아가 된 한국 어린이들을 미국의 중산층 가정에 입양시키는 것은 아이들의 장래를 위해 매우 좋은 일이라는 신념을 가지고 있었다. '불쌍한 아이들에게 따뜻한 가정을 만들어 주는 일은 참으로 선한 일'이라는 사명감으로 열심히 노력했다. 보통 한 살에서 네 살 이전의 어린이들이 입양되어 나갔다. 가끔 국내의 가정에 입양되기도 하였다. 입양 보낼 어린이는 입양 보내고, 남은 아이들의 지낼 곳을 마련하기 위해 홀트 씨는 모든 재산을 털어 고양시 일산에서 직접 산을 개간하여 홀트아동복지타운을 세워 삶의 마지막 순간까지 아이들을 돌보다가 그 복지타운에 묻혔다. 아버지의 뜻을 이어받은 말리 홀트 여사도 평생을 한국의 고아와 장애아들을 위해 헌신했다. 홀트아동복지회는 '사랑을 행동으로' 보여 준 홀트 부녀의 정신을 이어받아 아동·청소년, 미혼 부모와 장애인, 다문화가정 자녀 등 우리 사회의 소외된 이웃을 지원하는 전문적인 복지 서비스를 펼치고 있다.

마이클은 '사랑의 집'에 있다가 네 살 때 미국의 로버트 크레인 부부에게 입양되었다. 부모님은 마이클과 동생 잭을 사랑으로 키웠다. 부모들이 잘 해주니 형제도 자연적으로 우애가 있었다. 단지 부모님은 분명히 따뜻하게 잘 해주시는데, 마이클은 왜 다른 집 아이들처럼 부모에게 뛰어와서 안기고 엄마 볼에 자기 볼을 비비는 것만은 잘 안 되는지 알 수 없는 노릇이었다.

학교에 다닐 때는 친한 친구가 없이 늘 외톨이었다. 백인도 흑인도 친구가 되어 주지 않았다. 공부는 잘하여 대학도 자기가 원하던 UCLA 법대에 합격하였다. 부모님과 잭도 마이클의 합격을 축하해주고 기뻐해 주었다. 문제는 등록금이었다. 주립대학이라 사립대학보다는 싸지만, 평범한 고등학교 교사였던 아버지로서는 두 명의 대학생 등록금을 다 대줄 수가 없었다. 반은 부모님이 도와주시고, 반은 대출을 받아 해결하기로 하였다. 대학생이 되니 미국의 관습에 따라 용돈과 기숙사비는 스스로 해결해야 했으므로 아르바이트를 해야 했다. 등록금 대출받은 것은 졸업 후에 취직해서 갚는다지만, 당장 은행이자와 기숙사비도 내야 하고 책값, 학용품 등 필요한 용돈을 벌어야 하니 아르바이트를 안 할 수 없었다.

처음엔 햄버거집에서 일을 하다가 나중에는 학교 도서관에서 하루에 4시간씩 일을 했다. 도서관에서 일하게 되었을 때는 틈틈이 공부도 할 수 있으려니 했지만 현실은 달랐다. 잠시도 쉴 틈 없이 일해야 했다. 학생들이 대출을 신청한 책을 찾아주어야 하고, 여기저기 흩어져 있는 책과, 반환되어 들어오는 책들을 제자리에 갖다 꽂아야 하는데, 상상 이상으로 일거리가 많았다. 학생 신분으로 일하니 최저 임금을 받으므로 피곤한 것에 비하면 수입은 형편없었다. 하프타임으로 일하는 셈인데도 등록금 대출한 이자 내고, 기숙사비 내고 책 몇권 사고 학용품 사고 나면 티셔츠나 청바지나 운동화 하나 사기에도 빠듯하였다. 할 수 없이 일하는 시간을 늘렸다. 평일에는 4시간씩 일하고 주말에는 하루에 8시간씩 일을 하기로 하였다. 오후 4시부터 밤 12시까지 도서관에서 일하고 나면 녹초가 되어 정작 자기 공부는 거의 할 수가 없었다. 매일같이 졸리고 피곤하여 공부가 제대로 되지 않았다. 시험 때도 공부를 제대로 할 수 없어 성적이 형편없었다. 명문대학에 입학한 것이 아무런 쓸모가 없게 되었다. 일을 하여 적은 돈이라도 벌지 않고는 생활 자체가 안 되니 일을 할 수밖에 없었다. 이런 사정을 차마 부모님께 알릴 수는 없었다.

겨우 졸업은 했으나 성적이 워낙 나쁘니 취직도 안 되고 당장 먹고 살아야 하니 막노동이라도 하지 않을 수 없었다. 건설 현장에는 언제나 손이 필요하므로 건설노동자로 일하다가 가끔씩 화물차 운전을 했다. 건설노동자는 일용직이지만 임금은 꽤 높았다. 운전을 하면 새로운 풍경을 볼 수 있어서 여행하는 기분이 들어서 좋고, 일당도 많아서 할 만했다. 날이 갈수록 저축한 돈이 쌓여가니 신이 났다.

LA로 가는 어느 날이었다. LA 인터컨티넨탈호텔 맞은편에서 수신자를 만나 싣고 온 짐을 건네주고 하룻밤 LA 외곽의 한 모텔에서 다른 세 명과 함께 잤다. 이런 데서 자야 숙박비를 크게 줄일 수 있다. 이튿날은 마침 일이 없어 모교인 UCLA 캠퍼스 투어를 하기로 하였다. 법대 건물에 가서 자기 동기생들의 이름이 새겨진 돌판에서 자기 이름을 찾으니 막 가슴이 뛰었으나 자기의 처지를 생각하니 갑자기 눈물이 핑 돌았다. 넓은 캠퍼스를 돌아보고 햄버거를 사 먹고 오랜만에 연극을 보려고 학교극장에 갔다. 연극을 보고 나오다가 뜻밖에 고등학교 때 한 반이었던 실비아를 만났다. 그녀는 마침 휴가 중이었는데 친구와 함께 연극을 보러 극장에 왔던 것이다. 실비아는 학교 다닐 때 수학경시대회에 학급이나 학교대표로 나가 상을 타오던 마이클에 대해 호감이 있었다. 외톨이 마이클이 안 되어 보여서 가까이하고 싶은 생각도 들었으나, 다른 친구들 눈도 의식하게 되고, 마이클이 자기에게 특별한 관심을 가져주지 않아 개인적으로 친하지 못한 채로 졸업하였다.

졸업 후에는 그녀는 UC버클리에 가고 마이클은 UCLA에 가는 바람에 다시 만나지 못했는데, 뜻밖에도 6년 만에 UCLA 극장에서 다시 만나게 된 것이다. 이게 무슨 운명인가 싶었다. 마이클도 속으로 실비아를 좋아했으나 용기가 없어 고백은커녕 가까이에 가서 말 한마디도 건네지 못했고, 대학 가서는 다시 만날 수 없었던 것이다. 실비아는 특별한 미인은 아니어도 지적인 교양미가 돋보이는 학생이었다. 백인으로 피부는 하얗고 눈동자는 파랗고 코는 오똑하고 머리는 금발이었다. 실비아가 먼저 인사를 하였다.

—마이클 안녕. 만나서 반가워. 어떻게 지냈어? 이 애는 내 친구 주디야."

—실비아, 다시 만나서 반가워. 주디, 만나서 반가워요."

세 사람은 함께 [타이타닉]을 보고 카페에서 회포를 풀게 되었는데, 알고 보니 실비아는 법대 졸업 후 변호사로 일하고 있다면서 명함을 내밀었다. 마이클은 차마 자기의 처지를 얘기할 수 없어 대학원에 가기 위해 공부하고 있다고 둘러댔다. 한 시간쯤 얘기하다 헤어지고 나니 정신이 번쩍 났다. 실비아는 어엿한 변호사로 일하고 있는데, 자기는 막노동이나 하고 있으니 참으로 부끄럽고 한심하다는 생각이 들었다. 이제 앞으로 어떻게 살아야 할 것인지 진지하게 다시 고민해 봐야 할 것이었다.

이리저리 궁리를 해보았으나 별 뾰족한 수가 없고 자기도 명색이 명문대 법대를 나왔으니 그래도 변호사 시험을 다시 보는 게 가장 쉽고 빠를 것 같았다. 지난번에는 떨어졌지만, 이번엔 반드시 합격해야 할 것이었다. 내일 약속된 일만 끝내면 완전히 변호사 시험공부에만 매진하기로 하였다. 시험에 합격하면 실비아와 결혼하여 행복하게 사는 모습이 눈앞에 어른거렸다. 그러나 공교롭게도 바로 다음 날 그만 마약 혐의로 잡혀서 징역을 살고 한국으로 추방되어 온 터였다.

얼마를 달렸을까? 경찰은 차를 세우고 따라오라는 신호를 보내며 앞서 걸어 나갔다. 차를 세운 건물에는 엘리베이터가 없어 3층까지 걸어서 계단을 올라가더니 어떤 사무실 앞에서 다시 뒤돌아보며 마이클에게 들어오라는 손짓을 하고는 먼저 문을 열고 들어갔다. 사무실에 들어가자 경찰은 책상에 앉아있는 여성을 보고 뭐라고 한참 얘기하더니 마이클을 남겨두고 휙 가버렸다. 그러자 여직원이 영어로

─무엇을 도와드릴까요?

하고 물었다. 마이클은 너무나 반가웠다.

─예. 저는 한국말도 못 하고, 한국에 대해 아는 것이 하나도 없습니다.

─걱정 마세요. 도와드리겠습니다.

─여기 앉아서 이 서류에 쓰세요.

마이클은 이름과 학력, 한국에 오게 된 동기와 희망사항 등을 영어로 쓰고 사인하여 내밀었다.

여자 직원은

─미스터 크레인 반가워요. 나는 이주원이에요. '미시즈 리'로 불러주세요. 당분간 여기서 머물 수 있고, 오늘부터 한국어를 배울 수 있습니다.

하고는 자리에서 일어나 성큼성큼 걸어서 어느 방 앞에서 멈춰서더니 비어있는 침대를 가리키며 여기서 잠자고, 주방에서 간단한 식사를 할 수 있다고 가르쳐 줬다. 쌀, 라면, 빵, 김치, 계란, 우유 등이 있으니 먹으면 된다고 말했다. 밥솥을 가리키며 밥도 해먹을 수도 있다며 사용법도 알려주었다. 화장실과 샤워실도 가르쳐 주었다. 샤워실에는 샴푸도 있고, 바디샴푸도 있고, 비누도 있고, 수건도 호텔처럼 쌓여 있었다. 미시즈 리가 추리닝, 칫솔, 치약, 슬리퍼도 주었다.

마이클은 마치 일류호텔에 온 것 같은 느낌을 받았다. 기쁨과 안도 그리고 감사의 눈물이 뚝뚝 떨어졌다. '세상에 이토록 친절한 곳도 있

구나.' 갑자기 한국이 미국보다 훨씬 더 좋다는 생각이 들었다. 알고 보니 이곳은 은평구 대조동에 있는 [믿음교회]의 3층인데 '긴급하게 도움이 필요한 외국인이나 재외교포에게 임시로 숙식을 제공하며, 한글 교육도 시켜주는 복지시설인 '바오로 집'이었다. 이주원 여사는 이 '바오로 집'의 총무로서 모든 행정을 관장하고, 여기에 오는 사람에게 안내자 역할을 하는 사회복지사로서 영어가 능숙했다. 이 '바오로 집'에는 평균 1, 20명의 사람들이 짧게는 하루 이틀, 길게는 한두 달씩 묵으며 사회에 나갈 준비를 하는 곳이다. 기본적으로 한국말을 전혀 모르는 사람이 한국에 와서 막막할 때 도움을 받을 수 있다.

'바오로 집'은 믿음교회에서 장소를 제공하고, 교회와 후원자들의 도움으로 꾸려가는 곳으로 생존에 필요한 최소한의 시설과 식음료를 제공해 주고 한글도 가르쳐준다. 당장 오늘 3시부터 4층에서 무료 한국어 강습이 있으니 3층으로 가라고 알려줬다. 마이클은 안도의 한숨을 쉬었다. '이곳을 발판으로 한국 사회에서 살아남을 준비를 해야 한다.' 속으로 다짐하며 두 주먹을 불끈 쥐었다. 마이클은 우선 샤워실에서 샤워를 하고, 추리닝으로 갈아입고 주방에 가서 계란프라이 2개와 빵, 그리고 우유로 점심을 먹었다. 이미 두 끼를 굶은 상태라 음식이 꿀맛이었다.

마이클은 막 잠이 쏟아지려 했지만 한국어 공부가 너무나 절실하므로 2시 50분에 4층으로 올라갔다. 마침 안내원이 있어 안내를 받아 초보자반에 등록을 하고 교실에 가 앉았다. 4층에는 홀이 있고 조그만 방 4개가 있어 급수별로 수업을 할 수 있도록 되어 있었다. 조금 있으니 교사와 학생들이 쏟아져 들어왔다. 마이클은 눈이 마주치는 사람에게 목례를 하고 수업이 시작되자 우선 한글 자모부터 배우기 시작했다.

그런데 한글을 배워보니 너무 쉬워 깜짝 놀랐다. 하루에 알파벳을 다 배우고, 글자를 만드는 방법도 알고 나니 흥미와 자신감이 절로 생겼다. 주중반, 주말반이 있지만 마이클은 워낙 절실하므로 주중반, 주말반 모두 등록해서 일주일 내내 한글을 배우고 복습과 예습도 많이 했다. 실력이 쑥쑥 올라갔다. 이제 자기 이름과 이곳의 주소, 바오로 집, 믿음교회 등을 쓸 수 있게 되었다. 마이클은 열심히 공부했다. 2주일 만에 초보자반을 졸업하고 초급반으로 옮겨오니 회화를 많이 배우게 돼서 기뻤다. 마이클은 누구보다도 열심히 하니 한국어 실력이 일취월장하였다.

'바오로 집'은 원래 단기간만 머무는 곳이지만, 마이클은 특별대우를 받아 결국 5개월이나 있게 됐다. 아마도 이주원 여사가 마이클의 딱한 사정을 알아서 특별 배려를 하는 모양이었다. 마이클은 진심으로 감사하며, 믿음교회의 주일예배에 참석하고 밥 먹고 잠자는 시간 외엔 한국어 공부에 매진하였다. 두 달이 조금 지나니 최소한의 의사소통이 되었다. 그는 이제 막노동이라도 해야겠다고 생각하고 동대문 인력시장에 나가봤다. 아침 7시에 나갔는데, 이미 사람들이 거의 다 떠나고 대여섯 명만 줄을 서서 대기하고 있었다. 한 10분쯤 있으니까 어떤 사람이 오더니 앞에 서 있던 세 사람을 데리고 갔다. 이제 마이클 앞에는 두 명만이 서 있었다. 가슴이 설레기도 하고 불안하기도 했다.

5분쯤 지나니 다시 한 사람이 나타나 마이클 앞에 서 있는 두 사람과 마이클까지 차에 태워 어디론가 갔다. 마이클은 호기심 반, 두려움 반으로 가슴이 쿵쾅거렸다. 어떤 일을 하게 될지, 상대방이 하는 말을 알아듣고 실수 없이 일을 할 수 있을지 불안했다. 열심히 공부하긴 했지만 그래도 겨우 두 달 배운 한국어로 과연 사람들이 하는 말을 알아들을 수 있을지 조마조마했다. '못 알아듣는다고 일을 안 시키면 어떡하지?' 마이클과 다른 두 사람을 태운 승용차가 30분쯤 달려서 내린 곳은 어떤 대로변이었다. 도로변의 인도에 있는 돌을 새로운 것으로 교체하는 작업이었다.

　—마이클 씨는 헌돌을 들어내세요. 기술자가 말했다.

　—헌돌이 뭐지요?

　—이거요.

하며 가르쳐줬다.

　—예, 알겠습니다.

낡고 볼품없는 헌 시멘트 돌을 들어내야 예쁜 새 돌로 교체할 수가 있다. 이것은 중장비로 할 수 없고, 사람 손으로 하는 게 더 빠른 일거리였다. 세 명이 한 조가 되어 2km의 도로변 인도의 돌을 교체하는 것인데, 하루에는 다 못하고 적어도 2, 3일은 해야 할 것 같았다. 어떻든 하루종일 일하면서 중간에 점심 먹고 2, 30분 쉬고는 계속 일을 했더니 허리도 아프고 다리도 아팠지만, 마이클로서는 별 탈 없이 한국 사람과 함께 일을 할 수 있었다는 게 여간 기쁘지 않았다. 이제 한국에서도 살 수 있을 것 같은 가능성이 보이면서 희망과 삶의 의욕을 가지게 되었다. 여섯 시까지 작업을 하고 나니 오늘은 그만하고 내일 다시 한다고 알려줬다.

모두 내일 보자고 인사하며 뿔뿔이 흩어졌다. 마이클은 지금 이곳이 어디인지, 자기 숙소인 '바오로 집'과는 얼마나 떨어져 있는지 알 길이 없지만 동료들한테 묻기가 창피하여 물어보지도 못하고 헤어져서 사방을 두리번거리고 있는데, 30m쯤 앞에 경찰차가 보였다. 마이클은 경찰차에다 대고 손을 흔들면서 달려가니 경찰이 유리문을 내려줬다. 지금 여기가 어디이며 은평구 대조동에 있는 '믿음교회'로 가려면 어떻게 해야 되냐고 떠듬떠듬 물었다. 경찰은 여기는 종로구 신영동이라면서 저 앞에서 구파발 가는 버스를 타고 대조동에 내려서 5분쯤 걸어가면 된다고 가르쳐주면서 '알아듣겠어요?'하고 물었다. 마이클이 못 알아들었다는 몸짓을 하니 차에 타란다. 마이클은 얼른 뒷자리에 탔다. 경찰은 '태워다 드릴게요.' 하며 운전을 시작했다.

─저는 한국말이 많이 서툽니다.

마이클이 얘기하니

─한국말 모르면 매우 불편하겠네요.

하며 경찰이 거울로 뒤에 앉은 마이클을 보았다.

─한국말 아주 조금은 할 수 있어요. 두 달간 배웠어요.

─아, 예.

경찰은 대조동의 믿음교회 앞에 차를 세우고

─여기서 내리면 되나요? 잠잘 데는 있어요?

하며 관심을 나타냈다.

─예, 있어요. 오늘 감사합니다. 안녕히 가세요.

라고 깍듯이 인사를 했다. '바오로 집'에 도착하니 몇몇 사람이 아는 체를 했다.

―마이클, 저녁 먹었어요?

―아니요.

―그럼 여기 와서 밥 먹어요.

마이클은 손을 씻고 와서

―잘 먹겠습니다. 감사합니다.

인사를 하고 바오로 집 식구들이랑 같이 김치찌개로 저녁을 먹으니 너무 행복해서 눈시울이 뜨거워졌다. 이튿날은 어제 일하던 현장에 가기 위해 버스를 타고 신영동에 내려서 보니 약속한 8시 10분 전인데 이미 한 명은 와 있었다. 반갑게 인사를 하고 다른 사람들을 기다렸다. 조금 있으니 모두 다 와서 본격적으로 일을 시작했다. 피곤하긴 해도 새롭게 길을 만들어나가니 보기가 좋아서 성취감 비슷한 것도 느낄 수 있었다. 이렇게 3일간 일을 했더니 42만 원을 주었다. 마이클은 속으로 감격했다.

이튿날도 동대문 인력시장에 나가니 이번에는 가정집 짓는 공사장에 데려갔다. 여기서는 벽돌 쌓는 일을 맡았으나 마이클은 아직 기술이 없으므로 벽돌공의 보조원 노릇을 해야 했다. 두 명의 기술공에 두 명의 보조원이 쌓아놓은 벽돌 더미에서 벽돌을 날라다 주고 집어 주고, 시멘트를 믹스할 때는 모래와 시멘트와 물을 날라 와서 부어주는 일도 했다. 12시에 점심을 먹고 잠시 쉬었다가 1시부터 일을 하고 오후 3시 반이 되자 새참으로 시원한 국수를 먹었다. 4시부터 다시 일하고 6시가 되니 오늘은 이만한다고 하였다. 이날은 15만 원을 받았다. 벽돌, 미장, 기와, 타일, 도배, 용접, 칠, 기계, 전기, 목수, 건설장비 운전, 조경 등 기술자는 모두 하루에 30만 원 이상 받는다니 부러웠다.

이튿날도 어제 다 못한 벽돌 일을 끝내기 위해 벽돌공 보조원으로 일을 했다.

사다리를 타고 올라가 조금 높은 데서 벽돌을 쌓고 있는 기술자한테 벽돌을 올려주려고 손을 위로 뻗는 바로 그 순간 벽돌공은 무엇 때문인지 사다리에서 한 발짝 아래로 내려오다가 그만 벽돌을 들고 있는 마이클의 팔을 건드려 벽돌이 마이클의 발등에 떨어져 버렸다. 마이클은 '악' 소리를 내며 쓰러졌다. 동료들이 급히 119를 불러 병원으로 이송했다. 병원 응급실에 도착한 마이클은 엑스레이와 CT를 찍어보니 오른쪽 발가락 2개가 골절되고 발등도 심하게 다쳐 의식을 잃었다. 시간이 얼마나 지났을까? 마이클이 깨어나 보니 병원에 입원해 있고 오른쪽 발은 깁스를 하고 있었다. 3주 후에 퇴원을 하는데 병원비가 걱정이 되었다. 그런데 병원비 얘기가 없었다. 알고 보니 벽돌 일을 시킨 주인집에서 일꾼들의 보험을 들어 놓았기 때문에 이번에 모두 보험으로 처리되고 마이클은 한 푼도 안 내고 퇴원이 되었다. 그는 한국이 얼마나 선진화되었는지 또 한 번 감탄했다. 이번 일을 계기로 많은 생각을 하다 보니 주인집과 동료들에게 고맙고 미안했다. 퇴원 후 주인집을 찾아 고맙고 미안하다고 깍듯이 인사를 했다. '그래도 그만하니 다행이에요. 수고 많았어요'라고 한다. 막 눈물이 쏟아졌다.

'바오로 집'에 돌아와 자초지종을 얘기하니 모두 걱정 많이 했다면서 불행 중 다행이라고 하였다. 다시 4주 후에 병원에 가서 엑스레이를 찍으니 뼈가 거의 붙었다고 하였다. 그러나 아직은 깁스를 풀지 않고 2주일 더 있다가 풀고 이후는 물리치료를 받아야 한다고 하였다. 마이클은 하루가 여삼추였다.

'바오로 집'에 있으면서 세 끼를 다 얻어먹고 두 달이나 누워있으려니 눈치도 많이 보이고 답답하기 그지없었다. 무료한 시간을 달래기 위해 한국 소설책을 몇 권 읽게 되어 한국어 실력은 계속 늘고 있었다. 깁스를 풀고 재활운동을 한 지 2주일이 지나 이제 발을 쓸 수 있게 되어 다시 일을 시작하였다. 다치기 전보다 조금 힘이 더 들었으나 다시 한 주일이 지나자 발이 많이 부드러워졌다.

　마이클은 이제 삶의 목표가 생겼다. 처음엔 벽돌공이 될까 하다가 발가락 골절이 생각나서 벽돌공은 접고 대신 목공이 되는 꿈을 가지게 됐다. 목공 일은 육 개월 이상 배워야 하지만, 대신 오래오래 일할 수 있다. 건설 일치고 쉬운 건 없지만, 목공은 일상생활에서도 많이 사용될 것 같아 좋게 생각되었다. 배우기가 쉽지 않으나 일거리는 많단다. 부지런히 일을 하여 돈을 많이 벌어 조그만 아파트라도 하나 사고 싶다. 그런 다음 평생직업으로 무슨 일을 하면 좋을지 다시 생각해 보기로 하였다. 우선은 생계를 위해 하루라도 속히 기술을 갖는 것이 긴요하다. 기술만 하나 있으면 일단 먹고사는 건 걱정 안 해도 된다. 이런 정보를 얻은 게 너무 감사했다. 낮엔 일하고 밤엔 한국어 공부를 열심히 했다. 2주일 동안 11일을 일했더니 165만 원이 되었다. 힘이 났다. 마침 이튿날은 일이 없어 우선 은행에 가서 통장과 카드를 만들고, 남대문시장에 가서 작업복도 두어 벌 샀다. 물가도 엄청 쌌다. 이제 2주일 내에 '바오로 집'을 나오기로 목표를 세웠다.

　다른 사람보다 너무 오래 있었기 때문에 눈치가 보여 더 이상은 안될 것 같았다. 다음 2주 동안은 일요일만 빼고 하루도 안 쉬고 일을 하기로 마음먹었다. 일을 하는 것은 우선 돈도 벌고, 한국말을 한마디라도 더 들을 수 있고, 때로는 귀한 정보를 얻을 수 있어서 좋았다. 기술이 있으면 돈을 많이 받는 것도, 남대문시장에 가면 물건값이 싼 것도 모두 일하면서 얻은 정보였다. 한국에서 살려면 이런 정보는 너무나 소중했다. 편의점은 물건값이 일반 슈퍼보다 비싸고, 슈퍼는 재래시장보다 비싸다는 것도 귀한 정보였다. 원룸이나 아파트도 월세와 전세가 있다는 것도 알게 되었다. 전세는 한국에만 있는 독특한 제도이다.

그동안 일하면서 거의 안 쓰고 모았더니 통장에 520만 원이 쌓였다. 이제 이 돈을 들고 복덕방에 가서 알아보니 마침 숭인동에 보증금 500만 원에 월 30만 원짜리 조그만 원룸이 나온 게 있어서 월세는 후불로 해달라고 부탁하여 계약이 이루어졌다. 이제 통장에 남은 돈은 20만 원밖에 없는데, 복덕방에 15만 원 주고 나니 딱 5만 원 남았다. 이사도 해야 하고 밥솥, 그릇, 수저, 치약, 비누, 수건, 쌀, 라면, 우유, 계란, 김치 등 당장 필요불가결한 것만 살려고 해도 돈이 없었다. 어떻게 해야 하나 하다가 지갑에 카드가 있다는 것을 생각해 냈다. 웬만한 건 한 군데에서 사고, 카드를 내니 무사통과였다. 이제야 한숨 돌렸다.

마이클은 일요일에 이사하면서 라면을 한 박스 사서 '바오로 집'에 기증하고 그동안 너무나 감사했다고, 이 은혜는 결코 잊지 않겠다고 인사를 했다. 가방을 들고 원룸에 도착해서 보니 침구가 하나도 없음을 그때서야 깨달았다. '이거 큰일 났네. 맨바닥에 자야 하게 생겼네. 돈도 없는데 어떡하지?' 하고 걱정을 하다 보니 다시 카드 생각이 났다. '아. 카드를 쓰면 되겠구나.' 하면서 다시 남대문시장에 가서 매트

하나, 시트 하나, 베개 하나, 가벼운 이불 하나를 사고 카드를 내밀었
는데, 주인이 카드를 받아 단말기에 넣으니 '잔고 부족'이라는 글씨가
떴다. 다시 한번 시도해 보아도 마찬가지였다. 주인이 '이 카드는 통
장에 잔고가 부족하여 사용할 수 없습니다.' 하는 게 아닌가? 할 수 없
이 싸구려 매트 하나만 겨우 사서 원룸에 돌아왔다. 이불도 없고 베개
도 없지만 매트라도 있으니 옷을 두둑이 입고 책을 베개 삼아 자면 될
것 같았다. 그래도 당장 먹을 것은 있으니 내일이라도 일을 하면 해결
될 것이었다. 저녁에는 일단 밥을 짓고 라면을 끓여서 밥을 말아 먹었
다. 씻고 나서 자리에 누우니 금방 잠에 곯아떨어졌다.

이튿날 아침에도 일찍 일어나 동대문 인력시장에 나가서 일터로
갔다. 일주일을 꼬박 일을 했더니 카드 쓴 것을 모두 제하고도 몇십만
원은 남았다. 일요일엔 교회에 나가고, 월요일부터 토요일까진 일을
했다. 그렇게 한 달을 했더니 월세 30만 원 내고도 돈이 남았다. 계속
일을 했다. 그렇게 정신없이 6개월 일을 하고 나니 통장에 제법 많은
돈이 쌓이게 되었다. 마이클은 감개무량했다.

더욱 신나는 것은 그사이 목공의 꿈이 이루어졌다는 사실이다. 여
러 가지 기술 중에 목공일을 집중적으로 배웠던 것이다. 목공 일은 건
설작업이 아니라 마치 예술작업으로 생각되는 일이었다. 나무를 톱으
로 썰고 칼로 다듬어나가다 보면 힘이 많이 들지만 그래도 너무나 아
름다운 모습이 만들어지므로 영락없는 예술작업이었다. 단지 목공 일
은 매일 있는 게 아니었다. 어느 달엔 열흘 정도, 어느 달엔 보름 정도
목공일을 하고, 목공 일이 없을 땐 막노동을 하였다. 목공 일을 할 때
는 정말로 일당 30만 원을 받았다. 꿈만 같았다. 기술자로 일해 보니

역시 기술이 좋긴 좋다. 그래서 한 가지 기술을 더 배우기로 하였다. 가장 안전하고, 실내에서 하는 일로는 도배가 있었다. 도배 일은 일단 도배 팀에 끼어서 조수로 일을 하면서 기술공들이 하는 일을 유심히 보았다가 기술공이 조금이라도 일을 나누어주면 실제로 해보면서 배워야 한다. 무엇보다 숙달되는 것이 중요하다. 목공 일도 자꾸 해야만 기술이 늘고, 손이 빨라진다. 2년간 목공 일과 도배 일을 최대한 많이 하고, 일이 없는 날은 일용직이라도 일을 했더니 1억이라는 거금이 모아졌다. 마이클은 신이 났다. 양어깨에 날개가 달린 기분이었다.

일요일엔 교회에도 가고 장도 보고 쉬기도 하면서 한국 소설책을 읽었다. 1년 더 열심히 일했더니 홍은동에 15평짜리 아파트를 전세로 갈 수 있게 되었다. 거실도 있고 침실도 있고 주방도 있고 화장실도 있는 아파트에 살게 되었으니 그야말로 성공한 느낌이 들었다. 이젠 한국어도 어느 정도 잘할 수 있게 되었다.

이왕 서울에 와서 살게 되었으니 이제 친부모를 찾아야겠다는 생각이 들었다. 경찰에 가서 의뢰하고 인적사항을 주고, DNA 검사도 받았다. 3주일 뒤에 경찰에서 연락이 왔다. 모든 가능한 방법을 다 동원했으나 부모의 행방을 찾는 게 불가능하단다. 친모가 만일 미혼모라면 자녀를 시설에 맡길 때 대부분은 자신에 관한 그 어떤 정보도 남겨두지 않는단다. 이런 경우는 자식 쪽에서 아무리 친모를 찾으려고 해도 찾을 수 없다는 것이다. '나는 완전히 버려진 아이였구나.' 마이클은 가슴이 먹먹해지면서 눈가가 시큰해졌다. 뜨거운 눈물이 하염없이 쏟아졌다. 깊은 실의에 빠져있다가 간신히 마음을 정돈하니 양부모님 생각이 간절해졌다. 오랜만에 양부모님께 편지를 썼다.

그리운 아버지, 어머니께;

아버지, 어머니 그동안 안녕하셨어요?
너무 오랫동안 연락을 못 드려 죄송합니다.
제가 한국에 온 지도 3년이 훨씬 넘었네요. 그동안 저는 정말 열심히
살았습니다. 한국어도 배우고 두 가지 기술도 배워서 이제 기술자로 일
하고 있습니다. 제힘으로 조그만 아파트도 하나 전세로 얻어서 불편 없
이 살 수 있게 되었습니다. 이제 2, 3년만 더 일하면 아파트를 하나 살
수도 있을 것입니다. 그때는 제가 초청할 테니 아버지 어머니 꼭 한국에
한 번 오시기 바랍니다. 저는 한국에 정착한 셈입니다. 처음 한국으로
추방되어왔을 때는 너무 막막하여 정신적으로 완전히 나락에 떨어졌었
지만, 이제 땅 위로 당당히 걸어 올라왔습니다. 지금은 양지바른 언덕에
앉아 새소리 들으며 희망의 노래를 부릅니다.
아버지, 어머니! 이 아들이 제대로 자식 노릇 할 수 있는 때가 얼마 남
지 않았습니다. 조금만 더 기다려 주세요.
저를 사랑으로 키워주신 은혜 뼛속 깊이 새기고 있습니다.
아버지, 어머니, 너무도 그립습니다.
하루속히 모실 수 있도록 열심히 살겠습니다.
부디 강녕하십시오.
　　　　　마이클 올림

마이클은 이 내용을 영어로도 써서 두 장의 편지를 부모님께 보내
고 나니 스스로도 뿌듯하였다. '이제 다시 시작하자! 우선 2, 3년만 더
열심히 일하자.' 육체노동이 너무 힘들고 피곤하지만 6시만 되면 틀
림없이 일이 끝나니 충분히 쉴 수 있어서 다음 날 다시 일할 수 있는

힘이 생기곤 하였다. 2년 후 마이클은 불광동 25평짜리 아파트를 살 수 있게 되었다. 자기 아파트에 직접 도배도 하니 기분이 좋았다. 몇 가지 가구도 직접 만들었다. 전철을 이용할 수 있으니 편리하기 그지 없었다. 이젠 부모님도 초청할 수 있고, 다시 대학교를 가겠다는 목표도 세울 수 있게 됐다. 갑자기 실비아 생각이 났다. 함께 변호사가 되어 그녀와 결혼하고 싶다는 생각을 했었던 기억이 아련히 떠오르며 쓸쓸한 웃음이 나왔다. '멀지 않는 날에 참한 한국 여성 만나 결혼하는 거야.' 마이클은 새로운 꿈을 꾸면서 옷깃을 여몄다. '하느님, 도와주십시오.'

이튿날 아침 붉은 해가 장엄하게 솟아오르며 천지를 금빛으로 물들였다. 눈이 부셨다.

통일 풍경

땅에서는 어둠이 천지에 내려앉았고 하늘에는 별이 초롱초롱 빛나고 보름을 갓 지낸 달은 아직도 원의 모습을 유지한 채 달무리를 은은하게 비추고 있었다. 박찬수는 여늬 때와 같이 마당에서 달을 보며 남북통일을 빌었다. '부디 남북이 하나로 통일하게 해주십시오. 우리 한민족이 통일하여 세상에 우뚝 선 나라로 만들어 주십시오.' 언제나처럼 두 손을 모아 한바탕 기도를 하고는 집안에 들어와 거실 소파에 앉아 아내와 함께 TV를 보기 시작했다. 막 9시 뉴스가 방송되고 있었다.

'우리 대한민국 국군이 북한의 김강칠과 그 측근 15명을 사로잡아 남하했습니다. 다시 한번 알려드립니다. 우리 국군이 북한의 김강칠과 측근 15명을 사로잡아 남하했습니다.' 자세한 내용은 들어오는 대로 다시 자세히 알려드리겠습니다.

─이게 무슨 말이야?, 정말 이런 일이 일어났단 말이야?

─여보, 들었죠? 정말 김강칠이가 잡힌 것 맞아요?

아내 희영도 믿기 어려운지 찬수에게 확인을 한다.

－설마 있지도 않은 일을 방송하겠어요? 좀 더 들어봅시다.

국민들도 처음에는 무슨 말인가 얼른 믿어지지 않았으나 이어지는 뉴스를 보고 조금씩 실감을 하면서 전율을 느꼈다. '어떻게 이런 일이 일어날 수 있단 말인가?' 아직은 어리둥절하여 기쁜 것도 잘 못 느끼고 계속 다음 방송에 눈과 귀를 모았다.

실제로 통일의 물결이 밀려오고 있었다. 북한의 김강칠 정권이 무너지고 혼란의 소용돌이 속으로 빠져들고 있었던 것이다. 이 지구상에 하나 남은 분단국가로 온갖 불안과 불편과 손해를 감수해야 했는데, 꿈과 같은 일이 일어난 것이었다. 한국군 특수부대가 극비리에 북한 김강칠의 특각(별장)을 급습했던 것이다. 새벽 2시 술이 거나하고 잠도 쏟아질 무렵 대한민국의 특수요원 50명을 태운 특수군용기 두 대가 특각 안으로 바로 착륙하여 날쌔게 번개처럼 움직여 원산 특각에서 연회를 즐기던 김강칠을 비롯해 그와 가까운 테이블에 앉았던 측근 권력자 15명을 단번에 사로잡아 곧바로 서울로 압송한 것이었다. 극렬하게 저항하는 경비원 10여 명만 희생시키고, 그동안 지구의 골칫거리였던 김강칠 체제를 무너뜨리게 된다. 불과 10분 동안 궁궐의 감시원들이 비몽사몽 하는 시간에 잽싸게 전광석화처럼 일을 해치운 것이었다. 무슨 무협 영화 속 한 장면처럼 일이 진행된 것이다.

우선 대북 방송을 통해 이 사실을 북한 주민들에게도 알렸다. 모든 북한 주민들이 일시에 이 방송을 들을 수가 없으므로 지속적으로 반복하여 방송하였다. 결국 이 내용이 주민들의 입을 통해 빠르게 퍼져나갔다. 이제 북한 인민들은 북한방송은 들으려고도 하지 않고 무슨 방법으로든 남한방송을 듣고 보기 시작했고, 그간 무슨 일이 있었는지를 알게 되었다. 그들은 이제 무엇을 어떻게 해야 하는지에 모든 생각을 맞추었다. 언제쯤 남한이 올라와 나라의 질서를 잡고 무엇보다도 이밥과 고깃국을 먹여줄지 그것만을 기다리게 되었다. 이미 이런 날이 바로 눈앞에 왔다고 생각하면서 다음 단계의 진정한 통일을 기다리게 되었다.

대전에서 교사로 정년퇴직한 박찬수는 흥분해서 목소리를 높였다.
　－우리 군이 정말 큰 일을 했네, 했어. 여보, 우리끼리라도 축배를 듭시다.
　－그래야겠네요. 정말 대단하네요. 우리 생전에 이런 날이 오다니요?
　찬수 부부는 국군의 기막힌 활약에 감탄하며 잔을 부딪쳤다.
　남한 정부에서는 우선 북한인민위원회 의장인 차영민을 회유하였다. 통일을 하면 김강칠 및 몇몇 극렬분자를 제외하고는 지도부에게 아무런 책임도 묻지 않을 것과, 인민들에게도 어떤 위해를 가하지 않고, 통일이 되면 쌀과 우유 등 국민의 식생활을 보장하고 비료와 농약 등 농사에 필요한 물자를 대주고 전기와 수도를 원활하게 하고, 도로를 포장해 주는 등 북한에 필요한 것을 제공하면서 평화적으로 통일을 하고 북한 주민의 안전을 보장해 줄 것을 약속하였다. 차영민도 이미 김강칠이 잡힌 상태에서 나라를 이끌어나가기가 사실상 불가능하고, 무엇보다도 기아에 허덕이는 인민들을 생각하면 통일을 하는 것이 자기가 마지막으로 인민을 위해 할 수 있는 봉사라고 생각하기에 이르렀다.

평소에도 지위는 높았으나 권력을 휘두르지 않았고, 국민들이 항상 배고픔에 시달리는 것이 너무나 마음이 아팠던 터라 남한의 제안을 받아들이기로 결심을 한다. 그러나 군부에 있던 오지용, 로민철은 절대로 안 될 일이라고 길길이 뛰었다. 차영민은 깊이 고민에 빠졌다가 드디어 중대한 결심을 하게 된다. 인민무력부에서 가장 총을 잘 쏘는 열 명을 은밀히 뽑아서 오지용과 로민철을 제거하라는 임무를 준다. 열 명을 2개 조로 나누어 오지용과 로민철 집에 침투하여 잠자는 시간에 두 사람을 각각 암살하게 한다. 일이 성사되었음을 보고받은 차영민은 남한 정부의 제안을 받아들여 통일방안에 동의하게 된다. 차영민은 이미 나이도 87세나 되어 오늘 죽어도 여한이 없고, 남북이 통일되는 것은 개인적으로도 너무나 바랐던 일이고, 대국적인 면에서도 참으로 좋은 일이므로 설사 남한 당국이 자기를 죽이더라도 개의치 않기로 하였다.

차영민 및 곽범철, 로순기, 조연민, 최영빈, 김덕휴, 김용수, 리만영, 박두춘 등 북한의 권력서열 20위 내에 드는 지도부는 남한에서 만든 남북한 통일안에 사인하고 남측에서는 대통령, 국무총리, 및 국무위원, 국회의장, 대법원장이 모두 사인을 하여 가장 평화롭게, 가장 건설적인 방법으로 통일을 결의하고 남북한 공영방송이 동시에 발표하도록 하였다. 이 방송을 들은 남북한 국민들은 서로서로 얼싸안고 춤을 추고 아리랑을 불렀다. 이어서 방송국에서는 지금부터 남북한 국민들은 자유롭게 왕래할 수 있으며, 상거래도 자유롭게 할 수 있고, 남한 국민의 북한 주민 돕기도 자유롭게 할 수 있다고 하였다.

남한 정부가 통일을 결의한 후 가장 먼저 한 일은 북핵의 동결이었다. 핵으로 인한 남북한 국민들의 고통은 이루 말할 수 없었다. 남한은 북핵에 두려워해야 했고, 북한 주민은 핵개발에 들어가는 비용으로 인하여 많은 것을 잃어야 했으며, 급기야는 배급을 못 받아 굶어 죽는 사람이 부지기수로 생겨났다. 물론 지금은 장마당 활동으로 굶는 사람은 많이 줄었으나 지금도 상당히 많은 사람들이 굶어 죽거나 과도한 근로 동원과 영양실조로 쓰러진다. 그러므로 핵을 동결하고 제거하는 것이 급선무였다.

북한을 접수한 처음 2년간 남한은 나라의 질서를 바로잡고, 2년 후에는 남북 동시 선거를 하여 북한도 국회의원을 주민들이 직접 뽑기로 하는 등 완전한 통일을 위한 체제 정비에 들어갔다. 중국이 처음에는 크게 반발하고 전쟁도 불사하겠다는 태도로 나왔으나, 남북한 외교부와 통일부 장관들이 중국의 외교부 장관을 만나 잘 설득하여 중국이 더 이상 간섭하지 않고, 당분간 관찰만 하기로 합의가 되었다.

김강칠과 핵심 측근들만 재판에 회부하고 일반 인민들은 아무런 동요가 없도록 방송과 신문을 통해 안심시켰다. 그리고 신속하게 체제 정비를 하여 북한도 남한과 같은 정치제도 하에서 인권을 보장받고 자유를 누릴 수 있도록 하였다. 군대도 당분간 남북한 군대를 따로 두되, 남한 총사령관이 남북한 군대를 관장하도록 하였다. 이제 북한의 군대도 남한의 군대와 똑같이 대우받으며, 급식도 남북한이 같게 하여 배고프지 않게 하고, 사병과 장교의 신분을 보장하였다.

남한에서는 갑작스런 통일로 비용이 이만저만 들어가는 게 아니지만, 통일비용을 좀 준비해둔 것도 있었고, 남한 예산의 5%를 떼어 통일 사업에 사용하도록 국회에서 결의하였다. 또한 방송국에서 통일비용을 모금한다니까 대기업들은 큰돈을 내놓고, 개인들도 십시일반으로 모금이 이루어져 결국 큰돈이 모아져 북한 돕기에 사용되었다. 또한 옷이라든가 일반생활용품, 그리고 분유 몇 통, 라면 몇 박스, 초코파이 몇 박스, 쌀 몇 kg, 보리 몇 kg, 콩 몇 kg, 내복 몇 벌, 치약 몇 통, 비누 몇 장, 수건 몇 장, 이런 식으로 국민들이 구체적인 물품 보내기를 신청하면 동별로 구별로, 시도별로 모아 북한에 보내는 등 국민들의 북한 돕기 운동이 자발적으로 이루어졌다. 이제는 옛날처럼 노동당으로 들어가는 일 없이 인민반장을 통해 직접 북한 주민에게 전달되는 시스템도 만들어졌다. 언제 분단되었는지, 언제 적대시하고 살았는지 금세 다 잊어버릴 정도로 남한 국민의 북한 사랑이 대단했다.

―여보, 우리도 북한 돕기에 참여합시다.

희영이 먼저 나서자 찬수도 당연히 나섰다.

―그래야지요. 당신은 당신대로, 나는 나대로 각자의 생각대로 참여하는 게 어때요?

―알았어요. 난 어린이들을 위해 분유를 보낼래요.

―그럼 난 비료 보내는 걸로 신청해야겠어요.

북한에 친척이 있는 사람은 남한 친척이 초대하여 왕래가 시작되었으며, 무엇보다도 남한 국민들이 너도나도 북한을 관광하겠다고 나서니 북한 관광을 주선하는 여행사들도 꽤 돈을 벌어 수입의 10%를 북한 주민 돕기 성금으로 내놓았으며, 북한에 갈 때 남한 주민들이 라면이나 초코파이, 분유 한 통씩이라도 가져가는 걸 제안하여 여행지의 주민들에게 나누어주기도 하는 등 우호적인 분위기가 뜨겁게 달아올랐다.

그러나 '호사다마'라고 했던가? 남북한 주민 중 엉뚱하게도 이런 분위기를 악용해 돈을 벌려는 사기꾼들이 나타나기도 하고, 북한 주민에게 주어야 할 돈을 중간에서 가로채어 자기 뱃속을 챙기는 나쁜 사람들도 생겨났다. 심지어 남북한 이산가족을 찾아준다며 큰돈을 요구하고도 안 찾아주는 사람도 생기고, 북한 어린이들을 납치해 와서 남한에 팔아먹는 인신매매단까지 생겨났다.

남한에서는 이런 범인들을 잡는 즉시 중형에 처하고, 방송을 통해 민족의 장래를 위해 가장 평화롭게 통일이 되고 남북한 주민들의 마음이 하나가 되어야 함을 강조하였다. 그리고 불법을 저지르는 사람을 보는 즉시 경찰서에 신고해 줄 것을 당부했다. 뉴스, 대담, 토론 프로그램을 통해 진정한 의미의 통일이 되기 위해서는 국민들의 절대적인 이해와 협조가 필요함을 공론화하였다. 통일이 완전하게 자리 잡는 데는 시간이 필요하며, 당장은 북한 기아 문제를 해결하는 데 역량을 모아야 함을 계도하였다. 대부분의 양국 국민들은 통일작업을 하는 데 협조를 아끼지 않았다.

한국이 통일을 주도했으므로 모든 일이 수월하고 평화로웠다. 북한 주민들은 처음에는 어리둥절했으나, 연거푸 방송이 나가니까 엄청난 일이 일어났다는 걸 알게 되었다. 100만 군대를 자랑하는 북한이지만, 군 고위간부들은 김강칠에게 절대적인 충성을 보내는 사람들이고 군 최고 통치자는 어차피 김강칠이고 인민무력부장 박영훈도 이미 체포된 인물이고 총참모장 리민수는 83세여서 용기가 없었다. 더구나 리영기, 현수철 같은 전임 총참모장이 공개총살 되는 등 이미 숙청된 상태였고 김권식은 병중이고 리영칠은 1군사단장으로 강등되는 등 군의 사기가 떨어질 대로 떨어져 있는 상태라 군을 추슬러 항거할 만한 인물도 여건도 되지 않았다. 그러므로 군대도 숫자만 많을 뿐 실질적인 조직이 탄탄하게 살아있지 않았다. 김강칠이 없는 군대는 오합지졸이어서 남한이 통일했다고 하니 대부분 환영하는 분위기였다.

단지 계속 중국의 눈치를 살펴야 하고, 중국의 양해를 받아야 하는 것이 많아 성가시기도 하지만, 이 정도라도 진정하고 지켜봐 주는 것이 다행이었다. 모처럼 한국의 외교력이 이루어낸 성과였다. 지난 몇십 년간 쌓아온 외교적 친분과 신뢰가 크게 도움이 됐다. 중국은 무엇보다도 남북이 통일됨으로써 미군과 바로 대치한다는 게 싫었다. 미우나 고우나 북한은 피를 나눈 혈맹이므로 북한이 붕괴되는 것은 손가락 하나가 잘려나가는 이상의 고통이었지만, 그동안 무던히도 속을 썩인 걸 생각하면 한편 후련하기도 하였다. 말썽 많은 깡패 이복동생쯤으로 여겨지던 북한이 더 이상 중국의 심기를 불편하게 하지 않는 존재가 되었다는 게 고맙고 홀가분하게 여겨지기도 하였다.

그러나 어쩌다가 속수무책으로 당해버렸는지 기가 막혔다. 조금 더 관여해서 중국의 이익을 최대한 챙겼어야 하는데, 전광석화처럼 일을 처리한 한국이 놀랍고 얄밉기 그지없었다. 이왕 이렇게 된 마당에 통일 한국에 최대한 영향력을 행사하는 수밖에 없다. 남한은 계속 중국과 대화하겠다고 하니 우선은 예의주시하기로 하였다. 가장 아쉬운 것은 북한의 지하자원을 예전처럼 마음껏 갖다 쓰기가 어렵게 되었고, 석유 수출량의 조절로 북한을 좌지우지했었는데, 이제 그것도 할 수 없게 되었으니 입맛이 씁쓸하였다.

지난 25년간 남한과는 교역량도 엄청나고, 외교 면에서도 전략적 동반자 관계까지 격상되었으니 남한이 중국에 등 돌릴 일은 없을 것이다. 중국은 한국과의 무역에서 늘 흑자를 낸 국가이고 식료품의 상당 부분을 중국에서 조달하는 것이 현실일 뿐만 아니라, 한국이 중국과 적대하는 것은 한국으로서도 무서운 일이기 때문에 중국이 크게 걱정할 일은 사실 아무것도 없다. 단지 미군이 아직 한반도에 남아 있는 상태에서 통일을 한 것이 좀 마음이 쓰이고 기분이 나쁠 뿐이다. 북한이 건재할 때는 북한이라는 방패가 앞에 하나 있는 셈이어서 미국과 직접 대면할 일은 없었는데, 이제는 사정이 달라졌다는 게 속상했다.

미국과는 이제 비슷한 국력을 가져서 거의 경쟁자가 된 셈이기도 하니 더욱 그랬다. 물론 아직 미국을 능가하지 못한 부분도 많고 영원히 따라가지 못할 부분도 있지만, 반대로 미국이 중국을 능가하지 못하는 부분도 있을 것이었다. 우선 달러는 국제기축통화인데, 짧은 시간에 원화로 대체된다는 건 현실적으로 불가능하다. 또한 영어가 국제어가 되어있는데, 중국어가 영어를 제친다는 것도 상상하기 어렵다. 과학기술도 짧은 시간에 따라내기는 쉽지 않다. 그러나 과학은 앞의 두 가지보다는 노력 여하에 따라서 어느 정도는 비등해질 수도 있을 것이다. 우주과학 역시 바짝 고삐를 죄이면 어느 정도 따라갈 수 있을 것이다. 컴퓨터 등 원천 과학기술의 저작권은 아무래도 미국이 월등하게 앞서지만, 후발 기술은 대등하게 될 수도 있을 것이다.

김강칠은 권력 남용, 인권유린, 부정부패, 불법 축재, 휴전협정 위반, 국제법 위반 등의 혐의로 구속 수감하고, 추종자들 중 극소수만 비슷한 혐의로 구속하고, 고위직 관리들이나 당 간부들은 훈방만 하여 내보내는 등 최대한 관대하게 처리하였다.

―한국 정부가 이제 무엇을 해야 할까요?

희영이가 찬수에게 물었다. 하루종일 TV를 보는 것 외엔 아무 일도 손에 잡히지 않으니까 계속 통일문제만 생각하게 된 결과였다.

―알아서 하겠지, 뭐. 그냥 두고 봅시다.

―이제 백두산 구경이나 한번 합시다.

―그럽시다. 백두산도 보고 금강산도 보러 가야지요.

남한지도부는 통일헌법을 제정하기 위한 국회 특위를 구성하고, 2년 안에 그 헌법에 따라 남북한 총선거를 실시하기로 하였다. 국방부는 신속하게 남북한 통일 군사조직을 수립하기로 하였다.

외교부에서는 각국 나라들과 외교 관계를 돈독히 하고 북한과의 통일이 세계평화에 얼마나 기여하는 가를 알도록 하였다. 그리고 중국에 나와 있는 20만 명의 우리 동포들이 얼마나 인권유린을 당하고 있는지를 알려 그들을 한국으로 데려오도록 중국을 설득하고, 많은 국가들의 협조를 구하기로 하였다.

안전행정부는 북한 총 인구조사와 함께 선거인 명부를 만들기로 하고, 2년 안에 남한의 주민등록증을 북한 주민에게도 배포하는 시스템을 구축하기로 하였다. 남북의 소득 격차를 최대한 줄이고 문화적으로 명실상부한 하나의 나라를 만드는 것은 적어도 10년 걸리는 것도 있고, 20년, 30년 걸리는 것도 있을 것이다. 연일 대학교수 등 전문가들이 TV에 나와 통일의 로드맵을 제시하고 있다. 이들은 이구동성으로 북한 주민들이 상실감을 가지지 않고 '우리도 이제 자유롭게 잘살 수 있다'는 확신을 가지며, 그것이 얼마나 소중한 일인지를 깨닫게 되어야 한다고 주장한다.

건설교통부는 남북한 철도, 버스, 항공 등 남북한의 교통망을 확대 구축하여 남북한 주민이 편리하게 이용할 수 있는 시스템을 만들기로 하였다. 그러기 위해서는 철도 신설, 도로 포장, 교량 건설, 버스 증차 등 필요한 조치를 취해야 할 것으로 파악되었다.

보건복지부는 북한의 의료복지, 사회복지, 청소년 복지, 노인 복지, 영유아 및 임산부 복지를 위한 체계적인 시스템 구축을 시작하기로 했다. 그리고 관련 부처와 협력하여 10개년 계획으로 재래식 화장실을 수세식 화장실로 바꾸는 계획도 수립하였다. 그렇게 하려면 우선 물이 24시간 나와야 하므로 구조적으로 수돗물이 원활하게 나올 수 있도록 전기 공급, 수돗물 관리, 하수도 정비, 그리고 변기 개량사업 등 각 해당 부처별로 5개년, 10개년 계획을 수립하였다. 북한의 지하 자원과 인력을 최대한 활용하고, 기술과 경비는 남한이 충당하는 식으로 계획을 세웠다. 또한 북한 주민들을 위한 취사용 가스 공급 사업은 에너지 관리공단이 계획을 세우고, 가스레인지를 저렴하게 공급할 수 있도록 하였다.

문화부는 우선 북한의 언론기관을 장악하여 북한 주민들이 남한 방송과 신문을 자유롭게 볼 수 있게 하고, 이들 매스컴을 통해 통일의 정당성과 필요성을 교육하고, 주민들을 안심시키고, 앞으로 전개될 일들에 대하여 홍보하기로 하였다. 또한 매스컴을 통하여 민주주의국가의 법과 제도, 사회, 문화를 알려주고 남북의 차이 해소를 위해 장차 일어날 일들과 북한 주민들에게 돌아갈 혜택에 대해 체계적인 교육을 하루 한 시간씩 TV를 통해 하기로 하였다.

교육부는 통일 교과서를 제작하기 위한 작업과 함께, 언어통일 작업에 돌입했다. 남북한 언어가 표기, 어휘 면에서 많은 차이가 생겼으므로 조속히 통일할 필요가 있었다. 각급 학교가 당장은 현행대로 교육하되, 통일이 되었다는 것과, 장차 통일 교과서를 배포할 것임을 알려주고, 우선은 최단시일에 민주주의에 대한 책자를 만들어 배포하여 사회시간에 배우도록 하였다. 무엇보다 시급한 것은 초중고의 남북 단일 교과서를 만드는 일이다. 최대한 빠른 시일 안에 이것이 이루어지도록 남북한의 교육부와 교육자들이 나서야 한다. 교육은 중단 없이 시행되어야 하는데, 남북한 교과서가 다르므로 가장 짧은 시간 내에 통일 교과서를 제작해야 한다. 그러나 이러한 통일 교과서가 하루아침에 나올 수 없으므로, 우선 북한의 혁명역사 같은 과목은 한국의 사회과목과 민주주의 과목으로 바꾸기로 하였다.

농림부에서는 북한 농촌에 비료를 지원하고, 농산물은 공평한 과세를 하고 남은 것은 농민들이 자유롭게 팔거나 먹을 수 있도록 권리를 보장하였다. 농산물을 남북한에 고루 보급하기 위하여 한 도시에 몇 개씩 농산물 집하장과 매매가 이루어질 수 있는 농산물 매매장을 건립하고, 가축 역시 자유롭게 사고팔 수 있고, 합법적으로 도축할 수 있는 시설을 만들기로 하였다. 또한 식목일에는 북한의 산들에 대대적인 식목을 하기로 하고 북한의 각 지방마다 묘목을 심고, 배분하는 조직을 만들어 그 지역에 산림 녹화사업을 하도록 하였다.

해양수산부에서는 어민들이 이제 남북한 경계 없이 자유롭게 조업을 할 수 있게 하고, 무엇보다도 어민들이 잡은 생선은 체계적으로 팔 수 있는 시스템을 확립하기로 하였다. 이미 되어있는 곳은 최대한 활용하고, 부족한 곳은 새로 신설하기로 하였다. 또한 식품 가공 회사를 독려하여 남북한의 어민들이 잡은 생선들을 통조림으로 만드는 등 장기적으로 보관하는 일도 독려하기로 하였다.

재정경제부에서는 북한의 경제적 지원과 함께, 시장경제의 도입을 위한 준비작업에 돌입하였다. 자유롭고 편리한 경제활동을 보장해주기 위해 당분간은 남북한 화폐를 동시에 사용하되, 우선은 남북한의 환율을 정하기로 하였다. 몇 년 후엔 화폐개혁도 할 계획을 세웠다. 그리고 북한 주민은 지금까지 은행을 거의 이용하지 않았지만 은행 이용의 장점을 알려주어 은행을 이용하는 제도를 확립하기로 하고 북한에 한국의 공공은행과 민간은행의 지점 설치를 계획하도록 하였다.

법무부에서는 연좌제에 따라 가족은 물론, 사돈의 8촌까지도 대학 입학, 취업, 승진, 입대 등에서 불이익을 주었던 북한의 법과 제도를 하나하나 폐기하기로 하였다. 지금까지 인민들에게 너무나 악독했던 노동당 간부, 국가안전보위부, 인민보안부의 악질 간부들에 대한 합당한 징벌을 위해서도 따로 기구를 만들어 처리하기로 하였다. 다음은 조직적으로 밀수를 한 사람들, 위조화폐를 만들거나 유통시킨 우두머리, 마약사범, 인민들에게 무리한 요구를 하거나 감시를 하여 괴롭힌 사람, 어린이들에게 꽃제비를 강요한 사람 등등 민간인의 죄에 대해서도 경중을 가려 처리할 검찰청 안의 별도기구가 필요한 것으로 의견이 모아졌다. 특히 뇌물을 주고받는 관행을 뿌리 뽑아야 할 것으로 파악되었다. 생계형 범죄는 훈방하되, 죄질이 나쁜 범죄자들에겐

이 기구에서 합당한 조치를 취하기로 하였다. 뇌물죄에 대해서도 엄격한 법 적용을 하여 뇌물문화가 사라지게 해야 할 것이었다. 남북이 모두 화해하고 함께 정답게 살아가기 위해서도 죄가 명백한 것은 징벌할 필요가 있다는 것에 공감하였다. 광복 후 죄질이 나빴던 친일파들을 다 정리하지 못해 수십 년간의 잘못된 역사를 타산지석으로 삼아 이번에는 확실하게 정리를 해야 한다는 의견이 많았다. 물론 남북 화해와 따뜻한 통일을 위해서는 웬만한 건 최대한 다 덮어주고 감싸야겠지만, 죄질이 지극히 나쁜 사람은 가려내야 할 것으로 의견이 모아졌다. 경중을 따져 신상필벌의 원칙을 세워야 앞으로 나라가 바로 설 것이었다.

또한 '생활총화', '여행허가', '전기 검열', '규찰대', '근로 전투', '꼬마계획' 등 지금까지 주민들을 옥죄었던 수많은 규제와 강제사항들은 모두 해제하여 북한 주민들이 하루빨리 자유롭고 풍요롭게 살 수 있도록 최대한 빠른 속도로 일을 진행하기로 했다. 그러나 시간이 필요한 사항, 예를 들면 북한의 토지 사유화 같은 작업은 하루아침에 될 수 없으므로 10개년, 20개년 계획을 세워 공평하고도 합리적으로 민간에게 이양되도록 제도와 법을 만들기로 하였다.

통일부에서는 남북이 '핏줄'을 나눈 형제이므로 하나의 국가 안에서 자유로운 왕래를 하는 것이 당연하고도 바람직한 일이라는 것을 깨달을 수 있도록 분위기 조성을 하기로 하였다. 통일헌법과 각종 법도 하나로 통일하는 작업이 필요함을 깨닫고 법무부와 합동으로 통일헌법 및 각종 법규를 가다듬을 수 있도록 필요한 기구를 만들어 법을 정비하기로 하였다. 아울러 통일이 됨으로써 우리는 더 강대한 국가가 될 수 있고 더 자유롭게, 더 인간답게 살면서 시시각각 자유의 소중함과 필요성을 느끼며, 자유는 인간의 기본적인 권리이고 욕망임을 피부로 느낄 수 있도록 계도해야 한다는 데 이견은 없었다.

광복 직후는 입법, 사법, 행정 모든 분야에서 친일파를 빼면 쓸 만한 인재가 별로 없어서 등용했다지만, 지금은 사정이 다르다. 남북한에 인재가 얼마든지 있으므로 처벌이 꼭 필요한 사람까지 등용해서 쓸 이유가 없다. 특히 이제 민주주의를 교육하고 실천해야 할 북한의 공산주의, 그것도 인류역사상 그 유례가 없는 3대 세습 철권통치사회를 바꾸어 제대로 민주화하기 위해서는 참으로 뼈를 깎는 고통으로 북한을 제대로 변화시키고, 선악의 기준을 제대로 제시해야 한다. 현재도 20만 명이 정치수용소에 갇혀있고, 날마다 굶어나가는 이 끔찍한 현실을 직시하고, 사회주의 국가라면서 지독한 계급사회를 만들어 최하계급인 적대 계층은 얼마나 비참한 대우를 받았는지, 대다수 일반 국민도 얼마나 억울하고 불평등하며 고통스러운 삶을 살았는지 성찰하고, 남한에 의한 통일이 얼마나 다행스럽고 기쁜 일인지를 알게 할 필요가 있다는 것이다.

지금까지의 숨 막히는 통제사회 속에서 인간의 기본권이 얼마나 유린되고 훼손되었는지 주민은 절실하게 깨닫고 이 모든 왜곡되고 억압된 사회에, 그것도 한두 사람을 위해 나라와 국민이 존재했었다는 끔찍한 사실을 직시할 수 있도록 도와주어야 한다는 것에도 의견의 일치를 이루었다. 또한 상위 1%만을 위해 99%의 주민들이 희생된 것을 바로잡아야 한다는 것이다.

정부에서는 일의 경중과 선후를 정해 하나씩 해결하기로 하였다.

가장 시급한 건 북한 주민들의 배고픔을 해결해 주는 일이고, 다음은 산에 나무를 심는 일, 농사를 지을 수 있도록 비료를 제공하는 일, 전기와 수돗물 공급 시간을 늘려주는 일 등으로 정리되었다. 특히 학교, 공장, 탄광, 병원 같은 데도 전기 공급 시간을 획기적으로 늘려줘야 하는 것으로 파악되었다. 또한 병원에는 기초의약품을 공급해주되, 지금까지 특권을 누려왔던 당 간부나 보위부 간부만을 위한 병원은 일반 국민도 갈 수 있는 병원으로 바꾸고, 그들에게만 지급하던 의약품도 누구에게나 공평하게 갈 수 있도록 하루속히 시스템을 바꾸기로 하였다. 지금까지 운영해왔던 장마당은 그대로 살리되, 정부가 돈을 거둬가는 시스템을 바꾸어 소득이 있는 사람은 공평하게 세금을 내고, 가난한 사람은 정부의 손길이 가도록 하기로 했다.

통일된 후 여러 가지 예기치 않았던 일들이 터져 나와 각계에서 우려의 목소리가 높아지기도 했다. 가족 간에도 심심치 않게 문제가 불거져 나왔다. 상속문제 같은 것이 전형적인 일이었다. 멀리서 못 만날 땐 그리워하고, 너무도 애틋해 했지만, 막상 상속재산을 나누어야 하는 문제 앞에서는 이해관계가 달랐다.

ㅡ여보, 우리가 남한에서 태어나고 살아온 것이 얼마나 행운이에요? 그저 감사한 마음으로 행복하게 삽시다.

찬수가 입을 뗐다.

ㅡ정말 그러네요. 북한 사람들이 참으로 가여워요. 이제부터라도 이들이 모두 배불리 먹고 행복하게 살았으면 좋겠어요.

희영이 맞장구를 쳤다.

―그렇게 되겠죠. 하루아침에 모든 일이 해결될 순 없지만, 적어도 굶는 사람이 없도록 하는 건 당장 이루어져야 할 첫 번째 과제지요. 뭐니 뭐니 해도 배고픈 서러움보다 더 큰 서러움은 없으니까요. 그다음은 자유만 주면 돼요. 거주의 자유, 직업의 자유, 취미의 자유, 종교의 자유, 친교의 자유, 결사의 자유, 생각의 자유, 표현의 자유…. 그들은 그간 너무도 억눌려 살고 너무도 심한 억압과 살인적인 노동, 그것도 모자라 24시간 감시 속에서 살았으니까요. 직장 동료는 물론이고, 심지어 친구나 가족 간에도 서로 믿고 아무 얘기나 할 수 없게 북한은 감시 천국이었으니까요. 그리고 뇌물 주고받는 게 일상화되어서 지위나 권세가 높을수록 뇌물을 많이 받아 잘 살고, 힘없는 사람일수록 뇌물 주느라 쓰러질 정도였어요. 그리고 사돈에 팔촌까지도 모두 연좌제에 걸려 적대 계층이 되고, 교화소 가고, 수용소에 가고…

―당신, 그러고 보니 그동안 북한에 대해 많이 공부했네요.

―교양인이라면 최소한의 북한 지식은 있어야지요. 그들이 얼마나 참혹한 세월을 살았는지 알아야 해요. 그래야 통일 후도 우리 국민이 그들을 이해하고, 올바른 판단을 하고, 도움을 줄 수 있으니까요.

―당신 오늘 보니까 정말 멋있는데요. 존경해요, 여보.

―고마워요. 북한의 문화를 다 바꾸려면 상당한 시간이 걸릴 거예요. 법이나 제도나 문화가 하루아침에 몽땅 바뀌진 않으니까요. 의식 자체가 바뀌어야 하고 습관이 바뀌어야 하는 거지요.

―남한 국민들이 많이 노력해야겠네요. 그들을 감싸 안으면서 민주주의의 법과 제도뿐 아니라, 의식구조가 바뀌게 도와주려면요.

―그렇지요. 뿐만 아니라 남한 국민도 통일을 위해 고통을 나눌 각

오를 해야 해요. 하루아침에 남북한이 비슷하게 잘 살고 비슷하게 생각하고 행동하게 되는 건 아니니까요. 적어도 몇 년 혹은 몇십 년도 걸릴 거예요. 독일도 통일 후 서독이 휘청했으니까요. 우리 남북한보다 동서독은 여러 면에서 차이가 훨씬 적었는데도 통일된지 30년 가까이 지나고 나서 겨우 80% 정도 비슷하게 되었다잖아요?

 ─아이고 그렇다면 우리는 더 많은 시간이 필요하겠네요.

 ─너무 비관적으로 생각할 필요는 없고, 단지 너무 조급해하지 말고 마음을 느긋하게 먹고 기다려 주는 자세도 필요하다는 거지요.

 ─그러네요. 요는 단시일 내에 해결해야 되는 일도 있고, 시간을 두고 차근차근 해결되어야 하는 것도 있다는 것을 위정자나 남북한의 국민들이 모두 알아야 한다는 거지요?

 ─그렇죠. 무엇보다도 우선 북한 주민이 남한을 믿어줘야 하고, 남한 당국이나 남한 주민은 진실된 마음으로 북한 주민들에게 다가가야 해요. '자유'에 대한 가치를 일깨워 주어야 하고요. 가능하면 그들이 자발적으로 변화에 앞장서도록 유도해야 해요. 그동안 얼마나 많은 것이 잘못되고 잔인한 인권유린을 당했는지 스스로 깨닫도록 도와주어야 해요.

 ─또한 자유는 '방종'이 아니고 사회를 안전하고 편안하게 하기 위하여 일정한 규제와 규칙도 있음을 알려주고, 권리와 의무를 확실하게 구별할 수 있도록 그들이 모두 납득이 되도록 알려주되, 어디까지나 그들을 인격적으로 존중해 주어야겠지요?

 ─그렇지요. 남북을 갑을 관계가 아닌 수평적인 관계로 함께 손잡고 나가되, 민주주의와 자본주의에 서투른 그들을 도와준다는 개념으

로 이끌어야겠네요. 배고팠던 그들을 위해 조금 더 잘 사는 형의 심정으로 도와주고 포용해주면 될 것 같아요. 정부에서는 기존에 있던 정치범수용소를 없애려고 할 때, 왜 그것이 잘못되었고, 인권을 유린하는 것인지를 잘 알 수 있도록 설명해주고 수용소의 죄수들을 풀어주어야 한다는 거지요. 그러나 그들이 수용소에서 나와서 다른 사람을 해친다든가, 공공의 질서를 파괴하는 일을 하면 다시 정치범수용소가 아니라 정식 재판을 받고 판사의 선고에 따라 다시 교도소에 재수감된다는 것도 알려주어야겠지요. 특히 흉악한 범죄자는 종신형이나 사형도 받을 수 있다는 걸 알려주어야 할 거예요.

　－그렇지요. 민주주의 국가에서는 국민 모두가 동등한 권리와 의무를 가진다는 것을 알려주고, 맹목적으로 정치지도자에게 충성하는 것은 민주주의 체제하에서는 맞지 않은 일임을 알도록 해주어야 해요. 효도는 부모에게 하는 것이고 충성은 국가에 하는 것이지 어느 개인에게 하는 것이 아님을 알려주어야 해요.

　김강칠은 그의 아버지가 기대했던 이상으로 포악하여 권력자들을 무자비하게 숙청하고 핵실험도 더 악착같이 하고, 온 국민을 상대로 더 악랄한 외화벌이를 요구했으며, 개성공단이나 외국에 나가서 일하는 근로자들의 월급도 거의 다 강탈해 갔었다. 정말 더 늦기 전에 김강칠이 잡히고 남한이 북한을 해방시킨 것은 하늘의 뜻이리라.

　인민은 아무런 동요 없이 생업에 종사하면 되고, 곧 남한에서 식량이 올 거라는 것과 전기와 수도도 훨씬 더 많이 공급될 거라는 것, 인민은 절대로 해치지 않을 것이라는 것을 방송에서 보도하였다. 이제 우리는 통일이 되었으므로 훨씬 더 자유롭고 더 풍요롭게 살게 될 것임을 계속 방송으로 알렸다. 지금까지 통제되었던 여행도 마음껏 해도 되고, 생활총화도 안 해도 된다는 것과, 곧 북한에 필요한 물자를 생산할 공장도 짓게 될 것이고, 산에도 나무가 무성한 날이 올 것임을 방송으로 알렸다. 또한 선량한 국민이 고통받았던 '뇌물 주고받기'도 일시에 없어진다는 걸 매스컴에서 계속 알려주었다. 뇌물을 받거나 주면 벌을 받는다는 것을 지속적으로 알렸다.

북한 인민들은 놀라운 뉴스에 넋이 나갔다. 처음에는 얼른 믿어지지 않아 고개를 갸우뚱했지만, 매일 매일 반복되니까 꿈에 부풀게 되었다. 장군님이 이밥에 고깃국을 먹여줄 거라던 희망은 육십 년이 지나도 실현되기는커녕 강냉이죽도 배불리 먹지 못하고, 온갖 노동에 시달리고, 툭하면 교화소에 갇히고 단련대에 갇히는 어기찬 세월들이 주마등처럼 스쳐 지나갔다.

밀무역을 하다 두 번이나 잡힌 적이 있는 권도상이 상기된 얼굴로 말했다.

—이젠 정말로 새로운 세상이 열린다는 거지?

권도상의 아내 오혜선이 맞장구를 쳤다.

—몰래몰래 이불 덮어쓰고 보았던 남한 드라마도 이젠 마음 놓고 볼 수 있단 말이지요? 참말로 이밥에 고깃국 먹는 날도 온다는 거고요?

—글쎄 그렇다니까. 하루 24시간 수도에서 따뜻한 물이 나와서 언제든 목욕도 할 수 있다잖아요?

—정말 단 하루만이라도 그렇게 살다 죽으면 여한이 없겠어요. 설

마 남한사람들이 거짓으로 저러진 않겠지요?

　－거짓이라니. 우리는 더이상 더 나빠질 게 없지. 남한이 우리보다 월등하게 잘 산다잖아요?

　다른 인민들처럼 권도상 부부도 이런 생각들을 하며 추이를 지켜보기로 하였다.

　북한의 각급 학교 교사들은 지금까지 그토록 철저하게 김씨 우상화 교육을 시켰는데, 하루아침에 세상이 바뀌었으니 갑자기 학생들에게 뭐라고 가르쳐야 할지 난감하였다. 이미 김강칠과 최고위층이 잡혀간 마당에 옛날처럼 김씨 우상화 교육을 시킬 수는 없으므로 오로지 학술적인 내용만 가르치는 것이 묘수로 생각되었다. 그러나 사회가 안정되고, 자유민주주의가 들어오면 교사들은 통일 교과서로 수업을 하게 될 테니까 그땐 아주 신나게 수업을 할 수 있을 것이다. 꿈에도 그리던 통일이 되었으니 이젠 죽어도 여한이 없을 것 같았다.

　노동당 고급간부들은 날마다 불안한 마음으로 살고 있다. 그동안 인민들에게 너무 심하게 군림한 것도 후회되고, 뇌물을 많이 받았던 것도 후회되고, 또한 이런 자기들을 남한 정부에서 어떻게 할지 불안하다. 그러나 인민들에게 특별한 잘못을 한 것이 없거나 상부의 지시로 어쩔 수 없이 인민들에게 충성을 강요하고, 노동을 강요한 중하급 간부들과 일반 당원들은 아무 걱정 없이 평상심으로 살고 있다. 노력동원, 감시 이런 게 없어지니까 별로 할 일도 없이 여유로운 일상을 보내며 미래가 어떻게 전개될지 호기심 반 기대 반으로 나날을 보내고 있다.

　남한 정부에서는 북한 인민들에게 1년 이내에 통일헌법이 만들어지고, 그에 따라서 2년 이내에 선거를 치르고, 입법, 사법, 행정이 독립적으로 운용되게 됨을 알리기로 하였다. 남한과 마찬가지로 북한도 문맹이 거의 없으므로 여러 가지로 편리하다. 지금까지 주민들을 숨막히게 괴롭혔던 수많은 불편사항들은 대부분 없어지거나 완화된다는 것을 지속적으로 방영하니 북한 주민들도 통일을 실감하게 되었다. 당장은 먹고살게 해주고, 아픈 데 고칠 약을 주고, 수도와 전기가 전보다 몇 배나 더 들어오니 이것만 해도 살 것 같다. 매일같이 감시당하고 매주 생활총화를 했던 그 끔찍한 세상이 가고, 모든 것이 자유로운 새 세상이 되었음은 확실한 것 같다. 그제야 북한 주민들이 모여 만세를 부르며 통일을 기뻐하기에 이른다.

─정말이지 통일이 된기야요. 이런 세상이 오다니요.

─죽기 전에 통일이 되었지라요. 먼저 간 친구들도 이젠 하늘나라에서 기뻐하갔지요?

─좋은 세상 오래오래 살자우요. 북조선도 남조선도 서로 실컷 구경해볼 수 있갔지요?

─내래 그저 이밥에 고깃국 먹어본 게 제일루 좋구만요.

─이런 좋은 세상 못 보고 죽은 사람들이 안됐지라요.

─우리 만세라도 부르자요. 내가 선창을 할티니끼니 모두 따라 하시라요.

항상 앞장서기를 좋아하는 안희주가 먼저 소리 높여 외치니 모두 두 손을 번쩍 들고 일어나서 큰소리로 외쳤다.

─통일 조선 만세! 통일민족 만세! 자유세상 만세!"

기도

해리슨 홀은 운전을 하려고 운전대에 앉으면 오늘 하루도 지켜달라고 하느님께 기도부터 한다. 기도를 하고 나면 마음의 안정을 얻는다. 마침 1종 운전사 자격증을 따 놓았던 터라 화물차 운전할 일이 생기면 즐거운 마음으로 한다. 주로 시카고에서 출발하여 애틀랜타나 댈러스로 간다. 가끔은 디트로이트나 멤피스, 혹은 뉴욕으로 가기도 한다. 하루에 평균 8시간씩 운전을 해야 했다. 중간에 쉬기도 하고 점심도 먹고 하니 보통 10시간 정도 일하게 되어 아침 8시에 시작하면 저녁때 끝이 났다.

운전을 안 하는 날엔 건설 현장에서 일할 때가 많았다. 어떤 날은 철근을 박는 일에 동원되기도 하고, 시멘트 만드는 일을 하기도 하고, 타일 공사나 벽돌 공사에 참여하기도 한다. 하루 일이 끝나면 몹시 피곤하지만 푹 쉬고 나면 다시 힘이 생겼다. 건설일은 다행히 밤일은 없으므로 오후 6시쯤 대체로 일이 끝난다. 일용직 노동자지만 부지런히 일하면 먹고사는 덴 지장이 없다. 해리슨은 이렇게 번 돈으로 작은 원룸을 얻어서 살았다. 미국의 관습에 따라 대학 입학 후부턴 보통 부모 집을 나와 독립하지만, 해리슨은 대학 졸업 후 겨우 독립하였다.

하루는 일을 마치고 잠자리에 드니 지난날들이 흑백영화처럼 아련히 떠올랐다.

대학에 입학하고 한 달 때쯤 되는 9월 어느 일요일 오후 가족들이 모인 가운데 아버지 에드워드 홀이 입을 뗐다.

—얘들아, 너희들이 이미 눈치챘을지도 모르겠다만 너희 형제는 아주 어릴 때 우리가 입양했단다. 첫째 로버트는 두 살 때 폴란드에서 데려왔고, 3년 후 해리슨을 네 살 때 한국에서 데려왔다. 우리 부부는 너희들을 입양해서 친자식같이 키우면서 매우 행복했단다. 특히 너희들이 가끔씩 싸우긴 했으나 비교적 우애 있게 지내는 게 보기 좋았고 고마웠다. 지금은 세계화 시대니 어디에서 태어났건 상관없다. 자기 능력을 발휘하고, 좋은 사람 만나 행복하게 살면 된다. 너희들은 이제 성인이 되었으니까 자신의 뿌리를 아는 것이 좋을 것 같아 말해주는 것이다.

로버트와 해리슨은 순간 당황했으나 이내 고개를 끄덕였다. 형제가 조금도 닮은 데가 없고, 아버지 어머니와도 닮은 데가 없어 늘 마음속으로 의구심을 가져왔던 터였기 때문이다.

형제는 자기들이 기억하는 가장 어린 나이부터 현재의 부모님과 살았으니 친자식이 아니라는 것도 상상하기 어려웠다. 단지 어머니에게 섭섭하거나 이상하게 느꼈을 때는 '혹시 입양한 게 아닐까?' 하는 의구심이 다시 고개를 들곤 했다. 다른 아이들은 엄마한테서 태몽이라든가, 입덧과 관련된 에피소드, 태어날 때의 이야기, 첫돌 때의 모습 등을 들었다는데 자기는 전혀 들을 수 없었던 것, 언제 걸음을 걸었다든가, 언제 말을 하기 시작했다든가 하는 얘기도 들을 수 없었다. 가장 섭섭한 것은 생일을 잘 챙겨주지 않는 것이었다. 다른 친구들은 엄마가 자녀의 친구들을 집으로 초대하여 생일 파티를 해주는데, 자기 어머니는 한 번도 그런 적이 없었다. 온 가족이 차 타고 여행 간 일은 몇 번 있었지만, 그럴 때도 부모님과 손잡고 걷는다든가 하는 일은 거의 없었으므로 엄마 손 잡고 가는 아이들이 부러웠었다. 열이 나고 아플 때도 약만 사다 줄 뿐 다른 집 엄마들처럼 밤새워 간호를 해준다든가 하는 일은 거의 없었으며, 학교에서 학부모 회의를 해도 자기 부모님은 잘 오지 않았다. 공부에 대해서도 방임이었다. 좋은 대학을 가기 위해서는 공부 잘하는 아이들도 과외를 받지만, 자기 형제는 일절 그런 게 없었다. 특히 등교 후에 비가 쏟아져도 다른 엄마들처럼 우산을 갖다 주지 않아 서러웠던 기억도 있고, 학교 운동회 때도 부모님은 오지 않았다. 입양한 게 아니냐는 의구심을 품었다가도 지금의 행복이 깨질까 두렵기도 하고, 이런 양부모를 만난 것도 행운이라는 생각도 들었다. 어릴 적부터 지금까지 먹이고 입혀 키우고 학교 보내 준 은혜는 결코 적다 할 수 없었다.

해리슨 가족은 시카고 교외 백인들이 주로 사는 네이퍼빌(Naperville)에 살았다. 초중고 학교를 다닐 때 해리슨은 혼자일 때가 많았다. 피부색이 같은 친구가 거의 없었기 때문이다. 네이퍼빌 고등학교에서는 백인이 대다수고 유색인종은 몇 명 되지 않았다. 백인 아이들은 대놓고 해리슨을 외면했고, 흑인은 해리슨 스스로가 그들 곁에 다가가지 못했다. 여학생에게는 숫기가 없어 말도 걸지 못했다. 이제 모든 게 밝혀지니 더 이상 혼란스러울 필요도, 의구심을 가질 필요도 없어서 한편으론 시원하기도 했다.

해리슨은 이후 시간이 지나면서 양부모님과 친부모가 다 있는 게 나쁘지 않다는 생각도 들었다. 뭐랄까 우군이 더 생겨서 든든한 느낌 같은 것이 슬며시 옆에 와 있었다. 이때부터 자연스럽게 친부모님이 보고 싶다는 생각도 불쑥불쑥 들기 시작했다. 어떤 사연으로 자기가 미국에 입양되었는지 알 길이 없지만, 적어도 자기를 이 세상에 태어나게 해준 분들이라는 생각에 원망보단 그리움이 앞섰다.

이튿날은 마침 일거리가 없어 오랜만에 모교인 시카고대학을 방문하였다. 넓은 캠퍼스를 산책하고 햄버거를 먹고 오랜만에 영화나 한편 보려고 대학극장에 갔다가 뜻밖에도 고등학교 때 동급생이었던 제인을 만났다. 그녀는 마침 휴가 중에 친구와 함께 영화를 보러 극장에 왔다고 했다. 제인은 학교 다닐 때 수학경시대회에 학급이나 학교대표로 나가 상을 타오던 해리슨에 대해 호감을 가지고 있었다. 특히 외톨이 해리슨이 안 되어 보여서 가까이하고 싶은 생각도 있었으나, 다른 친구들 눈도 의식하게 되고, 해리슨이 자기에게 특별한 관심이 없는 것 같아 개인적으로 친하지 못한 채로 졸업하였다.

졸업 후에는 자기는 일리노이대학에 가고 해리슨은 시카고대학에 가는 바람에 다시 만나지 못했는데, 주말에 부모님 집에 왔다가 뜻밖에도 6년 만에 시카고대학 극장에서 그를 다시 만나니 이게 무슨 운명인가 싶었다. 해리슨도 고등학교 때 속으로 제인을 좋아했으나 용기가 없어 고백은커녕 가까이에 가서 말 한마디도 건네지 못했고, 대학 가서는 다시 만날 수 없었다. 제인이 다니는 일리노이대학은 어바나-샴페인에 있는데, 시카고에서 자동차로 3시간 정도 떨어진 곳이어서 그녀는 학교 기숙사에서 생활을 했다. 제인은 특별한 미인은 아니어도 지성미가 돋보이는 학생이었다. 피부는 하얗고 눈동자는 파랗고 코는 오똑하고 머리는 금발이었다.

－해리슨 안녕. 만나서 반가워. 어떻게 지냈어? 얘는 내 친구 소피아야.

－제인, 안녕. 다시 만나서 반가워. 소피아 씨 만나서 반가워요.

－해리슨 씨, 만나서 반가워요.

세 사람은 함께 영화 [터미네이터]를 보고 카페에서 회포를 풀게 되었는데, 알고 보니 제인은 법대 졸업 후 변호사로 일하고 있었다. 소피아 역시 변호사라고 하였다. 해리슨은 차마 자기의 처지를 얘기할 수 없어 대학원에 가기 위해 지금은 공부하고 있다고 둘러댔다. 한 시간쯤 얘기하다 헤어지고 나서 생각하니 정신이 번쩍 들었다. 제인은 어엿한 변호사로 일하고 있는데, 자기는 명문대를 나오고도 막노동이나 하고 있으니 새삼스럽게 부끄럽고 한심하다는 생각이 들어 자기의 삶에 대해 진지하게 다시 고민하기 시작했다.

이리저리 궁리를 해보았으나 별 뾰족한 수가 없고, 자기도 명색이 법대를 나왔으니 변호사 시험을 보는 게 그나마 가장 쉽고 빠를 것 같았다. 지난번에는 떨어졌지만, 이번엔 반드시 합격해야 할 것이었다. 그날 밤부터 변호사 시험 준비에 돌입하였다. 시험까지 남은 시간은 4개월. 넉넉하진 않지만 그래도 충분히 해볼 만한 시간이었다. 4개월 동안 일 안 하고 살 수 있는 최소한의 돈은 있으므로 공부만 하기로 하고 스케줄을 짜서 열심히 공부했다. 세상에 태어나 공부를 가장 열심히 한 시간이었다. 막상 공부를 해보니 옛날에 다 공부했던 것이니까 기억나는 것도 많았다. 최소한의 식사 시간, 수면 시간, 한 달에 한 번 2시간씩 제인과 데이트하는 시간 외에는 온 힘을 다해 시험 준비를 했다.

드디어 시험 날이 되었다. 일어나자마자 기도를 드렸다. "하느님, 오늘 제가 시험을 잘 볼 수 있도록 도와주십시오." 기도를 드리고 나니 어느 정도 마음이 안정되었다. 첫날은 일리노이주에서 변호사로 일하기 위해 보는 주관식 시험으로 오전에 3문제, 오후에 3문제에 대해 에세이식으로 답을 쓰는 문제였다. 한 문제당 1시간씩의 시간이 주어졌다. 둘째 날은 50개 주가 공통으로 보는 MBE(Multistate Bar Exam) 시험인데 모두 7개 과목으로 오전에 100문제, 오후에 100문제를 객관식으로 푸는 문제였다. 두세 문제만 빼고는 거의 다 아는 문제들이었다. 셋째 날은 변호사로서의 실무능력평가로서, 이것도 별로 막히지 않고 그런대로 잘 본 것 같았다.

시험이 끝나고는 다시 막노동도 하고 운전하는 일도 했다. 석 달 후 발표하는 날이 되었다. 어젯밤 꿈에 빨갛게 익은 복숭아가 주렁주렁 달린 복숭아밭을 거닐며 복숭아 하나를 따는 꿈을 꾸었다. 깨고 나니 길몽 같아서 기분이 좋았다. 합격자 발표를 보니 역시 분야별로 'Harrison Hall'이 쓰여 있었다. 특히 세법 분야에서는 1등을 하였고, 전체적으로도 상위권에 랭크되어 있었다. 해리슨은 하느님께 감사기도를 했다. 갑자기 날개를 달고 하늘로 비상하는 느낌이 들었다.

해리슨은 3주일 후 유명 보험회사에 취직하였다. 변호사 시험 성적이 좋으니까 학교 성적은 제출하라고도 하지 않았다. 연봉도 꽤 높게 책정되었다. 실적에 따라 계속 올라간다고도 하였다. 오랜만에 부모님 댁에 가서 그간의 일을 얘기했다. 부모님도 매우 기뻐하며 축하해주었다. 주말에 다시 제인을 만났다. 이날은 용기를 내어 그간의 일을 모두 고백했다. 우선 한국에서 미국으로 입양되었다는 것, 양부모님은 사랑으로 잘 키워주셨지만, 평범한 회사원인 아버지로부터 비싼 등록금과 생활비를 전부 지원받을 수 없어 학부 때 많은 시간을 아르바이트에 쓰느라 성적이 안 좋았던 것, 변호사 시험에도 떨어졌던 것, 막노동을 한 것, 그리고 제인을 만난 이후 다시 변호사 시험에 재도전하여 좋은 성적으로 합격하고, 유명한 보험회사에 입사한 것 모두를 얘기하고는 변호사 시험 다시 보고 취직한 것은 오로지 제인 덕분이라고 고백하였다. 그녀는 깜짝 놀라며 축하해주었고, 감동받았다고 하였다.

제인은 솔직히 지난 몇 달간 한 달에 한 번 해리슨과 잠깐씩 만나면서도 그의 마음이 무덤덤한 것 같아 기분이 썩 유쾌하진 않았다. 데이트에 집중하는 것 같지도 않고, 그나마도 한 달에 한 번 딱 두 시간만 만나고 헤어지니, 자기를 특별히 좋아하는 것 같지도 않아서 이런 만남을 계속해야 하나 말아야 하나 고민하기 시작하였던 터였다. 물론 동급생 친구니까 별다른 감정 없이 만나서 함께 밥 먹고 커피 마시고 할 수는 있지만, 구태여 이런 만남을 계속할 필요가 있나 하는 의구심이 들었었다. 뜻밖에 해리슨이 모든 걸 고백해주니 이제야 오해가 풀리고 그의 굳은 의지와 진중한 태도가 맘에 들었다.

제인은 일리노이대학 다닐 때 동급생인 다니엘과 1년간 사귀다가 헤어지고 아직 새로운 짝을 못 찾고 있던 차에 우연히 극장에서 해리슨을 만났던 터였다. 이후 제인과 해리슨은 주말마다 긴 시간 데이트를 하면서 서로에게 더 가까워지고 뜨거워졌다. 결국 10개월 후에 결혼에 골인하였다. 처음에는 제인의 부모님이 반대했지만, 해리슨을 만나보시고는 수긍하였다. 특히 해리슨 부모님과 제인 부모님이 뜻이 맞아 서로를 좋아하였다. 두 사람은 결혼하고 시카고 외곽에 아담한 집을 샀다. 부부가 모두 변호사이므로 집값의 10%만 내고도 방 3개짜리 단층집을 살 수 있었다. 미시간 호수가 내려다보이는 언덕에 지은 빨간 벽돌집이었다.

2년 후에 제인이 임신을 하여 부부는 더욱 행복하였다. 몇 달 뒤 그녀는 딸을 낳았고, 이름을 '앤'이라 지었다. 해리슨은 자기에게 가정이 생겼다는 사실에 스스로 감격하였다. 직장 일이 끝나면 앤이 보고 싶어 막 가슴이 뛰고 발걸음도 빨라졌다. 집에 와서 앤을 안고 있으면 세상을 다 가진 듯 뿌듯하고 황홀하였다. 산다는 게 행복한 일이라는 걸 처음으로 느껴보았다.

해리슨은 이제 모든 면에서 안정이 되니 친가족을 찾아 자신의 뿌리를 찾고 싶은 생각이 불현듯 들었다. 양부모님을 존경하고 사랑하는 마음은 전혀 변함이 없으나, 생명을 준 친부모님을 보고 싶다는 생각이 싹트고 있었다. 어쨌든 친부모님이 자기를 낳아주지 않았으면 자기는 이 세상에 없는 사람이니까 비록 키워주지 않았지만 궁금해졌다. 자기가 태어난 조국에 한번 가보고도 싶어졌다. 해리슨은 부모가 되어 보니 웬만해서는 부모가 자식을 버릴 수 없다는 걸 깨닫고, 자기가 미국에 입양이 된 데에는 필시 무슨 곡절이 있을 거라는 생각이 들었다. '이제 친부모를 찾아서 내 인생의 마지막 퍼즐을 맞추어보리라.' 그는 양부모님께 처음 입양해 왔던 날짜와 입양경로를 물었다. 부모님은 깊이 넣어두었던 입양 자료를 찾아서 보여 주었다. 그의 한국 이름은 정인호였으며, 1987.7.12일에 마산 홀트아동복지회에서 입양 수속을 해준 것으로 되어있었다.

해리슨은 마산경찰서가 해외 입양인들에게 가족을 찾아줬다는 내용을 KBS 국제뉴스에서 보았던 기억이 났다. "입양인들이 한국으로 오기 어려운 점을 감안하여 국제우편으로 DNA 샘플을 받아 등록하는 '실종아동 찾기' 정책이 좋은 반응을 얻고 있다"며, "해외 입양인은 DNA 검사를 해서 자료를 경찰서에 보내 주면 가족 찾는 데 결정적인 도움이 된다"고 언론에 발표하는 것을 보았다. 해리슨은 자기의 나이와 한국 이름, 그리고 언제 홀트아동복지회를 통해 입양이 이루어졌다는 것과 부모님을 찾고 싶다는 내용을 DNA 검사결과와 함께 마산경찰서에 보냈다.

마산경찰청 장기실종수사팀은 이 일을 맡자 87년 4월 23일 경찰이 마산시청 앞에서 정인호를 발견해 보호하고 있다가 홀트아동복지회를 통해 87년 7월 미국의 한 가정으로 입양 보냈다는 기록을 찾았다. 이후 해리슨의 가족을 찾는 일은 순조롭게 이루어졌다. 경찰이 그의 부모에게 연락을 하니 "어릴 적 아들을 잃어버렸다. 찾으려고 무진 애를 썼지만 결국 못 찾았다"는 대답이 돌아왔다. 경찰은 국제우편으로 온 해리슨 즉 정인호의 DNA와 아버지 정훈철의 DNA를 비교하여 최종적으로 친자관계임을 확인했다. 마산경찰서는 이 모든 내용을 해리슨과 부모님께 알려주었다.

해리슨은 이제 친부모를 만날 수 있다는 소식에 두근거리는 가슴을 안고 한국어 공부를 시작했다. 『기초한글』 책을 사서 공부를 해보니 한글이 너무 쉬워서 깜짝 놀랐다. '세상에 이런 기막힌 문자도 있구나.' 한글 알파벳을 하루에 다 익히고 나니 한국어에 대한 자신감이 생기면서 학습 의욕이 충천했다. 받침만 조금 어려울 뿐 새로운 언어를 배우는데, 이렇게 쉬울 수가 없으니 자꾸만 더 배우고 싶어졌다. 『한국어 쓰기』, 『한국어 읽기』, 『한국어 듣기』, 『한국어말하기』 책을 사서 틈만 나면 한국어 공부를 했다. 듣기 책에 끼어 있는 cd로 듣는 연습도 했다. 자꾸 들으니 조금씩 귀가 트였다.

마침 한국의 '해외입양인연대(GOAL, Global Overseas Adoptee's Link)'가 해외 입양인의 고국 방문 프로그램을 홍보하는 걸 보고 해리슨은 즉시 신청하였다. 한국에 간다면 이 프로그램으로 가는 게 좋을 것 같았다. 일주일 후에 합격 통보를 받고 얼른 회사에 휴가를 신청하여 결재를 받고 한국을 방문할 수 있게 되었다. 해외입양인연대는 '첫 고향방문' 행사를 통하여 11일간 입양인들에게 한국 관광도 시켜주고, 친가족 찾기도 도와주며, 한국어도 가르쳐주고, 희망자에게 국적 회복도 도와준다. 한복 입어보기, 한옥에서 지내보기, 한국 음식 먹어보기, 윷놀이 등 한국 놀이 해보기, 사찰체험 등과 같은 문화체험도 하게 해주었다. 선진국으로 발전한 한국을 보니 뭔지 모를 뿌듯함과 안도감으로 가슴이 벅차올랐다. 새로운 희망이 뭉게구름처럼 피어오르면서 가족을 만나고 싶은 열망이 더욱 부풀었다. 마산경찰서에서 알려준 번호로 부모님 댁에 전화를 했으나 받지 않았다. 몇 번을 했으나 역시 허사였다. 주소는 서울로 되어있었다. 마산에서 서울로 이사를 한 모양이었다. 택시를 타고 서울시 서대문구 H 아파트 3동 앞에 내려서 906호를 찾아 초인종을 눌렀다.

　—누구세요?

라는 음성이 들렸다.

　—저는 정인호입니다. 이 댁이 정훈철 씨 댁인가요?

현관문이 열리며,

　—정인호라고요?

하는 남자 목소리가 들렸다.

　—예, 제가 정인호입니다.

　—청년이 정말 정인호란 말입니까?

　—그렇습니다.

해리슨은 드디어 아버지 정훈철과 어머니 양희순을 28년 만에 만날 수 있었다.

　—아이구, 네가 정말 인호란 말이냐? 그 어린 것이 이렇게 청년이 되었구나. 그렇게 찾아도 못 찾았는데, 미국에서 이렇게 잘 컸구나. 고맙다. 정말 고마워. 경찰서에서 너를 찾았다는 얘길 해줘도 반신반의했는데, 네가 정말로 살아있었구나. 이렇게 멋진 청년으로.

　'하느님, 감사합니다, 참으로 감사합니다.'

어머니도 상기된 얼굴로 성호를 그었다.

해리슨도 입을 뗐다.

　—아버지, 어머니, 정말 보고 싶었어요. 제가 아버지와 엄마를 많이 닮았네요. 기대하지 못했는데 이렇게 찾게 되어 너무 기뻐요. 아직은 한국말이 서툴러요. 다음번엔 공부 더 많이 하고 올게요.

-이만하면 충분히 잘한다. 대단하다. 고맙다. 너는 시장에 간 엄마한테 간다며 혼자 집을 나간 이후 실종되었단다. 너를 잃고 우리 가족은 10년간 너를 찾으려고 방방곡곡 다니지 않은 곳이 없고, 안 해 본 일이 없었단다. 미친 듯이 헤맸지. 오로지 너를 찾는 일에만 매달렸어. 네가 눈에 밟혀 살아도 사는 게 아니더라. 기도도 엄청나게 많이 했지. 하느님이 야속하게도 우리 기도를 들어주시지 않더구나. 10년이 훌쩍 지나고부터는 조금씩 체념하면서 정신을 차렸단다. 외국에 입양된 줄은 꿈에도 몰랐지. 일찌감치 경찰에 가서 DNA 검사를 받고, 우리의 연락처도 등록해두긴 했지만, 큰 기대를 안 했어. 더구나 네가 우릴 찾아올 줄은 상상도 못 했다. 이건 기적이다, 기적. 이렇게 찾아줘서 정말로 고맙다. '하느님, 감사합니다. 조상님들 감사합니다.'

아버지가 눈에 가득 눈물을 머금고 상기된 얼굴로 말을 했다. 어머니와 형도 아버지가 한마디 한마디 할 때마다 고개를 끄덕였다. 그러다가 어느 순간 네 식구는 한데 어울려 감격의 눈물을 쏟아냈다. 정말 피는 물보다 진했다. 28년 동안의 공백이 뜨거운 눈물로 메워지는 순간이었다. 형 정근호도 한마디 했다.

-그동안 아버지, 어머니가 참으로 힘든 시간을 보내셨어. 너의 실종으로 우리 가족의 놀람과 애통함은 이루 다 표현할 수가 없었단다. 너를 찾는 일이 우리 인생의 숙제였는데, 28년 만에 만나다니 하늘이 우릴 도왔다.

-나 때문에 부모님이 너무 고생하셨어요. 죄송합니다. 내가 철없이 그렇게 집을 떠난 줄은 몰랐습니다. 이제라도 만났으니 앞으론 자주 찾아오겠습니다.

친가족을 만나니 20년 전 네이퍼빌에서 양부모와 살 때의 일이 주마등처럼 갑자기 떠올랐다. 네 명의 가족이 모처럼 동네 공원에 놀러 갔다. 고기도 구워 먹고 과일도 먹고 배드민턴도 쳤다. 참으로 즐겁고 행복한 시간이었는데, 해리슨이 우연히 부모님의 표정을 보게 되었다. 흐뭇하고 행복한 표정 속에도 뭔가 아쉽고 쓸쓸한 눈빛이 담겨있었다. 당시에는 고개를 갸우뚱하지 않을 수 없는 대목이었다. '왜 그럴까? 무슨 근심이 있나?' 나중에야 자기들을 보는 복잡한 눈빛임을 깨닫게 되었다. 눈앞에서 노는 자식들이 친자식들이 아니고 양자들이라는 사실에 양부모만이 가질 수 있는 복잡한 상념이 있을 수 있을 것이었다. 자신도 친부모를 만나고 보니 양부모님과는 또 다른 뭔가 뜨거움 같은 게 생기는 것을 부인할 수 없었다. 그토록 오래 못 만났는데도 단숨에 부모 자식의 정이 우러나는 걸 보니 육친의 정이란 특별한 것임을 알았다. 육친의 정 없이 자기를 이만큼 키워주신 양부모님이 더욱 존경스럽고 감사했다.

해리슨은 지갑 속에 든 가족사진을 꺼내 가족들에게 보여 주었다.

ㅡ가족사진이에요. 딸애가 이제 두 돌이 지났어요.

ㅡ이 아이 이름이 뭐냐?

ㅡ'앤' 이에요.

ㅡ응, 그래 앤, 아주 귀엽게 생겼구나. 어멈도 예쁘게 생겼고….
장가도 잘 갔구나. 모두 보고 싶다.

ㅡ장가가 뭐예요?

ㅡ응, 결혼을 말하는 거야.

ㅡ아, 예. 다음에는 다 함께 올게요. 아버지, 어머니도 미국 한번 오

세요. 형도 오세요.

　－그래, 고맙다. 이제 됐다. 이젠 죽어도 여한이 없다.

　해리슨과 가족은 고향 마산으로 내려가 옛날에 자기들이 살았던 집도 가보고 어머니를 찾으러 갔던 시장도 가보고, 경찰이 해리슨을 발견했다는 마산시청도 가보고 무학산도 올라가 보고 돝섬 해상 유원지도 둘러보고, 어시장도 보고, 회도 먹고, 마산의 대표 음식 아구찜도 먹었다. 이튿날엔 팔룡산 돌탑도 보고 마산 문신미술관도 둘러보면서 재회의 기쁨을 만끽했다. 한국문화의 진수를 보기 위해 경주여행도 다녀왔다. 경주에서 불국사, 석굴암, 다보탑, 석가탑, 첨성대, 박물관 등을 보고는 한국문화의 역사가 깊고, 그 수준이 매우 높다는 것을 알았다. 특히 석굴암의 인자하고 우아한 미소는 압권이었다. 그 차가운 돌에서 뿜어져 나오는 부처님의 온화한 모습은 감탄을 자아내기에 충분했다. 경주의 한옥들도 매우 정겨웠다. 해리슨은 오랜 세월 가족과 만나지 못했으니 앞으로는 자주 만나고 싶어졌다. 처음에는 얼떨떨하여 제대로 된 마음의 표현도 못 했지만, 한국어 공부를 많이 해서 다시 만난다면 후회 없이 표현하리라고 마음속으로 다짐하였다.

　미국에 돌아온 해리슨은 그동안 보고 싶었던 딸 앤과 제인을 만나 한층 뜨거워진 가족애를 다졌다. 불과 13일 못 보았는데도 몇 달 된 것처럼 반가웠다. 주말에는 세 식구가 양부모님을 뵈러 갔다. 부모님은 앤을 보시고는 너무 귀엽다며 두 분이 번갈아 가며 안아주셨다. 앤도 낯을 가리지 않고 할아버지, 할머니를 보고 방긋방긋 웃었다. 해리슨은 한국 다녀온 얘기를 했다.

―이번에 한국에 간 김에 부모님을 찾았는데, 운 좋게 부모·형제를 다 만났어요.

―아유, 잘 됐다. 축하한다. 그래 부모님도 건강하시고?

―예, 생각보다는 젊으시더라고요. 제가 혼자 집을 나갔다가 길을 잃었었나 봐요. 부모님이 10년간 고생하시며 전국을 돌아다니며 찾으셨대요.

―아, 그러셨구나. 28년 만에 다시 만나니 얼마나 반갑고 기쁘셨을까? 이제 우리 식사하자. 오늘은 내가 불고기를 만들었다.

어머니가 약간 상기된 얼굴로 얘기하였다.

―와우, 불고기를 어떻게 아세요?

―나도 한국에 대해 공부 좀 했지. 레시피대로 했으니 많이 먹어라.

―고맙습니다. 잘 먹겠습니다. 역시 어머니는 음식 솜씨가 남다르세요.

온 가족이 불고기를 먹으며 행복에 잠겼다.

이튿날 해리슨은 다시 일상으로 돌아와서 변호사로서의 일을 열심히 했다. 그는 회사에서 주로 세법 관련 일을 하고 있다. 고객들의 상속 및 증여와 관련된 상담을 해주고, 세금을 계산해주고, 필요한 수속을 대신 밟아주고, 수수료를 받는다. 어떤 사람은 돈이 너무 많아 주체를 못 하고, 어떤 사람은 적은 돈이지만, 알뜰하게 모아 자녀에게 상속할 것과 사회에 기증할 것을 나누어 달라고 한다. 회사 일을 할 때는 어떤 다른 생각도 끼어들지 못한다. 절대로 실수해선 안 되는 일들이고, 만일 실수를 한다면 어마어마한 돈을 물어내야 하는 상황에 몰릴 수도 있다. 막노동까지 해본 해리슨으로서는 이 직장이 너무나 소중하여 제대로 일을 잘해서 오래오래 회사에 남아야겠다고 생각했다. 틈틈이 세법과 보험에 관한 공부를 했다. '열심히 공부하고 일해서 회사에 꼭 필요한 사람이 되어야지.' 스스로 다짐하였다.

퇴근해서 집에 오면 무조건 앤과 놀아주고 앤이 잠들면 한국어 공부를 하였다. 주말에도 한국어 공부를 하면서 아내 제인에게도 한글 공부를 시켰다. 그녀 역시 한글 문자가 너무 쉽다며 흥미를 보였다. 일단 한글이 쉽기 때문에 쓰기를 먼저 가르치는 것이 효율적이라 생각하여 쓰기를 먼저 가르치고, 다음은 읽기, 말하기, 듣기 순으로 가르쳤다. 새로운 언어를 공부하는 것인데도 큰 부담 없이 재미있게 할 수 있으니 다행이었다. 퇴근 후 앤과 놀아주는 것과 한국어 공부 외엔 관심도 없고 시간도 없다. 앤의 재주가 느는 것과 자기의 한국어 실력이 느는 것이 비례하는 것 같아 설레기도 하고 신도 났다.

어느 날이었다. 해리슨이 퇴근해서 집에 오니 제인이 창백한 얼굴로 가슴을 부여안고 방바닥을 구르고 있고 앤은 울고 있었다. 해리슨은 소스라치게 놀라 앤을 안아 달래면서 제인이 어디가 어떻게 아픈지 물었다. 그녀는 아무 대답도 못 하고 가슴을 움켜쥐고 방을 구르다 혼절을 했는지 이제 앓는 소리도 안 내고 가쁜 숨을 몰아쉬고 있었다. 해리슨은 혼비백산하여 911에 전화를 했다. 10분 뒤에 구급차가 와서 제인을 침대에 눕히고 열도 재고 응급처치를 하고 병원 응급실로 데려갔다. 구급차를 타고 병원에 가는 동안 제인은 죽은 듯이 늘어져 있다. 해리슨은 정신이 하나도 없었다. 가슴이 쿵쾅거렸다. 병원에 가는 10분이 마치 10시간은 되는 것 같았다. 병원에 도착하여 응급진단을 하더니 심장에 문제가 있다며 수술실로 데리고 들어갔다. 해리슨은 앤을 안고 우유를 먹이며 수술실 밖에서 초조히 기다렸다.

해리슨은 지금 제인을 위해 자기가 할 수 있는 일이 기도밖에 없었다. 그는 앤을 꼭 껴안은 채로 간절한 기도를 했다. '하느님, 제인을 살려주십시오. 제발 살려주십시오. 이 어린 앤을 봐서라도 꼭 살려주십시오. 그녀 없이는 저희 부녀도 살 수 없습니다. 간절히 비오니 꼭 제인을 살려주십시오. 이번에 제인을 살려주시면 교회에도 열심히 나가고, 하느님의 계명대로 살겠습니다.'

두 시간쯤 후에 의사가 나오더니 혈관이 90%까지 막힌 곳이 있었다며 '심근경색'이었고, 시간이 조금만 지체됐으면 매우 위험할 뻔했다고 하면서 스텐트 시술을 했으니 내일까지만 경과를 보고 퇴원하면 된다고 하였다. 해리슨은 가슴을 쓸어내리며 감사하다고 90도로 절을 했다. 2시간 뒤에 제인이 깨어났다.

해리슨은 제인이 살아준 것이 너무도 고맙고 감격스러웠다. 그는 그녀의 손을 잡아주며 물었다.

─고마워요. 정말 고마워요. 지금 기분은 어때요?

─조금 몽롱할 뿐, 괜찮아요. 천당 문턱이 너무 높아 그냥 돌아왔어요.

해리슨은 웃으며 다시 감사기도를 드렸다.

'하느님, 감사합니다, 참으로 감사합니다. 찬미와 영광 받으소서.'

제인에게 그간의 상황을 설명해주면서 위로와 격려를 했다.

해리슨은 조금만 늦었으면 제인을 잃을 수도 있었다고 생각하니 아찔하였다. 어린 앤과 자기를 남겨놓고 그녀가 먼저 떠났다면 자기 부녀는 어떻게 되었을지 상상도 안 되었다. 해리슨은 이런 일을 겪어

보니 비상시에 매달릴 수 있는 존재가 있어야 함을 절실히 깨달았다. 어릴 적에 양부모님이 교회에 데려가셨지만, 신심이 생기지 않아 커서는 교회에 나가지 않았던 것이 후회되었다. 앞으로는 기도도 열심히 하고, 교회에도 꼭 나가야겠다고 스스로 다짐하였다.

병실 창문으로 눈부신 햇살이 제인의 침대를 비추고 그녀의 얼굴에는 화색이 돌고 있었다.

그림 같은 집을 짓고

조인철은 탈북하여 남한에 정착한지 4년째다. 북한 양강도에서 농사를 짓고, 전기기사로 일하다 중국으로 넘어왔다. 1년 동안 중국에서 살면서 남한행을 두어 번 시도하다가 실패하고 좌절했으나, 2년 후 운 좋게 어느 교회 목사의 도움을 받아 남한에 오게 되었다. 석 달간의 하나원 교육을 마치고 나서 처음엔 무엇을 해야 할지 몰라 막막하였다. '자유'를 얻고 나니 잘 적응이 안 되었다. 두 달을 집에서 놀던 시절 어느 탈북민 모임에 나갔다가 10년 경력의 타일 기술자 한민규를 알게 되었다. 결국 그의 밑에서 일하면서 1년 만에 기술을 익혀 자격증을 따고 나서 독자적으로 타일 공사에 뛰어들게 되었다.

인철은 타일공이 된 게 행운처럼 여겨지고, 타일기술은 몸안에 지닌 보물로 생각된다. 언제든 일만 하면 제법 많은 돈을 받을 수 있고, 능력과 노동량에 따라 돈을 벌 수 있으므로 만족도가 상당히 높은 편이다. 윗사람 눈치 볼 것 없고, 동료라도 각자 자기가 일한 만큼 공정한 임금을 받으므로 모든 게 편하다. 인철은 오늘도 평창동의 한 저택에서 타일 공사를 했다. 한 명의 다른 동료와 함께 베란다와 현관, 화장실 벽과 바닥에 타일을 붙였다. 화장실 바닥은 평평하지 않고 배수구 쪽으로 가면서 낮아지기 때문에 시멘트 바를 때도 각도를 맞춰 비스름하게 잘 발라야 하고, 타일 일을 할 때도 타일을 쪼개서 모양을 따로 만들어 정교하게 시공해야 하므로 조금 더 많은 시간과 정성과 기술이 필요하다. 이 부분에서 숙련공과 비숙련공의 실력도 드러난다. 아니 비숙련공은 하기 힘든 일이다.

다른 벽 타일이나 바닥 타일은 1헤비당 13,000원을 받지만, 화장실 바닥 일은 두 배를 받는다. 50x50cm 정도 되는 정사각형 타일을 4장 붙이면 한 면이 100cm 크기의 정사각형이 되는데, 이를 '1헤비'라고 한다. 하루에 50만 원 이상 벌려면 40헤비 정도는 붙여야 한다. 인철에게 있어 타일 붙이는 일은 별로 어렵지도 않고, 일한 만큼 돈을 받으므로 상당히 좋은 일감이다. 작은 사이즈의 타일은 잔손이 많이 가는 대신 타일이 무겁지 않으므로 다루기가 좋고, 사이즈가 큰 타일은 무거워서 다루는 데 힘은 들지만 붙일 땐 잔손이 적게 가므로 작업을 빨리할 수 있어서 좋다. 시간과 상관없이 타일을 붙인 면적에 따라 돈을 받으므로 공평하다.

어느 일요일이었다. 일요일은 일을 안 하므로 보통 낮잠을 자기도 하고 아내와 함께 시장에 가기도 하고, 한두 가지 요리를 직접하여 아내와 딸에게 주기도 한다. 중국에서 한국행을 도와준 목사님이 한국에 가면 교회를 다니라고 했던 기억이 나서 이날은 마음먹고 아내와 함께 교회를 가보기로 하였다. 교회에 가니 교인들이 따뜻하게 환영해 주었다.

　－인사드리겠습니다. 조인철이라고 합니다. 북조선에서 왔습니다.

　－반갑습니다. 환영합니다. 조 선생님, 사모님, 이제 매주 뵙게 되길 기대합니다. 교회에서든 밖에서든 생활에 어려움이 있으면 기탄없이 말씀만 하세요. 저희가 다 도와드릴 테니까요.

　－예, 고맙습니다. 아직은 모든 게 낯설기만 하네요.

　－아무 걱정 말고 교회에 나오시기만 하면 모두 다 해결됩니다.

　－알겠습니다. 감사합니다.

　여러 교인들과 악수를 하고 나니 갑자기 친척과 친구가 많이 생긴 것처럼 마음이 든든해졌다. 모두 다정하게 환영해주니 역시 교회에 나오기를 잘했다고 생각하며 예배를 보고 교회에서 주는 점심을 먹고 집에 돌아오니 3시가 되어있었다. 갑자기 잠이 몰려와서 낮잠을 한 시간 자고 일어나 TV를 틀었다. 마침 탈북자를 인터뷰하는 장면이 나왔다. 인터뷰하는 장면을 보니 갑자기 북한에 있을 때의 생각이 컬러 사진처럼 선명하게 나타났다.

　항상 배고픈 상태로 살아야 하는 것도 고통스러웠지만, 생활총화 시간이 가장 괴로웠다. 생활총화는 토요일마다 인민들이 반별로 모여 각자 김 부자에 대한 충성도를 자아 반성하고, 남을 비판하는 시간이다. 이 과정에서 두각을 나타내야 하므로 없는 허물도 만들어내고, 조그만 허물도 부풀리기 마련이어서 참으로 괴로운 시간이다.

　"저는 조인철 동무가 불경한 말을 하는 걸 들었습네다. '담배도 마음껏 못 피게 하다니… 출신성분에 따라 대학 가는 것도 차별을 하다니… 군대도 10년이나 근무하게 하다니…' 하며 장군님을 원망하는 말을 들었습네다."

인철은 3일 후 보위부에 잡혀갔고, 10년의 노동교화형을 받고 수감되었다. 직장에서 가장 믿음직한 친구에게 몇 마디 한 것이 이렇게 무서운 결과를 가져올 줄은 상상도 못 했다. 교화소 생활은 참으로 끔찍했다. 새벽 5시부터 집단생활을 하는데, 대오에서 낙오되거나 위에서 지시하는 것에 조금만 못미처도 각목구타를 당하고, 30g짜리 '처벌밥'을 먹어야 했다. 남들이 다 먹는 100g짜리 강냉이밥조차도 못 얻어먹고 겨우 30g짜리 강냉이밥을 먹이는 것이다. 한두 숟가락밖에 되지 않는 처벌밥을 먹고 무지막지한 노동을 하려면 머리가 어찔어찔하여 툭하면 쓰러진다. 다시 100g짜리 급식을 받으려면 군소리 없이 죽어라 일하고, '경애하는 장군님께 충성을 다 하지 못했음을 통렬하게 자아비판 하고, 하루 24시간 오직 장군님을 위해 살겠다'는 다짐을 매일매일 수 없이 해야 한다. 인민반장이 '이제는 됐다' 할 때까지 죽는 심정으로 반성하고 정말로 충성하는 모습을 충분히 보여 주어야 한다. 눈앞에서 사람들이 쓰러지고 죽어도 못 본 척해야 한다. 배고프다고 불평하는 것도 큰 죄가 죄므로 아무리 배가 고프고 힘이 들어도 꾹 참고 죽을힘을 다해서 일을 해야 했다.

그 시절을 회상하다 보니 지금의 안락함이 너무도 감사하다. 월요일에서 토요일까지 매일 열심히 타일 일을 하면 한 달에 700만 원 이상 벌 수 있으니 인철은 행복했다. 이대로 20년만 일하면 노후 걱정은 안 해도 된다고 생각하니 그저 하루하루가 즐겁다. 일요일은 쉬므로 밀린 일도 하고 아내 영심과 함께 시장도 보고 낮잠도 잔다. 이젠 교회도 다니게 되었으니 마음이 더욱 안정되었다.

타일 일은 오전에 늦게 출근하거나 오후에 일찍 퇴근해도 누가 뭐라고 하는 사람도 없다. 사장이 따로 없으므로 작업시간을 정하거나 쉬거나 하는 것은 전적으로 자기 선택이다. 일을 적게 하면 그만큼 돈을 덜 가져갈 뿐이다. 보통 3명이 한 팀으로 타일을 붙이는데, 자신이 일을 더디게 하면 다른 사람이 그 일을 더 함으로써 돈을 더 가져간다. 건설 현장에서 건물 바닥이나 벽에 타일을 붙여나가다 보면 시멘트 바닥이 예쁜 타일로 변해가는 모습에 자기가 예술가가 된 것 같아 뿌듯하기도 하고, 성취감도 있다. 특히 고급 타일은 색깔이며 무늬가 너무나 근사했다. 이런 타일을 한 장 한 장 붙여나가는 것은 영락없는 예술작업이었다.

타일 공사에서 속도는 매우 중요하다. 너무 빈틈없이 일하다 보면 속도가 나지 않고 일을 대충하면 나중에 하자가 생겨 매우 곤란하게 되므로 기술과 속도가 적절히 결합되어야 많은 일을 할 수 있다. 일이 많을 때는 하루에 150헤비, 즉 600장의 타일을 붙여야 하는 경우도 있다. 이럴 땐 그 이튿날 몸살이 나서 일을 못 하기도 한다.

일거리는 주로 건설공사장을 돌아다니면서 알게 된 현장 소장을 통해서 받는다. 3년 넘게 타일을 붙여왔으므로, 아는 소장이 많아 일감이 꾸준히 들어오고 있다. 때로는 타일 스승인 한민규가 알선해 주기도 한다. 아파트 건설 현장은 일감이 많고, 동일한 일을 수백, 수천 가구에 하므로 일의 능률이 올라서 가장 좋다. 물론 이때는 여러 개의 타일 팀이 함께하지만, 그래도 몇십, 몇백 가구는 하게 되므로 매우 좋은 일감이다.

인철은 중국인 2명과 한 팀을 이루어 팀장 없이 일한다. 모두가 팀 장이자 팀원이기에 서로 도우면서 빠른 속도로 일한다. 일을 많이 하는 달에는 1,000만 원도 넘게 번다. 이렇게 일을 많이 하는 달에는 그 다음 달에 지장이 생긴다. 욕심을 버리고 한 달에 700만 원 선에서 작업을 한다.

물론 첫술에 배부른 것은 아니었다. 처음에는 새벽 6시부터 저녁 7시까지 일을 했지만, 숙박비, 밥값, 세금 등을 제하고 나면 손에 들어오는 돈은 얼마 되지 않았다. 처음 일을 시작하고 배울 당시에는 속도가 나지 않아 돈을 많이 벌지 못했다. 그래도 조급함과 욕심을 버리고 천천히 일을 제대로 배워야 부실공사를 하지 않고, 익숙해지면 속도도 자연스럽게 빨라진다.

건설 현장에 있는 사람의 대부분은 중국 사람이다. 대한민국 어느 건설 현장을 가보아도 타일을 붙이는 탈북민을 찾아보기는 어렵다. 인철은 탈북민도 타일기술을 배워서 많은 돈을 벌었으면 좋겠다고 생각한다. 이만한 일거리가 쉽지 않기 때문이다. 일의 특성상 전국 건설 현장을 돌아다녀야 하기 때문에 집에 못 들어가는 날이 많은 것이 흠이라면 흠이다.

인철에게 가장 두려운 일이란 돈을 못 버는 것이다. 어차피 연금을 받을 수 있는 직업을 가질 수 없으므로 일할 수 있을 때 열심히 벌어 놓아야 노후가 편할 것이었다. 인철은 앞으로 5년 안에 몇억의 돈을 모아 농촌에 정착해 살면서, 타일 사업도 한다는 목표를 세웠다. 북한에서는 농촌에서 살았으므로 농사일도 잘할 수 있다. 아름다운 집을 짓고 텃밭도 가꾸면서 여유 있는 삶을 사는 것이 꿈이고 목표다. 그림 같은 집을 지어 예쁜 아내와 딸과 함께 오순도순 사는 게 최고의 행복일 것이었다.

남한에 왔을 때 가장 먼저 만나는 곳이 하나원이다. 일단 정보부조사가 끝나면 하나원에서 남한 정착 교육을 받는다. 탈북귀순 동포들이 남한 사회에 적응하여 살아가기 위해서는 무엇보다도 남한 사회에 대한 폭넓은 이해가 필요하다. 이를 위해 하나원에서 3개월 동안 교육을 해준다. 남한에서 살기 위해 필요한 기본적인 소양을 갖출 수 있도록 프로그램을 체계적으로 구성하여 정보를 제공하고 있다. 대부분의 탈북자들은 이 교육프로그램에 만족한다.

인철은 3개월의 하나원 교육이 끝나고 나올 때 조그만 아파트에 TV도 받고 정착금도 받으니 감격했다. 모든 것이 자유롭고, 일한 만큼 돈 벌 수 있고, 24시간 전기도 들어오고 수돗물도 24시간 더운물 찬물이 나오니 언제든 샤워할 수 있다. 화장실도 수세식이고, TV도 마음껏 원하는 프로그램을 볼 수 있고, 슈퍼에 가면 없는 게 없고, 가스불로 원하는 음식을 해먹을 수도 있으니 감격하다 못해 황홀하였다.

하나원을 졸업하고 두 달 동안은 이 책, 저 책을 보며 무슨 일을 해야 살아나갈 수 있을지 궁리하였다. 그동안에는 아내 영심이 식당에서 일하며 생활비를 벌어왔다. 인철은 어느 날 우연히 탈북자들 모임에 나갔다가 타일 기술자 한민규를 알게 되고, 결국 그의 밑에서 일하면서 타일기술을 배웠다. 처음에는 실수도 하고 시행착오도 했지만, 지금은 베테랑이 되어 잘못 붙이는 일도 안 생긴다. 면적을 잘못 계산하여 타일을 너무 많이 가져와서 공사 후 반품을 하거나, 모자라서 공사 도중에 더 주문하는 일도 없게 되었다.

타일 일은 노동이지만, 예술작업 같은 느낌이 들어서 공사를 끝내고 나면 성취감이 대단하다. 이럴 때마다 인철은 타일 일을 하게 된 자신이 자랑스럽다. 이젠 자기 집을 근사하게 지어야겠다는 생각이 간절하다. 아파트 공사, 개인 주택 공사, 회사 사옥 등 건설 현장을 수없이 보았으므로 자기 집은 어떻게 지어야겠다는 생각이 점점 더 구체화 되었다. 아파트 생활이 편리하고 안전하지만, 꼭 자기 손으로 그림 같은 집을 지어 가족과 함께 살고 싶다. 딸이 결혼하여 손주들을 데리고 와도 불편함이 없도록 크고 아름다운 집을 짓고 싶다. 아직 건축설계는 못 하지만, 대략적인 집의 구조와 건축 재료는 머릿속에 다 그려져 있다. 빨간 2층 벽돌집을 짓되, 내부 벽은 타일로 할 곳과 황토로 할 곳, 대리석으로 할 곳과 벽지로 할 곳이 다 머릿속에 그려져 있는 것이다.

지금까지 자기가 본 타일 중 가장 고급스럽고 예쁜 타일로 자기 집 현관, 베란다, 화장실을 만들 생각만 해도 가슴이 벅차오른다. 마음 같아선 지금 당장이라도 자기 집을 짓고 싶으나, 아직은 돈이 부족하니 1, 2년 더 일을 하고 나서 시작할 수밖에 없다. 땅도 사야 하고, 건축설계도 의뢰해야 하고, 건축허가도 받아야 하고, 집을 지어줄 팀도 구해야 하고 아직 갈 길이 멀다. 우선 돈을 더 벌면서 대지를 사야 하고, 건축설계를 의뢰해야 한다. 자기 집을 지을 목표를 세우고 나니 하루하루 일하는 게 더욱 즐겁고 행복하다. 구체적인 삶의 목표가 있으니 일할 의욕도 더 생기고, 일을 해도 덜 피곤하고, 일거리가 많아도 즐거울 뿐이다.

모처럼 쉬는 어느 토요일에 아내 영심과 같이 땅을 보러 다녔다. 서울 시내는 너무 비싸므로 서울 근교에서 찾아야 했다. 양평도 가보고, 하남, 가평과 판교, 고양도 가보았다. 나와 있는 땅들이 모두 장단점이 있었다. 교통, 땅의 크기, 주위환경, 가격 등 모든 걸 갖춘 땅을 찾기가 어려웠다. 역시 산 좋고 물 좋은 곳은 쉽지가 않았다. 우선은 양평과 하남으로 압축을 하고 아직 좀 더 찾아보기로 하였다. 일단 교통이 좋아야 하고, 땅이 적어도 300평은 되어야 하며, 가격이 너무 비싸지 않아야 하고, 남향집을 지을 수 있어야 하고, 인근에 산과 개울이 있어야 하고, 주위에 마을도 있어야 할 것이었다.

다음 주에도 또 다음 주에도 땅을 보러 다녔다. 그러던 어느 날 마침내 양평에서 맘에 드는 땅을 발견하였다. 대지가 360평이고, 뒤에 산도 있고, 교통도 괜찮고, 양지바른 곳이었다. 가격은 조금 비싼 듯했지만 감당할 만했다. 그간 발품 판 보람이 있었다. 인철과 영심은 가슴이 벅차올랐다. 남한에 와서 이렇게 큰 땅을 산다는 게 여간 뿌듯하지 않았다. 두 사람 모두 얼굴이 상기되어 발그레해졌다.

─여보, 우리에게 이런 날이 왔네요.

─그러게요. 그동안 당신 수고 많았어요. 천지신명과 돌아가신 부모님께 감사를 드립시다.

─그래야지요. 이제부터 부지런히 일해서 집 지을 돈만 마련하면 더 이상 부러울 게 없을 것 같아요.

새로운 삶의 희망이 뭉게구름처럼 피어올랐다. 이렇게 꿈에 부풀어 있으니 또 북조선 교화소 생각이 났다.

북조선에선 기계나 중장비가 해야 할 일도 모두 사람 손으로 다 하니 참으로 죽을 지경이었다. 거기다가 툭하면 관리원들의 구타가 행해진다. 큰 잘못이 없어도 얻어맞고 발로 차인다. 인철은 이런 상태로는 10년은커녕 5년도 버틸 수 없을 것 같았다. 보통 교화소 입소 2, 3년이면 영양실조와 과로 그리고 구타로 죽게 되는 현장에서 자기만 살아나갈 자신이 없었다. 여기서 개처럼 죽느니 붙잡혀 죽게 되더라도 탈출을 해야겠다고 결심했다.

그러나 철통같은 경계를 뚫는 것도 여간 어려운 일이 아니었다. 담장이 보통 3m쯤 되고 그 위에는 또 철조망이 둘러쳐져 있고 50m마다 초소병이 지키고 있어 탈출도 쉽지 않았다. '어떻게 해야 하나?' 진퇴양난이었다. 궁리하고 또 해보아도 길이 보이지 않았다. 절망에 빠져 있던 어느 날 뜻밖에도 아내 영심이 면회를 왔다. 구세주였다. 불과 너덧 달 사이에 뼈만 남은 남편을 보자 영심은 굵은 눈물을 뚝뚝 떨어뜨렸다.

―여보, 어떻게 여길 면회 왔소?

―뇌물 덕분이죠. 요즘은 뇌물만 주면 면회도 된다기에 빚을 내어 뇌물을 주고 면회 허락을 받아냈지라요. 뇌물만 주면 교화소에서 사람을 빼낼 수도 있대요. 내가 어떻게 해서든 당신을 빼낼 테니 조금만 참고 기다려주시라요. 정신 바짝 차리고 견뎌야 해요. 알았지라요?

1년 안으로 당신을 석방시킬기니 이 악물고 참아내기야요. 이제 길을 알았으니 내가 무슨 수를 써서라도 당신 석방시킬기라요. 날 믿고 꿋꿋이 버티기야요. 약속하는 거지요? 어서 이것 좀 잡숴 보세요. 쌀밥이랑 미역국이랑 인조고기예요.

- 알았소. 잘 먹겠소. 정말로 고맙소.

인철은 좁쌀과 섞인 쌀밥을 한 숟가락 떠서 입에 넣는데 눈물이 왈칵 쏟아졌다. 겨와 섞인 강냉이밥조차도 30g의 처벌밥 먹던 생각이 났기 때문이다.

- 당신도 고생이 심할 터인데, 면목 없소. 내가 여기서 나가기만 하면 당신 은혜 다 갚을 기요. 날 좀 빼내 주시오. 참으로 견디기 어렵소. 면목 없고 미안하고 고맙소.

- 알았어요. 내 최선을 다할 테니, 어떻게든 버티기요. 알았지라요?

- 알았소. 내 어떻게든 버텨내겠소.

- 자, 이제 면회시간 10분이 지났으니 가야겠네요. 나오지 말고 어서 밥 다 드세요. 그리고 부디 몸조심하시라요.

인철은 영심을 꼭 안았다가 풀어주었다. 꿈결처럼 짧게 만나고 헤어지고 나니 가슴 밑바닥에서부터 올라오는 울분과 아내에 대한 고마움으로 가슴이 터질 것 같았다. 눈시울도 뜨거워졌다.

그로부터 정확하게 1년 후 인철은 교화소에서 풀려나왔다. 두 달쯤 몸조리하고 나서 농사일도 하고, 전기 관련 일도 하였다. 그러나 아무리 열심히 일해도 배부르게 밥을 먹을 수 없으니 자꾸만 비참한 생각이 들었다. 땀 흘려 농사를 지어도 나라에 내야 하는 세금이 7할이나 되니 남은 곡식으로는 1년 치 양식이 되지 않았다. 틈틈이 전기공사일을 해도 워낙 품삯이 적어 고생만 했지 가계에 크게 도움이 되지 않았다. 더구나 아내가 자기를 면회 오고 빼내기 위해 이웃들에게 진 빚을 조금씩이나마 갚아나가자니 양식이 턱없이 부족하여 밥을 제대로 먹을 수가 없었다. 그저 죽지 않을 만큼씩 먹는 도리밖에 없었다. 이렇게 3년간 하니 빚은 갚았으나 앞으로 살아나갈 일이 까마득하였다. 밥은 안 굶는다고 해도 다른 희망이 보이지 않았다.

무엇보다도 생활총화는 날이 갈수록 힘에 겨웠다. 매번 똑같은 말로 자아 반성하는 것도 너무 지겹고, 다른 사람 비판하는 것도 점점 더 힘들어지고, 남이 자기를 비판하는 것도 기가 막혔다. 서로가 다 아는 것을 거짓으로 비판하고, 거짓으로 반성하는 것도 역겹기 그지없었다.

북조선에 사는 한 생활총화를 벗어날 수가 없다. '이렇게 해서는 사는 거나 죽는 거나 매한가지이니 차라리 탈북이나 한번 시도해 보고 죽더라도 죽자.' 하는 생각이 들기 시작했다. 우선 탈북자금을 만들어야 했다. 궁리 끝에 장마당에 나가 장사를 해야겠다는 생각이 들었다.

여러 절차를 거쳐 드디어 장마당에 나가 곡식을 팔기 시작했다. 시장관리소에 높은 자릿세를 내고도 제법 수익이 컸다. 재미가 있었다. 이런 세상도 있는데, 바보같이 농사짓느라 고생하고 배를 곯았던 게 너무나 억울했다. 더 늦기 전에 장마당에 진출한 것이 그나마 천만다행으로 여겨졌다. 장사 시작한 지 8개월 만에 장사하기 위해 빌렸던 돈을 다 갚았다. 그러고 나니 다음 달부턴 완전 흑자가 되어 신이 났다. 2년을 하고 나니 돈이 제법 모였다.

어느 날이었다. 이웃 가게 주인이 좀 친하게 되니까 남한 드라마 cd를 신문지에 싸서 주며 밤에 보라고 하였다. 집에 가지고 와서 전기가 들어오는 한밤중에 보니 한국 드라마 '주몽'이었다. 너무나 재미있었다. 그만 '주몽'에 푹 빠지게 되고, 다른 cd도 구해서 보다 보니 남한 드라마에 중독되어버렸다. 계속 다른 드라마 cd를 구해서 보고 또 봤다. '꼬리가 길면 밟힌다'고 했던가. 결국 발각되어 사상범으로 몰려 또다시 교화소에 갇히게 되었다. 이번에는 '사상범'으로 분류되어 20년의 노동교화형을 선고받았다. 지난 몇 년간 장마당에서 장사를 하며 잘 먹고 잘살아본 뒤여서 교화소 생활은 더욱 힘에 겹고 어기찼다. 아내가 있는 돈을 다 털어 요소요소에 뇌물을 주어서 이번에도 2년 만에 풀려나왔다. 이후 탈북을 결심하게 된다. 브로커를 사고 중국, 태국을 거쳐 함흥을 떠나온 지 석 달 만에 한국에 왔었다.

인철은 한국에서 타일 공사를 5년 하고 나서 드디어 집을 짓기 위해 건축설계를 의뢰하고, 건축해 줄 팀을 구했다. 2층 빨간 벽돌집을 짓되 1, 2층 연건평은 80평으로 침실은 모두 다섯 개로 하고, 1층에는 부부침실과 서재를 만들고 거실은 크게, 1층 주방은 햇빛이 잘 드는 곳에 크게 만들어 식탁을 놓을 수 있도록 공간을 확보하였다. 2층 거실은 작게 설계하고 미니부엌도 만들고, 침실 3개를 만들기로 하였다. 화장실은 1층 현관 옆에 하나, 부부방에 하나, 2층 거실 옆에 하나 등 총 3개를 만들며, 아래층 거실에는 벽난로를 만들고, 2층 방 하나는 통유리를 하여 전망대가 될 수 있도록 하는 등 대략적인 희망 사항을 건축사무실에 전달하였다.

사실 건평에 대해서는 고민을 좀 했다. 70평으로 할까 80평으로 할까, 방도 4개만 만들까 다섯 개로 만들까 고민하였다. 인철은 혜원이가 나중에 자녀를 두세 명 데리고 와서 잠을 자고 아이들이 마음껏 뛰

놀 수 있도록 충분한 방을 만들고 싶었다. 또한 타지의 손님들이 와서 잘 수도 있도록 한다는 생각에 조금 크다는 느낌이 있지만 결국 80평 건평에 방 5개짜리 건물로 짓기로 최종 결정하고 건축사무실에 설계를 의뢰했다. 3주 후에 대략적인 건축설계도가 나오고, 서로의 의견 조율을 거쳐 최종 설계도가 나와서 2주 후부터 기초공사에 들어갔다.

두 달 만에 기초 골조공사가 끝나고, 벽체를 만들어나갔다. 시멘트 벽돌과 황토로 벽을 쌓고, 내부는 나무, 대리석, 벽지로 도배할 곳을 구분하여 시공하였다. 거실의 천장은 인철의 평소 생각대로 좀 높게 나무로 하였다. 방들의 내부 천장과 벽은 황토로 하고 현관 바닥과 부엌의 벽은 타일로 하고, 아일랜드는 대리석으로 하였다. 도배는 모두 동일한 실크벽지로 마감을 하여 안정감을 주었다. 그토록 하고 싶었던 화장실, 현관 공사는 인철이 직접 하고 베란다 공사는 다른 타일공을 투입하였다. 널찍한 화장실 3개를 보름 동안 다 완성하였다. 평소에 보아두었던 최고의 타일을 사 와서 3개 모두 색깔이 다르게 시공하였다. 현관 타일은 가장 크고 무늬가 근사한 것으로 시공하였다. 현관 옆 화장실은 아이보리색으로, 부부방은 하얀색으로, 2층 화장실은 옅은 연두색으로 하되 무늬가 드문드문 있는 것으로 하였다. 마루는 유럽산 원목 마루로 시공을 하고, 오지기와로 지붕 공사를 하고 주차장도 3대를 주차할 수 있게 만들고 대문도 근사한 무늬가 있는 쇠문을 달았다. 착공 7개월 만에 집을 완공하였다.

인철과 영심, 딸 혜원은 감개무량하였다. 너무 기뻐 서로서로 하이파이브도 하고 얼싸안고 춤도 추었다. 모두 흥분하여 얼굴이 상기되었다. 인철이 그간 건설 현장에서 보고 배우고 느낀 것을 총동원하여 고급저택을 짓고 보니 참으로 감회가 새롭고 가슴이 벅차올랐다. 인생이 이토록 아름다울 수 있다는 것에 스스로 감격하였다. 이젠 행복만이 기다리고 있을 터였다. 정원은 널찍한 잔디밭과 예쁜 소나무 다섯 그루, 유실수 다섯 그루를 심고 200평은 밭으로 가꾸어 채소, 감자, 고구마도 심고 고추, 토마토, 가지와 호박, 강낭콩도 심었다. 이렇게 꿈에 그리던 집을 짓고 정원과 텃밭까지 갖추게 되니 인철의 기쁨은 이루 말할 수 없었다. 이제 행복만을 만끽하며 살기만 하면 될 것이었다. 역시 뜻이 있는 곳에 길이 있었다.

그러나 '호사다마好事多魔'라고 했던가? 주택을 마련한 지 석 달 후에 그만 영심이 교통사고를 당한 것이었다. 양평에 근사한 집을 짓고 나니 너무나 행복했으나, 교통에 문제가 있었다. 딸 혜원이 서울의 대학에 다니기가 어렵고, 인철과 영심도 서울을 드나드는 게 불편하여 자동차를 샀다. 인철이 서울에서 일을 해야 할 때는 인철이 혜원을 태워 서울에 가고, 인철이 다른 지역에서 일을 할 때는 영심이 혜원을 태워 서울에 갔다. 어느 날 영심이 혜원을 서울의 안암동까지 데려다주고 다시 양평으로 돌아오는 길이었다. 1차선에서 달리고 있었는데, 어느 순간 마주 오던 차선에서 자동차 한 대가 영심의 차 쪽으로 돌진해 오는 것이었다. 영심은 순간적으로 핸들을 오른쪽으로 돌리려 했으나 앞과 옆에 차들이 꽉 막혀있어 돌리지 못하는 사이 마주 오던 차가 중앙 분리대를 넘어 들어와 영심의 차를 왼쪽에서 들이박았다. '아, 난 이렇게 죽는구나' 하는 순간 정신을 잃었다. 눈을 떴을 때는 병원이었는데, 알고 보니 사고를 낸 운전자가 술에 취해 일어난 사고였다. 천만다행으로 죽지도 않고 치명상을 입지 않은 것은 길이 막혀 서행을 하고 있었기 때문이었다.

자동차는 완전히 망가져 대대적인 수리를 해야 했고, 영심은 갈비뼈가 두 대나 부러지고 허리와 어깨가 삐끗하여 몇 달 동안 누워있어야 했다. 그나마 목숨도 건지고 치명상은 당하지 않았으니, 남들은 모두 '천우신조'라 했으나 이 사고로 인하여 인철과 영심은 말할 수 없는 고통을 받아야 했다. 하필이면 그 사고 운전자가 보험도 없는 상태에서 구속되는 바람에 자동차 수리비도 제대로 못 받고 병원비도 거의 보상을 받지 못했기 때문이다.

영심은 몇 달간 고생을 해야 했고, 경제적으로도 엄청난 손해를 보아야 했다. 혜원도 서울에 있는 학교 다니기가 여간 어렵지 않았다. 이래저래 인철네 세 식구가 받은 피해는 이만저만이 아니었다. 원상복구하는 데 그럭저럭 1년이 걸렸으나 영심은 사고 후유증으로 퇴원한 후에도 허리와 목이 늘 안 좋았다. 뿐만 아니라 운전을 아예 못 하게 되어 버렸다. 교통사고를 당하던 그 순간이 계속 떠올라 운전대만 잡으면 다리가 후들후들 떨렸고, 가슴도 쿵쾅거려 도저히 운전을 할 수가 없었다. 건너편 차가 중앙선을 넘어 달려와 자기 차를 덮치던 그 순간이 엄청난 트라우마로 남아 다시 운전대를 잡지 못했던 것이다. 영심은 잠자리에 누우면 지금도 가해차가 자기 차를 덮치던 그 끔찍한 일이 떠올라 잠을 설칠 때도 많았다. 영심이 운전을 못 하게 되니 세 식구 모두 불편했으나 방법이 없었다. 할 수 없이 혜원은 그다음 학기에 학교 가까운 곳에 원룸을 얻어 나갔고, 영심이 서울을 가야 할 때는 대중교통을 두세 번 갈아타야 했다.

생각할수록 분하고 억울했지만, 당해버린 불행을 돌이킬 방법은 없었다. 그 사고 운전자를 아무리 원망하고 욕해 본들 이미 당해버린 사고가 되돌려지지는 않았다. 왜 하느님은 인간에게 완전한 행복을 허락하지 않는 것일까? 참으로 야속한 생각이 들었다. 그토록 열심히 살았으면 완전한 행복을 주실 법도 하건만 겸손하라고 그런 건지 불완전한 데서도 행복을 느끼라는 건지 모를 일이었다. 아무리 하늘을 원망하고 그 사고 운전자를 미워해 보아도 상황이 바뀌지는 않으니, 그냥 현실을 받아들이고 주어진 여건 속에서 행복을 찾는 수밖에는 방법이 없었다.

시간이 흘러 혜원이 대학을 졸업하고 취직을 하려 했으나 취직이 되지 않았다. 할 수 없이 다시 경영학과로 학사편입을 하여 2년을 더 다니고 나서 다시 6개월 후에야 취직을 하였다. 자동차 부품을 생산하는 중견기업이었다. 경리과 직원으로 채용되어 다니니 집안에 다시 평화가 찾아왔다. 이때에 이르러 이번에는 엄마 대신 혜원이 자동차를 사서 운전하였다. 주말이면 양평 집에 와서 부모님과 시간을 보내고 일요일 저녁이나 월요일 새벽에 다시 서울로 올라갔다.

어느 날 혜원은 대학 친구가 만나서 밥이나 먹자고 하여 퇴근 후 냉면집에서 만났는데, 자기 남자 친구와 남자 친구의 친구까지 데리고 나온 것이었다. 인사를 나누고 함께 냉면을 먹고 찻집에서 차를 마시고 자연스럽게 짝을 지어 헤어졌다. 친구는 자기 남자 친구와, 혜원은 남자 친구의 친구와 함께 다시 다른 곳으로 옮겨와 자리를 같이했다. 혜원은 차성준이라는 남자가 이끄는 대로 말없이 따라갔다. 도착한 곳은 남산 타워 앞이었다. 하이힐을 신고 남산까지 따라 올라온 자신을 발견하고 혜원 스스로도 놀랐다. 드디어 성준이 입을 뗐다.

―힘드셨지요?

―예 조금요.

―여기까지 모시고 와서 죄송합니다. 이렇게 고생해서 오면 잊지 않으실 것 같아서… 저는 여길 좋아해서 자주 온답니다. 운동도 되고, 맑은 공기도 마시고, 서울시를 한눈에 볼 수 있고, 약수도 마시고 추억도 쌓고… 일거 오득 이거 괜찮지 않아요?

―예, 그렇게 얘기하시니 할 말이 없네요. 그래도 하이힐을 신고는 좀 힘드네요.

―죄송합니다. 다음번엔 운동화 신고 오세요.

―다음에 또 만나나요?

―그럼요. 저는 매일이라도 뵙고 싶은데요.

―정말 할 말이 없게 만드는 재주가 있으시네요.

―그런가요? 그렇다면 성공이네요. 다음에 또 만나 주실 거죠?

―…

―알고 보면 저 괜찮은 남자랍니다. 저를 알려드릴 수 있는 기회를 주세요. 우리 언제 다시 만날까요? 다음 토요일은 어떠세요? 토요일 12시 오늘 만났던 냉면집이 어때요? 아니면 중국집에서 만날까요?

―그냥 냉면집에서 만나지요.

―아유, 감사합니다. 이제 됐습니다. 그럼 토요일 12시 냉면집에서 기다릴게요. 가능하면 편한 신발 신고 오세요. 옷도 편하게 입으시고요.

이렇게 시작한 만남은 회를 거듭할수록 두 사람의 사이가 가까워지고 서로에게 애틋하게 되었다. 천지가 눈부신 신록으로 물든 5월 어느 날 성준은 드디어 프러포즈를 했다.

─혜원 씨, 그동안 저를 만나주셔서 감사합니다. 우리 서로를 알 만큼 알았으니 이제 결혼해도 되지 않을까요? 저는 이제 혜원 씨가 아니면 안 될 것 같아요. 해 뜨는 것도, 해지는 것도 함께 보고 모든 희로애락을 혜원 씨와 함께 나누고 싶어요. 허락해 주세요. 사랑합니다. 진정 사랑합니다.

혜원이 말없이 고개를 끄덕였다.

두 사람은 뜨겁게 포옹하였다. 이 순간만은 세상이 온통 꽃밭이고 태양도 두 사람만 비추는 것 같다. 결국 두 사람은 결혼을 약속하게 되었다. 성준의 부모님은 두 분 모두 교사이고, 아래로 남동생이 한 명 있고 서울 서초구의 한 아파트에서 살고 있는 전형적인 중산층 집안의 맏아들이었다. 6월 어느 날 양가 부모님이 상견례를 하고 9월 초로 날짜를 잡았다. 장소는 성준이 다니는 회사의 강당에서 하기로 하고, 주례는 회사 사장님이 해주시기로 하며, 양가 50명씩 최소한의 하객만 초청하여 조촐한 결혼식을 올렸다. 혜원은 레이스 달린 하얀 드레스에 올림머리를 하고 모조 다이아몬드 왕관을 쓰고, 성준은 회색빛 턱시도를 입은 모습이었다.

인철과 영심은 혜원이 결혼하게 되니 한편은 기쁘고 한편은 섭섭하였다. 딸이 결혼해 나가고 나니 인철 부부는 갑자기 집이 너무 큰 것 같고 허전하여 한동안은 힘들었다. 석 달 후 혜원이 태기가 있다고 하여 새로운 희망과 설렘을 갖게 되었다. 한 달에 한두 번이라도 손주들 데리고 딸과 사위가 오면 맛있는 것도 먹고 아이들 뛰어노는 모습도 보고, 자고 가는 날은 집이 꽉 찰 것 같아 뿌듯했다. 어서어서 그런 날이 오길 기다렸다.

인철은 가끔 타일 일거리가 들어오면 타일 일을 하고, 일이 없을 땐 정원과 텃밭을 가꾸었다. 땅이 얼마 되지 않아도 인철 혼자 감당하기엔 약간 힘들었다. 그래도 사람을 쓰려면 인건비가 비싸니까 죽으나 사나 인철이 혼자 할 수밖에 없었다. 영심은 아예 밭일은 안 했다. 집안 청소며, 세탁이며 음식이며, 집안일을 철저히 다 하다 보니 쉴 시간이 별로 없었다. 워낙 깔끔한 성격이라 집안 청소도 하루에 두세 번씩 하고, 가지, 호박 같은 걸 썰어서 말리기도 하고 가을에는 무도 썰어 말리고 시래기도 말렸다. 일주일에 한두 번은 식당에 나가 일도 하였다. 아주 조금이나마 용돈을 버는 재미를 포기할 수 없었다. 전에 다니던 식당에서 예약 손님이 많을 때만 영심을 불렀다. 영심도 이렇게 가끔씩 식당일을 하니 싫증도 안 나고, 적당히 용돈도 벌 수 있으니 좋았다.

영심은 텃밭에서 깻잎도 따고 상추와 풋고추도 따서 깨끗이 씻어 밥상에 올린다. 그녀는 주부 역할만 충실히 할 뿐 농사 자체에는 손을 대지 않았다. 그래도 인철이 뭐라고 할 수도 없어 혼자서 풀도 뽑고 고춧대도 세워주고 토마토도 세워서 묶어주고 여름엔 살구도 다 익으면 따야 하고, 부추는 자주자주 잎을 잘라줘야 하고, 가을이 되면 감도 따야 했다. 감은 너무나 많이 열리므로 익으면 따서 껍질을 깎아 굵은 실에 엮어서 처마에 매달아 말려야 한다. 이렇게 하여 잘 마르면 맛있는 곶감이 된다.

부부가 각자 맡은 일을 하며 식사 때나 마주 앉아 밥을 먹으며 대화를 한다. 주로 밥상에 놓인 음식이나 식재료에 관한 얘기를 한다.

―아유, 부추는 일 년에 여섯 번은 잘라서 먹을 수 있네요.

―그러게요, 참 잘도 자라지요.

―방울토마토도 한없이 많이 달려요. 빨갛게 익으면 즉시 따 먹어야지 그렇지 않으면 짐승들 차지가 되거든요.

―농사는 게으른 사람은 못 지을 것 같아요. 수시로 손이 많이 가야 하니까요.

―그건 그래요. 고추도 빨갛게 익으면 즉시 따서 말려야 하고, 가지도 호박도 웬만큼 커지면 따야 하고, 깻잎도 제때 안 따면 너무 억세지거나 벌레가 먹어서 못 먹게 되지요. 끊임없이 손이 가야 하네요. 겨우 200평 밭을 가꾸는데도 이렇게 손이 많이 가야 해서 힘든데, 땅이 더 컸으면 정말 힘들 뻔했어요. 마음 같아서는 몇 배 큰 걸 사고 싶었지만 돈이 부족하여 이것 밖에 못 산 것이 오히려 다행이네요.

―집도 크니까 청소도 힘들어요. 아래 위층 80평을 다 청소하려면 얼마나 힘드는지 알아요? 당신 내가 밭일 안 한다고 섭섭할지 몰라도 나도 충분히 바쁘고 힘들어요. 청소, 빨래, 밥하는 것도 만만치 않아요. 해도 별로 표시도 안 나는 집안일이 얼마나 많은지 당신은 잘 모를 거예요.

―알아요. 그러니 내가 한 번도 불평한 적 없잖아요? 나중에 당신 더 늙어서 집안일 더 힘들어지면 가사도우미를 부릅시다. 내가 열심히 일해서 저축해 놓을게요.

―말만 들어도 고맙네요.

―말만 하는 게 아니에요. 두고 봐요. 내가 당신 고생 안 시킬 테니.

인철은 평균 일주일에 두 번 정도는 타일 일을 하고, 일이 없을 땐 텃밭 가꾸기를 한다. 즐거운 마음으로 일을 한다. 이런 땅을 가졌다는 게 감사하고, 또 돈벌이하는 직업이 있다는 게 감사하고, 가족이 있다는 게 너무나 감사했다. 북조선에서의 일들이 주마등처럼 스쳐 지나갔다. 이젠 아득한 과거의 일들이 되었지만, 인간 이하의 대접으로 고통스러웠던 시간들이 아련히 떠올랐다. 최대한 잊으려고 노력했지만, 잊히지 않았다. 그 끔찍했던 교화소 생활을 두 번에 걸쳐 4년이나 하고도 살아남았다는 게 기적처럼 여겨지고, 그 사지에서 자기를 두 번이나 빼내 준 아내 영심이 새삼스럽게 고맙고 소중했다.

무엇으로도 그 은공을 갚을 순 없을 것이었다. 마음 다해 사랑하는 길 외엔 달리 보답할 수 있는 방법이 없었다. '사랑한다'는 말을 자주 해주는 것, 음식 타박 안 하고 잘 먹어 주는 것, 건강관리 잘해서 걱정 안 끼치는 것, 도박, 마약 같은 나쁜 짓 안 하는 것, 다른 여자에겐 아예 눈길도 주지 않는 것, 집안에 손볼 일 있으면 바로바로 하는 것, 결혼기념일이나 영심의 생일을 잊지 않고 조그만 성의라도 표현하는 것 등 인철이 생각할 수 있는 모든 일에 최선을 다하는 것만이 영심에게 보답하는 일일 것이었다. 일요일에 함께 교회에 가고, 저녁은 외식을 하고 함께 동네를 산책하는 것도 즐거운 일이었다.

드디어 딸 혜원의 해산날이 되었다. 영심은 사흘 전에 이미 혜원네 집에 가고 없었다. 인철은 자신이 뭘 어떻게 해야 하는지 아무리 생각해도 생각이 안 났다. 우선 기도를 하는 수밖에 없었다.

'주님, 지금까지 저희 가족을 돌보아 주신 은혜 깊이 감사드립니다. 오늘은 저의 딸 혜원이가 해산하는 날입니다. 아비로서 해줄 수 있는 일이 아무것도 없사오니, 당신께서 특별한 은총으로 무사히 해

산할 수 있게 해주시고, 아기와 산모 모두 건강하도록 돌보아 주소서.'

인철은 기도하고 또 기도했다. 어서어서 순산했다는 소식이 오길 기다렸다. 날이 어두워지니 말할 수 없는 초조함과 조바심으로 인철은 안절부절못하였다. '제발 순산해야 하는데….'

밤 10시가 넘어서 영심한테서 전화가 왔다. 혜원이 16시간의 진통 끝에 3.5kg의 건강한 아들을 낳았단다. "오, 하느님! 감사합니다. 주님, 감사합니다. 당신의 사랑과 성령의 힘으로 무사히 손자를 얻었습니다. 사랑하는 주님, 찬미와 영광 받으소서."

인철은 손자를 만날 생각을 하니 한없는 기쁨과 설렘이 용솟음쳤다. 얼굴도 상기되었다. 인생의 오묘한 이치가 파도처럼 물결쳐 왔다.

비둘기 떼

9월의 따스한 햇볕이 눈부시게 내리 쬐이는 이태원의 J 카페에서 한상진은 A 신문사 신준혁 기자와 마주 앉아 창밖으로 보이는 한강을 보면서

—와, 한강이 한눈에 보이네요. 서울이 한강을 품고 있는 것은 참으로 행운인 것 같아요.

하며 동의를 구하듯 신 기자를 보며 입을 뗐다.

—맞아요. 태조 이성계가 조선을 건국하고 수도를 정할 때 정도전이 배산임수의 길지인 한양을 천거했다고 해요. 이런 강을 가진 수도는 많지 않지요. 강이 있다고 해도 이렇게 폭이 넓고 물이 맑은 강은 아마 한강뿐일걸요.

—북조선에도 대동강이 있긴 한데 한강처럼 폭이 넓지는 않아요.

—그래도 평양에 대동강이 있어 여러 가지로 좋지 않나요?

—그건 그렇지요. 한강도 대동강도 모두 고마운 강들이지요.

―한국에 오신 지는 얼마나 되셨어요?

―4년 됐습니다.

―그럼 한국 생활에 웬만큼 적응하셨겠네요.

―예, 완전하지는 않지만 대략 파악은 했습니다.

―하기야 말씨가 이미 서울 사람 같습니다.

―아직은 많이 서툽니다.

―처음 오서서 문화충격 같은 건 없었나요?

―문화충격이 이만저만 아니었지요.

―그래요? 그 정도로 뭐가 많이 다르던가요? 생각나시는 거 몇 가지라도 들려주시겠어요?

―처음에 사람들 만나 얘기할 때 누군가가 들을 것 같고, 녹음될 것 같고 하여 매우 조심했던 기억이 나요. 감시당하는 북한 문화를 완전히 벗어나지 못했던 거죠. 남한이야말로 그런 게 하나도 없다는 게 처음엔 신기하더라고요. 대통령 험담을 해도 괜찮다니 진짜 놀랐어요.

―예, 그렇군요. 또 다른 차이점은 무엇이었나요?

―자동차가 너무 많아 놀랐고, 내비게이션은 정말 신기했어요. 처음엔 서울시 한복판에만 차가 많겠지 했는데, 전국이 비슷한 걸 보고 얼마나 놀랍던지….

―우린 여기서 사니까 잘 몰랐는데요. 또 다른 것은요?

―아주 많지요. 우선 카드 사용하는 문화에 신선한 충격을 받았지요. 현금이 하나도 없어도 카드 하나로 생활이 가능하니 얼마나 경이롭던지…. 국내건 외국이건 어디든 원하는 곳을 마음껏 갈 수 있다는 것도 여간 부럽지 않았어요. '자유'라는 단어도 거의 들어보지 못했

고, 그 의미조차 잘 모르고 살았는데, 남한에 오니 진정한 '자유'가 무엇인지, 자유가 얼마나 소중한지도 실감하게 되더라고요. 자유를 모르는 북조선의 인민들이 너무나 가엾지요.

-또 있습니까?

-무궁무진하게 많지요. 전국 어디를 가나 수세식 화장실이고, 휴지가 비치되어 있는 것도 환상적이었어요. 천국이 따로 없더라고요. 24시간 수도와 전기가 들어오고 더구나 수도는 24시간 찬물 더운물이 나오는 것도 감동이었지요. 북에서는 상상도 할 수 없었으니까요. 세탁도 세탁기로 하고 겨울과 여름에 냉난방 되는 것도 처음엔 특수층만 그러려니 했는데, 알고 보니 전국이 다 똑같아서 아! 이런 세상도 있구나! 했지요. 남북이 이렇게 다르리라고는 상상도 못 했어요. 막연히 남조선은 밥은 안 굶고, 김씨 찬양 안 하는 정도로만 생각했지 이토록 잘 살고 자유롭고 선진화되어 있을 줄은 몰랐어요. 자기의 의사에 따라 시위도 할 수 있으니 '아! 이런 게 자유민주주의구나' 하고 깨달았지요. 물론 밥을 마음껏 먹을 수 있는 게 제일 행복하지만, 인터넷과 국제전화도 마음껏 할 수 있고 생활총화 안 해도 되니 정말 천당에 온 느낌이었어요. 의료보험이 있는 것도 얼마나 신기하던지요. 한국은 아마 세계에서 가장 살기 좋은 나라일 것 같아요.

-또 있습니까?

-있고말고요. 처음 남조선에 오니 외래어가 너무 많아 못 알아듣는 말이 많았어요. 한국통신도 'KT'라 하고 상점도 '슈퍼마켓'이라 하고, 복사도 '카피'라 하고, 휴대전화도 '스마트폰'이라 하고 정지도 '스톱'이라 하고 열쇠도 '키'라 하고 하더라고요. 처음 얼마 동안은 '아파

트'도, '리모컨'도, '쇼'도, '뉴스'도, '파킹'도, '북카페'도, '리허설'도, '인터넷뱅킹'도, '치킨'도, '다이어트'도 무슨 말인지 전혀 알지 못해 답답했지요.

—맞아요. 우리가 외래어를 너무 많이 쓰고 있었네요. 우리 대한민국 국민이 각성해야겠어요. 많이 힘드셨겠어요.

—그러나 이젠 거의 다 알아듣습니다.

—다행입니다. 그럼 탈북하신 거 후회는 안 하시겠네요?

—후회라니요? 지옥에서 천당에 왔는데…. 대한민국 국민으로 사는 것이 얼마나 행운이고 행복한 일인데요. 단지 북에 남겨두고 온 가족, 친척, 친구들이 그립고, 좋은 걸 볼 때마다 함께 왔으면 얼마나 좋았을까 자꾸 생각하게 되지요.

—그러시겠네요. 그럼 북한에서는 어떤 일을 하셨나요?

—주로 컴퓨터해킹을 했지요.

—네? 컴퓨터해킹을요?

—예. 이상하죠? 우린 밥 먹고 컴퓨터 앞에서 컴퓨터해킹만 하는 직업이었어요.

—그럼 대학에 컴퓨터해킹학과도 있나요?

—그건 아니지만 컴퓨터공학과를 졸업하면 주로 해킹 일만 시켜요.

—집집마다 컴퓨터가 보급되어 있나요?

—아직 컴퓨터가 있는 집은 드물고요. 학교나 기관들은 다 가지고 있어요. 그러나 인터넷은 못 해요. 인터넷을 할 수 있는 사람과 기관은 정해져 있지요. 국가안전보위부, 인민무력부, 노동당, 중앙전산원, 평양전산원 등 연구기관에서 정해진 사람, 김일성대학, 김책공업대학

의 컴퓨터학과 교수들과 학생 정도만 인터넷을 할 수 있지요.

－그럼 북한에 선생님 같은 컴퓨터해킹 전문가는 몇 명이나 됩니까?

－우리는 각자 자기가 맡은 일만 하므로 전국적으로 몇 명인지 잘 몰랐는데 어느 기사에서 보니까 6,000명 정도 된다네요.

－그렇게나 많아요?

－김일성대학과 군, 그리고 컴퓨터 전문기관에 주로 있다는 것만 알고 있어요.

－그럼 그 해킹기술로 주로 무엇을 합니까?

－당연히 미국과 한국의 주요 서버에 침투하여 교란시키는 거지요. 우리는 그런 일이 애국하는 길이라 믿고 열심히 했으니까요.

－그런 일 하시면 일반인보다 특혜가 있습니까?

－있지요. 일반인은 인터넷을 사용할 수 없지만 우린 인터넷을 사용할 수 있고, 힘든 노동도 안 하고 배고프지 않게 밥도 먹고 무엇보다도 군대에 안 가도 되지요. 하기야 북조선에서 군대 가는 것도 일종의 특혜지만요.

－특혜요?

－예, 특혜라고 말할 수 있지요. 제일 하위계층인 적대 군중은 군대에 가고 싶어도 못 가니까요. 그리고 신체적으로 일정한 기준에 못 미쳐도 못 가고요. 물론 지금은 자꾸 완화하고 있지만요.

－완화한다는 게 무슨 뜻인가요?

－처음엔 키가 157cm 이상만 갈 수 있다가 153cm로 낮추었다가 지금은 147cm만 되면 갈 수 있지요.

－왜 그렇죠?

－대부분의 국민이 영양실조 상태니까 평균 키가 자꾸 작아지는 거예요. 평균 몸무게도 줄게 되니까 지금은 45kg만 되면 갈 수 있지요.

－그럼 입대하면 몇 년이나 복무합니까?

－원래 10년이었는데 김정은 정권 들어와서 13년으로 늘었지요. 여자도 7년에서 10년으로 늘었고요.

－여자도 입대해야 합니까?

－그럼요. 남자와 같이 입대해야 하지요. 대학에 떨어진 사람이나 아예 대학 시험을 안 본 사람은 다 군대에 가야 하니까요.

－그럼 대학에 들어가면 군대에 안 가도 되나요?

－예. 공부만 하면 돼요. 물론 군사훈련, 노동봉사는 해야 하지만요.

－대학 진학률은 얼마나 됩니까?

－10%쯤 될 걸요.

－선생님은 대학 다니셨으니까 10% 안에 드는 엘리트였고 군대도 안 가셨겠네요.

－물론 안 갔지요. 고등중학교 때 수학경시대회에서 전국 1등을 했더니 김형직공대 컴퓨터학과에 입학시켜줘서 군대에 안 갔지요.

－선생님은 그 좋은 대학도 들어가시고 컴퓨터해킹 기술까지 있어서 북한에서 상류층으로 살았을 것 같은데 왜 탈북하셨어요?

－이야기가 길지만 간단히 말하면 인터넷을 통해 바깥세상을 보다가 걸렸거든요. 우리같이 비밀스런 일을 하다가 잡히면 바로 처형되거나 정치범수용소에 감금되어 2, 3년 버티다가 죽게 되지요.

－아니, 인터넷 할 수 있는 권리를 주면서 인터넷 봤다고 처벌하다

니요?

　─그게 바로 북조선이지요. 그냥 다른 세상은 안 보고 해킹기술만 연구해야 하는데. 다른 바깥세상, 예를 들면 한국이나 미국의 뉴스, 드라마, 이런 걸 보다가 들킨 거죠. 같은 해커들끼리도 서로서로 감시를 하니까요. 내가 인터넷으로 다른 나라의 뉴스와 오락프로를 보는 것을 누군가 엿보고 윗선에 고자질한 거죠.

　─세상에, 동료애라는 것도 있는데….

　─동료애요? 있긴 있지만 기본적으로 서로가 감시원이니까요.

　─그래서 무슨 벌을 받으셨어요?

　─수용소에 수감됐지요. 가족들도 모두 함께요.

　─세상에… 수용소에선 어떻게 생활하나요?

　─감금만 하는 게 아니고 원래의 목적은 그냥 죽이기 아까우니까 노동이나 하다가 죽으라는 거지요. 여기서 조금만 꾀를 부린다거나 태만하면 바로 구타를 당하지요. 태만하려고 해서 하는 게 아니라 너무나 배가 고프니까 일을 힘차게 할 수가 없어요. 한 끼에 100g의 강냉이밥만 먹으니까 수용소 모든 사람들이 영양실조 상태에요. 강냉이밥도 반은 겨를 섞은 거예요. 한국에선 개도 못 먹을 음식을 먹는 거지요. 하루에도 수십 명, 수백 명이 죽어 나가요.

　─그런데 용하게 빠져나오셨네요.

　─어차피 죽을 거라 생각하니 용기도 나고 담력도 생기더라고요. 기왕 죽을 바에야 용이나 한번 써보고 죽자 하고 용기를 냈죠.

　─와, 대단하십니다.

　─조상들이 도우셨나 봐요. 그렇지만 다시 하라면 못 할 것 같아요.

―가족들은 어떻게 되셨나요?

―함께 빠져나오다가 집사람은 아마 잡혀 죽었을 거예요. 뒤에서 총소리를 들으며 깜깜한 어둠 속을 각자 정신없이 뛰었는데, 그 과정에서 집사람이 뒤처졌던가 봐요.

―저런. 그 후 소식은 못 들었나요?

―들을 수가 없지요. 너무나 미안하고 가슴 아프지만 아이들 둘이 함께 나온 거로 위안을 삼고 있습니다.

―자녀들이라도 함께 나오셨으니 천만다행이네요. 자녀들은 이곳 생활에 잘 적응하고 있나요?

―적응 정도가 아니라 아주 적극적으로 생활하고 있는걸요. 컴퓨터도 엄청 잘하고요.

―다행이네요. 아무쪼록 이곳에서 지난날의 상처는 다 잊고 자녀들과 행복하게 사시길 빌겠습니다.

―감사합니다.

―그래 지금은 무슨 일을 하고 계세요?

―컴퓨터프로그래밍 일을 하고 있습니다.

―봉급이나 근무환경은 괜찮나요?

―그럼요. 이쪽 일은 월급이 상당합니다. 특별한 기술을 요하니까요. 가끔씩 재택근무도 하고 출퇴근 시간도 자유롭고 4대 보험도 들어주고 연금도 붓고 얼마나 좋은지 몰라요. 이런 걸 못 누리고 고생만 하다 죽은 집사람이 안 됐지요. 함께 왔다면 누구보다 좋아했을 터인데…

―정말 안타깝네요. 그래도 좋은 것만 생각하고 자녀들 보시면서

행복하게 사세요. 그래 남한에 오시니까 좋긴 좋으세요?

－그럼요. 여긴 우선 자유가 있잖아요? 얼마나 좋은지 몰라요. 북한 인민들이 너무 불쌍하지요.

－앞으로의 계획이나 꿈이 있다면요?

－예, 앞으로는 북한의 실상을 세상에 알리는 데 앞장서고 통일을 위한 노력을 하려고 해요. 여러 탈북단체들이 통일을 위해 힘쓰고 있는데 저도 힘을 보태려고요. 북한의 불쌍한 인민들을 구출해내야지요. 인간 이하의 대접을 받으면서 밥을 굶는 참혹한 현실에서 하루빨리 벗어나도록 내 힘껏 도우려고요.

－어떻게 도우실건데요?

－여러 방법을 강구해 봐야지요. 우선은 북쪽에 전단지 보내는 일에 힘을 보태고 중국에 나와 있는 탈북자들과 긴밀히 협력해서 한 명이라도 더 탈북시켜야지요. 지금 중국에 나와 있는 북한 주민이 20만 명이 넘어요. 그들도 최대한 한국으로 데려와야 해요. 인신매매로 잡혀있는 여자들이 제일 많아요.

－혹여라도 제가 도울 수 있는 일이 있으면 언제든 연락 주십시오.

－말씀만 들어도 감사합니다.

－한국인이라면 누구나 같은 마음일 거예요. 탈북자들과 남한사람들이 힘을 합해야지요.

－고맙습니다. 힘이 납니다.

－그럼 다음에 또 연락드리겠습니다. 이제 어디로 가실 건가요? 태워드리겠습니다.

－아니요. 저도 차 가지고 왔어요. 남한에 오니 자가용도 가질 수

있네요. 그럼 먼저 가세요. 저는 여기서 누굴 좀 만나고 가려고요.

  ―예. 그럼 안녕히 가세요.

  준혁은 오랜만에 흐뭇한 마음을 안고 돌아와 북한 관련 기사를 쓰자니 북녘 동포들의 어기찬 현실이 눈에 어른거려 마음이 몹시 아팠다. 상진은 준혁이 떠난 뒤 친구 민기에게 전화를 했다. 오늘은 친구와 술이라도 한잔해야 할 것 같았다. 마음속에만 있던 이야기를 남한 기자에게 조금이나마 털어놓고 나니 시원하기도 하고 새삼스럽게 슬프기도 했기 때문이다. 그러나 오늘은 민기가 못 나온단다. 상진은 할 수 없이 집으로 돌아왔다. 아내가 아직 직장에서 돌아오지 않아 집은 비어있었다. 아이들도 학교에 가고 없었다. 처음으로 혼자 집에 있자니 평양에서의 생활이 엊그제 일처럼 생생하게 떠올랐다.

  대학생들은 입학하고 나면 6개월 동안 합숙하면서 교도대 훈련이라는 군사훈련을 받게 된다. 하루 일과는 아침 5시 반 '중대기상' 소리와 함께 시작된다. 물론 군사이론도 배우지만, 훈련시간이 월등하게 더 많다. 훈련 기간 중에는 배낭에 식량과 생활 도구, AK 보병소총, 방독면, 공병삽, 수류탄 2발 등 완전무장을 하고 주로 공격전투 훈련과 유격 훈련을 받는데, 유격 훈련 때는 주간에는 숲속에 천막을 치고 숨어있거나 땅을 파고 들어가 숨어있다가 어두워지면 야간 행군을 한다. 20kg이 넘는 무기를 배낭에 짊어지고 달리는데, 행군 거리는 40~60km나 되니 너무 힘들어 차라리 죽고 싶을 때가 한두 번이 아니었다. 이런 과정을 거치고 나면 훈련소 졸업장을 주는데, 이것 없이는 대학을 졸업할 수 없다. 대학생들은 군대에 가지 않는 대신 이런 훈련 과정을 철저히 지켜야 하는데 몸이 아프거나 하여 그해에 낙오하면 다음 해라도 꼭 따야 한다. 학교에 돌아와도 전공공부만 해서는 안 되고 반드시 군사이론 과목들을 들어야 하며 방학 때는 농촌에 가서 농사일을 해야 하고, 그 지역에 토목건축사업이 있으면 그곳에 가서 노동을 해야 한다.

졸업하고 나면 당 세포조직과 사로청조직에 편입되어 직장이 확정될 때까지 통제를 받는다. 졸업식이 끝나면 당 위원회 정무원 5사무국에서 지도원들이 내려와 졸업생들을 면담하는데, 가정성분, 학업성적, 재학 중 정치 활동 참가실적 등을 검토하여 도별로 배치지를 확정한다. 여기에 조금이라도 의의를 달면 엄벌을 받는다. 학생들은 어느 도에 가는 것만 알고 해당 도에 가서 구체적인 배치지를 알아보고 여러 가지 증명서를 받아서 배치지에 가게 된다. 최우등으로 졸업해도 가족은 물론 친척 가운데 정치적으로 약간의 문제라도 있는 사람이 단 한 명이라도 있으면 산골로 배치되고 반대로 가족이나 친척 중 당 간부가 있으면 가장 좋은 곳으로 배치된다.

상진은 그래도 평양전산원에 배치받아 컴퓨터해킹을 잘해서 연구나 실무에서 좋은 실적을 올리니 승진도 순조롭게 되어 부부장까지 올라갔다. 어느 날 동료들과 함께 점심을 먹으며 무심결에 넋두리했다.

－내가 지금쯤은 당 간부로 일하고 있어야 하는데 맨날 컴퓨터와 씨름만 하니…

이 말을 들은 동료들이

－그게 무슨 소리요?

하고 물었다.

－원래 김일성대학 정치학과에 가려고 했는데, 그놈의 연좌젠가 하는 것 때문에 못 가고 공업대학에 들어오지 않았음매?

－아, 그렇게 됐구만요. 참으로 안됐수다.

－세상이 공평하지 못해요. 얼굴도 모르는 친척 때문에 김일성대학은커녕 금성정치대학조차 못 가다니…

상진은 더 이상 얘기하지 않고 옥수수빵과 두유로 점심을 먹고 다시 컴퓨터 앞에 앉았다.

그로부터 일주일쯤 지난 어느 날이었다. 보위부로 출두하라는 통지서가 날아왔다. 무슨 일인가 하면서 정해진 시간에 보위부로 갔다.

－동무는 당국을 비판하고 지도자를 원망한 죄로 가족과 함께 수용소에 가게 될거요.

－저 그런 일 없습네다. 억울합네다.

－증인이 두 명이나 있는데도 시치미를 뗄 건가? 며칠 전 연좌제 때문에 원하는 대학 못 갔다고 불평하지 않았소? 그리고 우리나라가 공평하지 못하다고 원망하지 않았느냐 말이오. 거기까지 올라갔으면 감사부터 해야지 불평이라니….

－아, 그거군요. 불평한 건 아니고 그냥 지나간 이야기 한마디 한 것입네다. 불손한 마음을 가졌던 건 절대 아닙네다. 저의 실수를 한 번만 봐주시라요. 이 은혜는 절대로 잊지 않갔시오.

－이미 위에도 다 보고되어 어쩔 수 없소.

이렇게 하여 상진은 청천벽력같은 벌을 받게 되었다. 가장 심한 벌인 사상범으로 몰려 정치범수용소에 갇히게 된 것이었다. 망연자실했으나 피할 방법이 없었다. 가벼운 말실수로 정치범수용소에 가게 될 줄은 꿈에도 몰랐다. 동료라고 믿고 무심코 한두 마디 한 것이 이토록 끔찍한 결과로 돌아올 줄은 상상도 못 했다. 그들은 상진의 넋두리를 놓치지 않고 당에 고자질을 한 것이었다. 정말 억장이 무너진다는 말은 이럴 때 하는 말일 것 같았다.

그래도 행인지 불행인지 상진은 요덕수용소에 갇히게 되었다. 요덕수용소의 공식 명칭은 15호 수용소. 일단 수용소에 감금되면 살아 나오기가 불가능하지만, 요덕수용소는 살아나올 수도 있다는 얘기를 들었던 터라 그래도 불행 중 다행이라고 생각하며 마음을 단단히 먹고 가족과 함께 수용소에 들어갔다. 들어가 보니 약 3만 명의 수감자들이 완전통제구역에 수용되어 있었으며, 상진네가 수용된 혁명화 구역에는 2만 명이 수용되어 있었다. 완전통제구역의 사람들은 종신 수용되며, 혁명화 구역에 수용된 사람들의 대부분은 북송 재일교포와 정치범의 가족들로서 비록 만신창이가 된 몸이지만 가끔 풀려나가기도 한다. 수용소에서는 짐승만도 못한 대접을 받고 급식도 한 끼에 강냉이와 겨가 섞인 밥 100g과 염장무 한두 쪽이 전부였다. 가끔 배추나 미역 한두 쪽 둥둥 뜬 소금국이 나오기도 했다. 매일 허기진 채로 엄청난 노동을 하니 속에서 불끈불끈 화도 치밀고 반감도 솟구쳤다. 정치범수용소는 이름은 거창하지만 별의별 죄목으로 잡혀 온 사람들이었다. 남한방송, 영화, 드라마를 본 사람, 김씨의 사진이 있는 신문을 훼손한 사람, 기독교 신자나 선교한 사람, 탈북자 가족, 인터넷 사용자, 친일파, 김씨 삼부자 및 그들의 아내와 관련된 사람, 기타 각종 범죄자 및 김정은의 판단에 의해 수용되는 사람들이었다.

수감자들 대부분은 영양실조에, 심한 매를 맞아 상당수가 팔다리가 부려져 있는 걸 보니 상진은 온몸이 떨리고 정신도 혼미해졌다. 수용소는 면적이 500제곱km 이상 되는 하나의 거대한 도시로서 산속 깊이 있는데, 이 도시 안에는 탄광, 병원, 학교도 있다. 수감자들은 금이나 석탄을 캐기도 하고 뱀술도 담그고, 된장 간장도 담근다. 이들 제품들은 질이 좋아 당 간부나 부자들에게 비싸게 팔려나간다고 한다. 여기서 버는 돈은 모두 39호실(김정은 비자금계좌)로 들어간다. 수용소 안에서 애기도 낳을 수 있으나 태어나는 즉시 정치범 신분이 된다. 학교에 다니는 아이들도 강제노역에 시달리느라 거의 공부를 할 수 없으며 하루에 300명 이상 처형된다. 이곳에 근무하는 교도관 중 착한 교도관은 바로 전출되고 독한 교도관만 오래 근무한다고 한다. 죄수들한테 조금이나마 인정으로 대하는 교도관은 즉시 전출되고 악독하게 다루는 교도관만 오래 남는다는 것이다.

북한 전체에는 원래 12개의 수용소가 있었으나, 지금은 4개만 있는데 전체 수감자가 20만 명 정도라고 한다. 수감자들은 너무 배가 고프니까 쥐라도 먹을 수 있으면 천운으로 생각할 만큼 비참한 처지다.

요덕수용소만 혁명화 구역이 있어 그나마 살아나오는 사람들이 더러 있고 나머지 세 개의 수용소는 완전통제구역으로, 아직 단 한 명도 살아나온 사람이 없다. 평균 3년이면 영양실조로 죽으며, 보통 3대가 수용소에 함께 수용된다. 단 한 명만 살아나와도 수용소 안의 참상이 세상에 알려지므로 철저하게 통제를 하는 것이다. 혁명화 구역에서는 탈출을 시도하거나 음식을 도둑질한 수감자들에 대한 공개처형이 자행된다.

그나마도 혁명화 구역에서는 살아 나온 사람이 있으므로 이런 내용도 밝혀지지만, 완전통제구역에서는 불가능하다. 조금 일찍 죽거나 조금 늦게 죽거나 할 뿐 살아나오진 못한다. 상진의 친구 강기철도 어머니가 여맹부위원장까지 할 정도로 토대가 좋았으나 아버지가 '세습은 봉건제다'라는 말 한마디 한 죄로 3대가 정치범수용소에 갇히게 되었다. 정치범수용소는 대부분 당 간부, 엘리트들이 수감되지만, 수감자 5만 명 중에서 탄광에만 2만여 명이 일하고 있다. 풍계리 핵실험장도 수용소 안에 있어서 수감자들을 핵실험에 투입하여 희생시키고 있다.

모범수를 골라 남녀를 만나게 하여 아이도 낳게 하지만 그다음에는 완전히 떼놓는다. 수용소 안에는 병원도 있으나 주로 침, 뜸을 하고 수술을 해도 마취제 없이 하며, 수감자들을 실험용으로 쓰기도 한다.

상진은 1년간 수용소에서 힘겹게 견디다가 탈출을 계획했다. 안 그래도 억울하게 수감되었는데 온 가족이 수용소에서 죽을 수는 없었다. 수용소는 3미터 높이의 담과 그 위에 2미터 높이의 철조망으로 둘러싸여 있다. 담을 따라서는 감시탑이 있고 자동소총과 감시견을 가진 1천 명의 경비대가 순찰하고 있었지만, 상진은 평소에 담장이 가장 낮은 곳과 감시탑이 먼 곳을 눈여겨보아 두었던 것이다. 새벽 세 시 모두가 잠든 시간 상진네 가족 네 명은 빛보다 빠른 동작으로 수용소의 담장을 넘었다. 평소에 눈여겨두었던 루트를 따라 수용소를 빠져나오는 데 성공했다. 온 가족이 밤중에 아무도 모르게 장대높이 연습을 해놓았던 것을 이때에 요긴하게 써먹었던 것이다. 그러나 채 300미터도 가기 전에 탕탕탕 총소리가 들렸다. 그래도 뒤를 보지 않고 각자 죽어라고 달리고 또 달렸다.

시간이 얼마나 지났을까? 수용소를 충분히 벗어났다고 생각하여 잠시 숨을 고르면서 서로를 살피는데 엄마가 보이지 않았다. 상진과 아들 둘은 너무도 놀라 서로를 보며 낭패감에 휩싸였다. 분명히 철조 망을 넘었고 함께 달리기 시작했는데 언제부터 뒤처졌는지 알 길이 없었다. 너무나 경황없이 미처 다 살피지 않은 채로 어둠 속을 죽어라 고 앞만 보고 달리느라 뒤를 돌아보지 않는 게 통한의 실책이었다. 하 기야 총소리 날 때 우물쭈물했으면 네 명이 모두 몰살당했을 수도 있 다. 상진은 지금 아내를 찾으러 되돌아가야 하나 그냥 가야 하나 고민 하기 시작했다.

만일 되돌아가면 수용소 경비원들에게 잡혀서 죽게 될 것이지만, 그렇다고 아내를 혼자 사지에 두고 떠나는 것도 여간 슬프고 미안한 일이 아니었다. 상진은 잠시 생각하다가 우선 아들들은 먼저 계속해 서 가라고 하고 자기만 되돌아가기로 하였다.

그러나 상진이 채 얼마 가기도 전에 자기들을 쫓는 경비원들이 손 전등을 켜고 오는 것을 멀리서 보게 되었다. 상진은 본능적으로 다시 되돌아서 아들들이 가는 쪽으로 죽어라고 달리기 시작했다. 아들들이 라도 살려야 한다는 생각밖에는 나지 않았다. 죽을힘을 다해 달려서 아들들을 만나서 계속 달렸다.

상진네 삼부자는 참으로 운 좋게 수용소를 탈출하여 지금은 서울 에서 자유롭게 잘 살고 있으면서도 엄마의 희생을 생각하면 너무도 마음이 아팠다. 어쩔 수 없는 상황이었다고 스스로 위로하는 수밖에 달리 방법이 없었다. 그저 고통 없이 떠나서 하늘에서 잘 지내고 있기를 빌 뿐이다. 삼부자는 어머니의 영혼이라도 달래기 위해 천주교에 입교하여 일요일마다 성당에 다니며 어머니를 위해 기도하고 있다.

상진은 컴퓨터회사에 취직하여 돈을 벌고 아들 둘은 모두 대학에 입학하여 신세계의 자유를 만끽하고 있다. 상진은 회사에서 컴퓨터프로그램을 개발하여 상도 받고 월급도 두둑이 받아 별 어려움 없이 살고 있으면서도 단 한 가지 남북한 말이 다른 게 자꾸만 맘에 걸렸다. 통일하려면 언어가 같아야 하는데 서로가 못 알아듣는 말이 많다는 것은 남북통일에 작은 걸림돌이 될 수도 있다는 생각에 4년간 서울에 살면서 남북한 말이 다른 것을 듣는 대로 보는 대로 기록하고 있다.

남한은 서양 외래어를 너무 많이 사용하고 있고 북한은 다듬은 고유어에, 외래어는 러시아에서 수입했기 때문에 서로 통하지 않는 단어가 많게 되었다. 트랙터-또락또르, 탱크-땅끄, 러시아-로씨야, 케이블-까벨, 마이너스-미누스, 알루미늄도시락-늄곽밥, 다이어트-몸까기, 남편-세대주, 휴지-입지, 몸이 찌뿌듯하다-말째다, 궤도-걸그림, 채소-남새 등이 그 예다. 북에서 사용하는 말 중에는 남한 국민들이 무슨 뜻인지 도저히 알아듣지 못하는 단어들도 많이 있다. 노날드리듯, 악패듯, 자가사리끓듯, 불피코, 저저마다, 알포름, 반도와, 늘치분, 긴찮이, 깡지근하다, 넘드르다. 되우, 다루, 앙바틈하다, 해무르다, 해식다, 해낙낙하다, 에굽다, 잔달다. 숫스럽다, 겹석, 울바자, 뿔깃하다, 헤번즈르르하다, 달물 등이 그 예이다.

통일 전에 언어통일만은 먼저 되면 좋을 것 같다. 상진은 아내까지 희생시켜가며 탈북하여 월남한 목적을 스스로 두 가지로 꼽고 있다.

하나는 아들들의 장래를 위해 자유를 택한 것이고, 또 하나는 통일을 위해 노력한다는 것이다. 평화통일은 쉽지 않다는 비관적인 생각이 자꾸만 들어 슬프기도 하고 괴롭기도 하다. 김정은이 어떤 조건 앞에서도 핵을 포기할 것 같지 않기 때문이다. 어쩌면 핵 개발만이 살길이라고 믿는 듯하다.

김정일이 병이 깊어지자 후계자 문제가 현안이 됐다. 큰아들 정철이를 후계자로 삼아야 마땅하나 정철은 마음이 따뜻하고 여려서 마음이 놓이지 않았다. 나라를 운영하려면 좀 더 배포가 크고 담력도 있고 인정에 약하지 않아야 하는데, 아무래도 정철이는 안 될 것 같았다.

마침 둘째인 정은은 배포도 있고, 성격이 강해 웬만한 일에는 마음이 흔들리지 않고, 또 포악한 면도 있어 북한 같은 1인 지배 체제에서는 안성맞춤이었다. 구렁이 같은 늙은 대신들을 통솔하려면 정은 같은 굳센 지도자가 필요하다. 드디어 정일은 정은을 후계자로 삼기로 작정하고 정철이는 외국에서 돌아오지 못하게 하면서, 정은이에게 후계자 수업을 시켰던 것이다. 하루가 급하게 정은을 공식 석상에 나오게 하고 원로들에게도 정은에게 충성할 것을 명했다.

김정일이 죽고 27세에 권력을 이어받은 정은은 자기 아버지보다 더 포악해서 고모부도 처형하고, 김정일 운구를 들었던 최측근 8명 중 한 명도 살아남지 못했다. 김정은 통치 5년간 숙청당한 간부 수만 100여 명이고 하급관리까지 합하면 1,000명 이상이다. 장성택 측근도 대부분 처형당했으며, 그의 휘하 부하들 중 1만 명이 수용소에 수감되기도 했다.

6·25전쟁도 60대 이하의 젊은 세대에게는 먼 나라의 얘기일 뿐 그

끔찍한 고통을 다 알지도 못하고 느끼지도 못한다. 아무리 설명해주어도 실감을 못 한다. 이제 건국 75주년을 맞이하여 미래를 얘기하지 않으면 안 되는 시점에 와 있지만, 전쟁에 참여했거나 직접적으로 피해를 입은 사람들은 이제 고인이 되었거나 너무 고령이어서 어떤 목소리도 내기 어려운 상황이다. 특히 북한은 6·25전쟁과는 너무 거리가 먼 35세의 폭력적인 지도자가 국제적인 우려와 경고도 무시하고 핵실험을 계속하고 있으니 참으로 위험천만한 상황에 놓여 있다. 인민들을 겁박하고 공포 분위기를 조성하여 충성을 강요하고 있으니 숨이 막히도록 답답하다.

한국을 둘러싼 대국들은 남북이 둘로 나뉜 것이 한민족에게 얼마나 가혹한 일인지, 얼마나 치명적인 일인지, 얼마나 불행한 일인지 다 모르겠지만, 우리 한민족으로 볼 때는 아무리 땅을 치고 통곡을 해도 모자랄 더없이 참담하고 기막힌 일이다. 6·25전쟁은 남북의 분단을 더 고착화하고 남북한 몇백만 명의 인명피해, 지상에 있는 대부분의 기간시설 파괴, 천만 명의 이산가족 발생 등 헤아릴 수 없는 지상 최대의 비극을 불러오는 결과를 가져왔다.

상진은 정말 하늘이 있다면 이 기막힌 참상을 두고 보지만 말고 민족 앞에 죄를 지은 김씨 일족에겐 벌을 내리고 평화로운 자유 통일을 허락해야 할 것이라고 생각하고 있다.

오늘따라 9월의 따스한 햇살이 더욱 빛나고 있었다. 상진은 먼저 저세상으로 간 아내를 생각하니 명치끝이 쓰라리고 그리움이 태풍처럼 밀려왔다. '여보, 미안하오. 나만 이렇게 잘 살고 있으니.' 그러나 두 아들과 함께 하는 것으로 위안을 삼는다. 하늘을 올려다보니 마침 비둘기 떼가 하늘에서 몇 번이나 남쪽으로 한번, 북쪽으로 한번 방향을 틀어 곡예를 하더니 결국 남쪽을 향해 훨훨 날아오고 있었다. 상진은 어쩐지 상서로운 기운이 몰려오는 것만 같아 공연히 마음이 설렜다.

어떤 재회

카멜 존슨은 거처도 일정하지 않았고, 일정한 직업도 없이 하루하루 닥치는 대로 일을 하며 노숙자로 살았다. 사는 것이 시들하고 하루하루가 덧없이 지나가고 있었다. 비가 오면 싸구려 여인숙에 여러 명의 노숙자들이 모여 자는데, 대부분 마약도 하고 포커도 하였다. 카멜은 마약도 포커도 하지 않고 뒷자리에 누워서 이 생각 저 생각을 하니 지난날들이 흑백영화처럼 스쳐 지나간다.

─내가 어쩌다가 이런 신세가 되었나?

자신의 처지가 한심하게 느껴지면서 갑자기 눈이 시큰해지더니 뜨거운 눈물이 볼을 타고 내려왔다. 몇 년 전의 일이 갑자기 떠올랐다.

카멜이 대학에 입학하고 한 달 때쯤 되는 어느 토요일 오후 온 가족이 식사를 마치고 디저트를 먹고 있는데, 아버지 월터 존슨이 입을 뗐다.

─얘들아, 오늘 너희들한테 들려줄 얘기가 있다. 너희 형제는 우리

가 입양했단다. 첫째 로저는 폴란드에서 데려왔고 둘째 카멜은 한국에서 데려왔다. 우리 부부는 너희들을 친자식처럼 키웠다. 그렇게 키우면서 어려움도 있었지만 매우 행복했단다. 지금은 세계화 시대니 어느 나라에서 태어났건 아무 상관없다. 어디에서든 각자 자기 능력 발휘하고, 좋은 사람 만나 결혼하고 행복하게 살면 되는 것이다. 우리는 너희들을 한없이 사랑한다. 단지 너희들은 이제 성인이 되었으니까 자신의 뿌리를 아는 것이 좋을 것 같아 말해 준 것이다. 이후 달라질 것은 아무것도 없다.

로저와 카멜은 순간 몹시 놀랐으나 이내 고개를 끄덕였다. 왜냐하면 평소에 형제간에도, 부모님과도 전혀 닮은 데가 없어 마음속으로 의아해하고 궁금했던 터였기 때문이다. 어렴풋이 '입양한 게 아닐까?' 하는 생각을 했으나 안정된 생활이 깨질까 두려워 의식적으로 궁금함과 의구심을 떨쳐버리며 살아왔다.

카멜은 네 살 때 실종됐다가 미국으로 입양된 것이었다. 당시 대구에 살던 카멜은 시장에 간 엄마한테 간다며 혼자 길을 나섰다가 실종됐다. 미국으로 입양된 카멜은 양부모의 따뜻한 사랑을 받으며 행복하게 자랐다. 아버지는 회사에 다니고 어머니는 중학교 교사였다. 카멜은 네 살 때 입양됐기 때문에 처음 2, 3년은 자기의 가족이 바뀌었다는 것을 알고 있어서 약간 어색했으나 자라면서 과거는 다 잊고 양부모를 친부모로 알고 컸다. 그러나 다른 아이들은 멀리서 부모를 만나면 막 달려가 안기는데, 자기는 왜 그런 게 잘 안 되는지 스스로도 이상했다.

그러나 부모님과 잘 지내고 형인 로저와도 갈등 없이 잘 지내니 집안은 비교적 평온했다.

초중고 다니는 동안 동양 아이는 카멜 혼자일 때가 많았다. 공부를 잘해서 친구들과 선생님들로부터 인정은 받았으나, 친한 친구가 없었다. 그는 늘 외톨이였다. 백인도 흑인도 친구가 되어 주지 않았다. 대학도 자기가 원하던 스탠퍼드대 건축과에 합격하니 그제서야 아는 체를 하는 친구들이 몇 명 있었다. 특히 함께 스탠퍼드 대학에 합격한 친구들은 대학에 가서 친하게 되었다. 부모님과 로저도 카멜의 스탠퍼드 대학 건축과 합격을 축하해주고 기뻐해 주었다.

문제는 등록금이었다. 스탠퍼드 대학은 사립대학이라 등록금이 워낙 비싸므로 평범한 봉급생활자인 부모님으로서는 두 아들의 등록금을 다 대 줄 수가 없었다. 할 수 없이 절반은 부모님이 도와주시고 절반은 대출을 받아 해결하기로 하였다. 막상 대학생이 되니 대부분의 다른 친구들처럼 용돈과 기숙사비는 스스로 해결해야 하므로 아르바이트를 하지 않으면 안 되었다. 등록금 대출받은 것은 졸업 후에 취직해서 갚는다지만, 당장 은행이자와 기숙사비도 내야 하고 책값, 학용품 등 필요한 돈을 벌어야 하니 아르바이트를 해야 했다.

처음엔 건축사무실 인턴으로 일을 하다가 나중에는 학교 도서관에서 하루에 4시간씩 일을 했다. 도서관에서 일하게 되었을 때는 틈틈이 공부도 할 수 있으려니 했지만 현실은 달랐다. 잠시도 쉴 틈 없이 일해야 했다. 학생들이 대출을 신청한 책을 찾아주고, 여기저기 흩어져 있는 책들을 제자리에 갖다 꽂아야 하고, 대출하고 반환되어 오는 책도 제자리에 꽂아야 하는데, 상상 이상으로 일거리가 많았다. 학생 신분으로 일하니 최저 임금을 받으므로 피곤한 것에 비하면 수입은 형편없었다. 하프타임으로 일하는 셈인데도 등록금 대출한 이자 내고, 기숙사비 내고 책 몇 권 사고 나면 간식 사 먹을 돈밖에 남지 않았다. 티셔츠나 청바지나 운동화 하나 사려 해도 빠듯하였다. 할 수 없이 일하는 시간을 늘렸다. 평일에는 4시간씩 하고 주말에는 하루에 8시간씩 일을 하기로 하였다. 오후 5시부터 새벽 1시까지 도서관에서 일하고 나면 녹초가 되어 정작 자기 공부는 거의 할 수가 없었다. 매일같이 졸리고 피곤하여 공부가 제대로 되지 않았다. 시험 때도 공부를 제대로 할 수 없어 성적이 형편없었다. 명문대학에 입학한 것이 아무런 쓸모가 없게 되었다. 그래도 이런 사정을 차마 부모님께 말할 수는 없었다.

겨우 졸업은 했으나 성적이 워낙 나쁘니 취직도 안 되고 당장 먹고 살아야 하니 막노동이라도 하지 않을 수 없었다. 건설 현장에는 언제나 손이 필요하므로 건설노동자로 일하다가 가끔씩 트럭운전을 하였다. 학생 때 하던 아르바이트와는 차원이 달랐다. 건설노동자는 일용직이라도 임금은 꽤 높았다. 운전을 하는 날은 음악을 들으며 모르는 곳에 여행가는 기분이 들고 일당도 많아서 좋다.

어느 날 일거리가 없어 오랜만에 연극이나 보려고 동네 극장에 갔다가 뜻밖에도 고등학교 때 한 반이었던 자넷을 만났다. 그녀는 휴가 중이었는데 연극을 보러 극장에 왔다가 카멜을 만나게 된 것이다. 자넷은 학교 다닐 때 수학경시대회와 과학경시대회에 학급이나 학교대표로 나가 상을 타오고 명문 스탠퍼드대학에 합격했던 카멜에 대해 호감이 있었고, 또한 부러워했던 기억도 났다. 고등학교 때는 외톨이 카멜이 안 되어 보여서 가까이하고 싶은 생각도 들었으나, 카멜이 자기에게 특별한 관심을 가져주지 않아 개인적으로 친하지 못한 채로 졸업하였다. 졸업 후에는 자기는 버클리대학에 가고 카멜은 스탠퍼드 대학에 가는 바람에 다시 만나지 못했는데, 뜻밖에도 8년 만에 극장에서 다시 만나게 된 것이다. 이게 무슨 운명인가 싶었다. 카멜은 고등학교 때 속으로 자넷을 좋아했으나 용기가 없어 고백은커녕 가까이에 가서 말 한마디도 건네지 못했고, 대학 가서는 다시 만날 수 없었던 것이다. 자넷은 전형적인 백인 미인으로 눈과 입이 특히 예뻤다. 자넷이 먼저 인사를 하였다.

－카멜 안녕. 만나서 반가워. 어떻게 지냈어?

－자넷 안녕. 다시 만나서 반가워.

두 사람은 함께 [햄릿]을 보고 카페에서 회포를 풀게 되었는데, 알고 보니 자넷은 의대 졸업 후 의사로 일하고 있다며 명함을 주었다. 카멜은 차마 자기의 처지를 얘기할 수 없었다. 대학원에 가기 위해 지금은 공부하고 있다고 둘러댔다. 한 시간쯤 얘기하다 헤어지고 나서 생각하니 정신이 번쩍 들었다. 자넷은 어엿한 의사로 일하고 있는데, 자기는 막노동이나 하고 있으니 참으로 창피했다. 이제 어떻게 살아야 할 것인지 진지하게 다시 생각해보았다.

이리저리 궁리를 해보았으나 별 뾰족한 수가 없고 자기는 공대 건축과를 나왔으니 그래도 건축사 시험을 보는 게 가장 빠를 것 같았다. 지난번에는 떨어졌지만, 이번엔 반드시 합격해야 할 것이었다. 그날 밤부터 건축사 시험 준비에 돌입하였다. 시험까지 남은 시간은 5개월. 넉넉하진 않지만 그래도 해볼 만한 시간이었다. 5개월 동안 일 안하고 살 수 있는 최소한의 돈은 있으므로 공부만 하기로 하고 스케줄을 짰다. 스케줄에 따라 열심히 공부했다. 세상에 태어나 공부를 가장 열심히 한 시간이었다. 옛날에 다 공부했던 것이어서 기억나는 것도 많았다. 최소한의 식사시간, 수면시간 외에는 온 힘을 다해 시험 준비를 했다.

드디어 시험 날이 되었다. 긴장되었지만, 그래도 지난 5개월 동안 후회 없이 열심히 하였으므로 어느 정도 자신감이 있었다. 아침 9시부터 저녁 7시 반까지 무려 9시간이나 보는 시험이었다. 대지계획 3시간, 건축설계1 3시간, 건축설계2 3시간을 보았다.

석 달 후 합격자 발표를 보니 분야별로 'Camel Johnson'이 쓰여 있었다. 특히 구조계획 분야에서는 1등을 하였고, 전체적으로도 상위권에 랭크되어 있었다. 카멜은 '하느님 감사합니다.', '부모님 감사합니다'를 몇 번이나 했는지 모른다. 갑자기 날개를 달고 비상하는 기분이었다.

3주일 후 유명 건설회사에 취직하였다. 연봉도 꽤 높게 책정되었다. 오랜만에 부모님 댁에 가서 자초지종을 얘기했다. 부모님도 매우 기뻐하며 축하해주었다. 주말에 다시 자넷을 만났다. 이날은 용기를 내어 그간의 일을 모두 고백했다. 우선 한국에서 입양되었다는 것, 양부모님은 사랑으로 잘 키워주셨지만, 평범한 샐러리맨인 아버지로부터 비싼 등록금과 생활비를 다 지원받을 수 없어 학부 때 너무 많은 시간을 아르바이트에 쓰느라 성적이 안 좋았던 것, 건축사 시험에도 떨어졌던 것, 막노동을 한 것, 그리고 자넷을 만난 이후 다시 건축사 시험에 재도전하여 좋은 성적으로 합격하고, 유명한 건설회사에 입사한 것 모두를 얘기하고는 다시 시험 보고 취직한 것은 모두 자넷 덕분이라고 고백하였다. 자넷은 깜짝 놀라며 축하해주었고, 감동받았다고 하였다. 자넷은 지난번 극장에서 카멜과 만난 이후 그에 대한 생각이 많이 났으나 카멜 쪽에서 연락이 없는데 먼저 연락할 용기는 나지 않았다. 6개월 후에 카멜 쪽에서 연락이 와서 다시 만나게 되었다.

자넷은 대학 다닐 때 클래스메이트인 조셉과 2년간 사귀다가 헤어지고 3년 후 우연히 극장에서 카멜을 만났던 것이다. 이후 두 사람은 주말마다 긴 데이트를 하면서 서로에게 좀 더 가까워지고 뜨거워졌다. 결국 10개월 후 결혼에 골인하였다. 처음에는 자넷 부모님이 반대하셨지만, 자넷이 설득하였다. 카멜이 비록 한국 출신 입양인이지만 능력도 있고 인물도 준수하고, 체격도 좋고, 성격도 좋아 보이고 직장도 확실하기 때문이었다. 특히 자넷 부모님이 카멜 부모님과 서로 뜻이 맞아 축복 속에 결혼식을 하였다.

두 사람은 결혼하고 샌프란시스코 외곽 아파트에서 2년간 살고 난이후 땅을 사고 다시 2년 후 카멜이 직접 설계한 집을 지어 살게 되었다. 태평양이 내려다보이는 언덕에 지은 2층 양옥이었다. 카멜은 이제야 비로소 미국에 제대로 뿌리를 내린 것 같다는 느낌이 들고, 가정이 생겼다는 사실에 스스로 감격하였다. 1년 후에 자넷이 임신을 하여 부부는 더욱 행복하였다. 두 사람은 기쁜 마음으로 주말마다 신생아 용품을 하나씩 사다 놓았다. 몇 달 뒤 자넷이 딸을 낳았다. 이름을 엘리스라 지었다. 엘리스는 엄마를 훨씬 많이 닮아 피부도 하얗고 눈도 쌍꺼풀이고, 머리도 갈색이었다. 직장에서 끝나면 엘리스가 보고 싶어 막 가슴이 뛰고 발걸음도 빨라졌다. 집에 와서 엘리스를 안고 있으면 황홀하였다. 직장, 아내, 딸, 이 세 가지만 생각하면 세상을 다

가진 듯 뿌듯하고 풍요로웠다. 산다는 게 정말 행복 그 자체였다.

이제 모든 면에서 안정이 되니 자신의 뿌리를 찾고 싶어졌다. 자기가 태어난 조국에 한번 가보고도 싶고, 친부모가 어떻게 생긴 분들인지도 궁금해졌다. 양부모님을 존경하고 사랑하는 마음은 전혀 변함이 없으나, 생명을 준 친부모님을 보고 싶다는 생각이 봄철 만물이 소생하듯 싹트기 시작했던 것이다. 부모가 되어 보니 피치 못할 사정이 없는 한 부모가 자식을 버릴 수 없다는 걸 깨닫고, 자기가 미국에 입양이 된 데에는 특별한 사연이 있을 거라는 생각이 들었다. '이제 친부모를 찾아서 내 인생의 마지막 퍼즐을 맞추어보리라.' 카멜은 우선 부모님께 친부모를 찾고 싶다는 말씀을 드리고, 입양에 대해 물었다. 부모님은 카멜의 한국 이름은 진성호였으며, 1988.4.16일에 대구 홀트아동복지회에서 입양을 주선해 주었다고 얘기해 주었다.

카멜은 한국에 대한 공부를 시작해 보니 가장 짧은 시간에 경제발전과 민주화를 이룬 나라라고 하여 자랑스러웠다. 동시에 세계에서 어린이들의 해외입양이 가장 많다는 내용에 충격을 받았다. 한국에서는 어려운 환경에 있는 아동들이 미국을 비롯해 서양에서 더 나은 삶을 살 수 있다고 믿었다. 한국의 해외입양은 6·25전쟁 전후 주한미군과 한국 여성 사이에서 탄생한 혼혈아동을 한국에서 제거하기 위해 처음 시작되었다. 한국 친모를 '양공주'로 경시하는 풍조가 있었고, 아버지가 한국인이 아니므로 혼혈아는 한국 국적을 갖기도 어려웠다.

카멜은 대구 여성청소년 수사계장이 언론 인터뷰에서 "해외 입양인들이 한국으로 오기 어려운 점을 감안하여 국제우편으로 DNA 검사결과를 받아 가족 찾는 데 활용하고 있다"고 말하는 것을 보게 되었다. 그는 DNA 검사결과와 함께 자기가 진성호라는 이름으로 홀트아동복지회를 통해 미국에 입양된 사실과 친부모형제를 찾는다는 사연을 간단히 한국어와 영어로 섞어 써서 대구경찰서에 보냈다. 대구경찰청 장기실종수사팀은 이 일을 맡자 우선 카멜의 입양기록부터 찾아보기로 했다. 1988년 12월 11일 경찰에서 대구 수성시장 앞에서 진성호를 발견해 보호하고 있다가 홀트아동복지회를 통해 89년 3월 미국의 한 가정으로 입양 보냈다는 기록을 찾았다. 이를 토대로 경찰은 실종아동의 명단에서 89년부터 주소변동이 없는 진성호의 부모를 찾았다. 경찰이 진성호의 어머니에게 연락을 하니 "어릴 적 아들을 잃어버렸다. 찾으려고 많은 노력을 했지만 결국 못 찾았다"는 대답이 돌아왔다. 경찰은 국제우편으로 온 진성호의 DNA 샘플을 어머니의 DNA 샘플과 비교하여 최종적으로 친자관계임을 확인했다. 대구경찰서는 이 모든 내용을 카멜과 카멜 부모에게 알려주었다.

카멜은 이제 부모를 만날 수 있다는 생각에 두근거리는 가슴을 안고 한국어 공부를 시작했다.『기초한글』책을 사서 공부를 해보니 한글이 너무 쉬워 깜짝 놀랐다. '세상에 이렇게 쉽고 과학적인 문자도 있구나.' 한글 알파벳을 하루에 다 익히고 나니 한국어 학습에 대한 의욕과 자신감이 생기면서 더욱 흥미가 생겼다.『한국어 말하기』,『한국어 듣기』,『한국어 읽기』,『한국어 쓰기』책도 사서 틈만 나면 한국어 공부를 했다. 듣기 책에 끼어 있는 cd로 한글을 귀로 듣는 연습도 했다. 자꾸 들으니 귀가 트이고, 말과 글이 같으니 학습 능률이 올랐다.

마침 한국의 '해외입양인연대(GOAL, Global Overseas Adoptee's

Link)'가 해외 입양인의 고국 방문 프로그램을 홍보하는 걸 보고 그는 즉시 신청하였다. 한국에 간다면 이 프로그램으로 가는 게 가장 좋을 것 같았다. 일주일 후에 합격 통보를 받고 회사에 휴가를 신청하여 결재를 받고 한국을 방문할 수 있게 되었다. 해외입양인연대는 11일간 입양인들에게 한국 관광도 시켜주고, 친가족 찾기도 적극적으로 도와주며, 한국어도 가르쳐주고, 희망자에 대해 국적 회복도 도와주었다. 뿐만 아니라 여러 가지 문화체험도 하게 해주었다. 카멜은 선진국 수준으로 발전한 한국을 보니 뭔지 모를 뿌듯함으로 가슴이 벅차올랐다. 가족을 만나고 싶은 열망이 뭉게구름처럼 피어올랐다.

카멜은 경찰이 알려준 대로 부모님 집을 찾아가 드디어 아버지 진경철과 어머니 오금희를 30년 만에 만날 수 있었다. 어머니는

—아이구, 네가 정말 성호란 말이냐? 그 어린 것이 이렇게 청년이 되었구나. 그렇게 찾아도 못 찾았는데, 미국에서 이렇게 잘 컸구나. 고맙다, 고마워.

하면서 눈시울을 붉혔다. 카멜도 입을 뗐다.

—아버지, 어머니, 보고 싶었어요. 내가 아버지와 어머니를 많이 닮았네요. 이렇게 친가족을 찾게 되어 너무 기뻐요. 내가 아직은 한국말이 서툴러요. 다음번엔 공부 더 많이 하고 올게요.

—그만하면 충분히 잘한다. 고맙다. 성호 너를 잃고 우리 가족은 10년 이상 너를 찾으려 방방곡곡 다니지 않은 곳이 없었단다. 신문에도 광고 내고, 방송국에도 내고 전국을 돌며 전단지도 붙이고, 할 수 있는 일은 다 했다. 처음 10년은 정말 하루하루가 어떻게 지나는지도 모르게 오로지 너를 찾는 일에만 매달렸지. 네가 눈에 밟혀 살아도

사는 게 아니었어. 기도도 엄청나게 많이 했지만 하느님은 야속하게
도 우리의 간절한 기도에도 응답하시지 않더라. 그러다가 10년이 훌
쩍 지나고부터는 조금씩 체념하면서 정신을 차렸단다. 혹시나 해서
DNA 검사를 받고, 우리의 연락처도 경찰에 등록해두었는데, 네가 우
릴 찾아올 줄은 꿈에도 생각 못 했다. 이건 기적이다, 기적. 고맙고 또
고맙다.

아버지 진경철이 눈에 가득 눈물을 머금고 상기된 얼굴로 말을 하
다가 끊고, 하다가 끊으며 눈물을 손등으로 쓱 닦고는 다시 얘기를 이
어갔다. 어머니와 누나도 아버지가 한 말씀 하실 때마다 고개를 끄덕
이며 눈물을 흘렸다. 어느 순간 네 식구는 한데 어울려 마음껏 울었
다. 감격과 고마움, 반가움의 눈물이 한없이 쏟아졌다. 정말 피는 물
보다 진했다. 수십 년 동안의 공백이 뜨거운 눈물로 메워지는 순간이
었다. 카멜의 누나 진기숙도 한마디 했다.

─그동안 아버지, 어머니가 노심초사하셨어. 네가 우리한테 말도
안 하고 겁도 없이 집을 나가 다시는 돌아오지 않았으니 우리 가족의
놀람과 애통함은 어떻게 말로 다 할 수 있었겠니? 30년 만에 너를 만
나다니 이건 하늘이 우리에게 주신 크나큰 축복이다.

부모형제들은 성호를 다시 만난 것을 기적이라고 생각하면서 이
일을 위해 아낌없는 도움을 준 경찰에게 감사의 뜻을 전했다.

카멜은 지갑 속에 든 가족사진을 꺼내 가족들에게 보여 주었다.

─저의 가족사진이에요. 딸애가 이제 첫돌이 지났어요.

─이 아이 이름이 뭐냐?

─엘리스요.

―엘리스. 너무도 귀엽게 생겼구나. 에미도 예쁘고.

―예, 괜찮은 편이에요. 아주 착해요.

―그럼 됐다. 모두 보고 싶다.

―다음에는 다 함께 올게요. 아버지, 어머니도 미국 한번 오세요. 누나도 오세요.

―고맙다. 이젠 죽어도 여한이 없다.

카멜과 가족들은 일주일간 대구에서 회포를 풀면서 기쁨을 만끽했다. 서문시장도 구경하고 수성못도 산책하고 대구 근대골목과 약령시장, 그리고 대구박물관도 둘러보고는 한국문화의 역사가 깊고, 그 수준이 매우 높다는 것을 알았다. 카멜은 오랜 세월 만나지 못했으니 앞으로는 부모 형제와 자주 만나고 싶었다.

미국에 돌아온 카멜은 그동안 보고 싶었던 딸 엘리스와 아내 자넷을 만나 한층 뜨거워진 가족애를 다졌다. 주말에는 양부모님을 뵈러 갔다. 부모님은 엘리스를 보고 너무 귀엽다며 두 분이 교대로 안아주었다. 카멜은 한국 다녀온 얘기를 했다. 운 좋게 친부모형제를 만났다니까 부모님도 기뻐해 주었다.

―아유, 잘 됐다. 축하한다. 그래 부모님도 건강하시고?

―예, 건강하셨어요. 제가 실종이 되어 10년간은 무척 고생하며 찾으셨나 봐요.

―그러셨구나. 30년 만에 다시 만났으니 얼마나 기쁘셨을까?

―예, 많이 좋아하셨어요. 기적이라 하더라고요. 다음엔 온 가족이 함께 가려고 해요.

―그래야지. 그래 아버님은 무슨 일을 하시던?

─지금은 정년퇴직하셨는데, 원래 공무원이셨대요. 엄마는 약사셨고요. 누나가 한 명 있는데, 중학교 교사래요.

─아유, 아주 좋은 집안이구나. 썩 잘 됐다. 네가 복이 많구나.

─예, 그런 것 같아요.

─이제 식사하자 오늘은 내가 갈비찜을 만들었다.

─우와, 갈비찜을 어떻게 아세요?

─나도 한국에 대해 공부 좀 했지. 레시피대로 열심히 했으니까 많이 먹어라.

─예, 고맙습니다. 잘 먹겠습니다.

온 가족이 갈비찜을 먹으며 행복에 잠겼다.

이튿날 카멜은 다시 일상으로 돌아와서 건축사로서의 일을 열심히 했다. 그는 회사에서 주로 설계 관련 일을 하고 있다. 고객들의 취향과 주문 사항을 참조하여 아름다운 건물을 설계하고 가장 튼튼하면서도 싸게 짓는 게 목표다. 막노동까지 해본 카멜로서는 이 직장이 너무나 소중하여 제대로 일을 잘해서 오래도록 회사에 남아야겠다고 생각했다. 틈나는 대로 외국의 건축학책으로 공부도 했다. 퇴근하면 무조건 엘리스와 놀아주고 엘리스가 잠들면 한국어 공부를 했다. 주말에도 한국어 공부를 하면서 아내 자넷에게도 한글 공부를 시켰다. 자넷 역시 한글이 너무 쉽다며 흥미를 보였다. 일단 쓰기를 먼저 가르치고, 다음은 말하기, 듣기, 읽기 순으로 가르쳤다.

어느 날이었다. 카멜이 퇴근해서 집에 오니 자넷이 창백한 얼굴로 배를 움켜쥐고 방바닥을 구르고 있고 엘리스는 울고 있었다. 카멜은 소스라치게 놀라 엘리스를 안아 달래면서 자넷이 어떻게 왜 아픈지 물었다. 자넷은 아무 대답도 못 하고 배를 잡고 방을 구르다 혼절을 했는지 이제 앓는 소리도 안 내고 가쁜 숨을 몰아쉬면서 춥다고 벌벌 떨었다. 머리를 짚어보니 불덩어리였다. 카멜은 너무 놀라 얼른 911에 전화를 했다. 10분 뒤에 구급차가 와서 자넷을 침대에 눕히고 열을 재고 나서 우선 열을 내리는 응급처치를 하면서 병원 응급실로 데려갔다. 구급차를 타고 가는 동안 자넷은 창백한 얼굴로 계속 신음소리를 냈다. 카멜은 정신이 하나도 없었다. 10분 뒤에 병원에 도착하여 응급진단과 피검사를 하더니 당장 입원시켜 진통제와 항생제를 꽂아주었다.

카멜은 지금 자넷을 위해 자기가 할 수 있는 일이 아무것도 없다는 것이 미치도록 안타까웠다. 엘리스를 꼭 껴안은 채로 기도를 했다. '주님, 자넷을 살려주십시오. 제발 자넷을 살려주십시오. 이 어린 엘리스를 위해서라도 자넷을 살려주십시오. 자넷 없이는 저희 부녀도 살 수 없습니다. 간절히 비오니 자넷이 살 수 있게 해주소서. 앞으로 성당에도 열심히 나가고, 하느님의 계명대로 살겠습니다.'

한 시간쯤 후에 의사가 오더니 급성신우신염이라고 하면서 열이 40도를 넘었다고 하였다. 시간이 조금만 지체됐으면 매우 위험할 뻔했다고도 하였다. 이제 해열제와 항생제를 쓰고 있으니 지켜보자고 하였다. 급성신우신염은 사망률이 50%도 넘는 무서운 병이라고 하며, 2주일 정도의 입원 치료가 필요하다고 하였다. 아마 이틀 뒤부터는 식사도 할 수 있을 거라고 하여 카멜은 가슴을 쓸어내리며 감사하다고 몇 번이나 인사를 했다.

카멜은 자넷의 손을 잡아주며 물었다.

─많이 아파요? 어디가 제일 아파요?

─이제 머리와 배가 조금 덜 아파요. 아까는 '이제 나는 죽는구나' 했어요. 머리와 배가 얼마나 아프고 춥던지… 정신도 가물가물해지더라고요.

카멜은 다시 감사기도를 드렸다.

'하느님, 감사합니다, 참으로 감사합니다. 찬미와 영광 받으소서.'

카멜은 자넷에게 상황을 설명해주면서 위로의 말을 덧붙였다.

─이제 아무 걱정하지 말아요. 열은 곧 떨어질 거고, 항생제만 쓰면 되는 것이라니 마음 놓아요. 이제 새로운 인생을 행복하게 삽시다.

─예, 그럴게요. 당신 애썼어요. 고마워요. 당신과 우리 엘리스를 다시 볼 수 있게 되어 기뻐요. 정말 건강보다 중요한 것은 없는 것 같아요.

아닌 게 아니라 카멜이 처음에 집에 도착했을 때는 앞이 캄캄하였다. 조금만 늦었으면 자넷을 잃을 수도 있었다고 생각하니 아찔하였다. 어린 엘리스와 자기를 남겨놓고 자넷이 먼저 떠나면 자신도 살 수 없을 것 같았다. 자넷을 구급차에 태우고 병원에 가는 10분 동안 얼마나 가슴을 졸였는지 모른다. 평범한 일상이 얼마나 감사한 일인지를 뼈저리게 느끼는 순간이었다.

카멜은 자넷이 퇴원하고 나면 자기도 성당에 나가겠다고 결심을 했다. 비상시에 정신적으로 매달릴 수 있는 존재가 있어야 할 것 같아서다. 어릴 적에 양부모님이 가끔 성당에 데려가셨지만, 신심이 생기지 않아 커서는 성당에 나가지 않았다. 이번에 이런 일을 당해 보니 모두 자기 탓이라는 생각이 들었다. 자넷은 성당에도 다니고 성가대

도 하는데, 자기는 그 시간에 엘리스와 함께 놀기만 했다. 깊이 반성
하면서 자넷이 회복되면 함께 성당에 다니리라 스스로 다짐을 했다.
이번에 자넷이 아픈 것은 하느님이 자기에게 벌주시는 거라고 생각하
며 '이제 앞으론 무조건 성당에 나갈 거다.' 스스로 다짐하였다. 병실
의 창에 내리비치는 따스한 햇빛이 눈부시게 밝았다.

원망하지 않아요

2012. 9월 15일 아침 7시. 고양시 M 아파트 102동 화단에서 시신 한 구가 발견됐다. 40대 남자 얼굴이었다. 경비원이 발견하고 경찰에 신고했다. 경찰은 시신의 주인을 파악하기 위해 아파트 가구마다 조사를 벌여 정체를 알아내고, 타살 여부도 가리려 했으나 다른 단서는 아무것도 찾지 못해 국과수로 보내 부검을 의뢰했다. 국과수에서도 높은 곳에서 떨어졌을 때에 생기는 충격으로 인한 장기 파열 등 상처 외에 타살의 근거가 될 만한 증거를 찾지 못했다. 시신의 주인공은 소지품과 DNA 검사 등을 통해 미국으로 입양했다가 1년 전에 한국으로 추방당해 온 아놀드 해머로 밝혀졌다. 아놀드 해머는 세 든 원룸 아파트에서 혼자 살다가 스스로 목숨을 던진 것으로 잠정 결론을 내렸다. 가족이 없어 장례식조차 치를 수 없는 것으로 알려지자 입양기관인 홀트아동복지회, 중앙입양원 등이 주관하여 아놀드의 장례식을 고양시의 한 병원에서 치러주었고, 화장하여 산에 뿌렸다.

'해외입양인연대(GOAL, Global Overseas Adoptee's Link)'의 사무국장은 아놀드의 죽음에 대한 보도 자료를 내고 "아놀드의 자살은 대부분 본국으로 추방된 입양자들과 비슷한 상황이기 때문에 우리에게 깊은 영향을 미친다. 그는 고통을 덜기 위해 홀로 죽는 것 이외의 방법을 찾을 수 없었다"고 애도했다. 그의 장례식엔 아이를 입양 보낸 집들의 가족이 참석했다. 아놀드가 죽음을 선택할 수밖에 없었던 아픔을 입양인과 그 가족들은 자신의 것으로 깊이 공감하였다.

아놀드는 대학 갈 때까지도 학교 성적이 상위권이었다. 좀 더 좋은 대학으로 갈 수도 있었으나, 부모님의 등록금 걱정을 덜어드리기 위해 집에서 가까운 UC 산타바바라 캠퍼스에 지원하여 합격했던 것이다.

대학에 입학하고 한 달쯤 되는 어느 토요일 야외공원에서 가족들과 고기를 구워 먹으며 평화롭고 즐거운 시간을 보내고 있던 참이었다. 식사가 끝나고 커피를 마시고 있는데, 아버지 로버트 해머가 입을 뗐다.

―애들아, 오늘 너희들한테 할 얘기가 있다. 너희들 남매는 우리가 입양했단다. 첫째 소피아는 두 살 때 인도에서, 둘째 아놀드는 세 살 때 한국에서 데려왔다. 우리 부부는 너희들을 키우면서 아주 행복했다. 특히 너희들이 우애 있게 지내는 걸 고맙게 생각하고 자랑스러워하고 있다. 앞으로도 지금같이 친형제처럼 서로 사랑하고 협력하고 지내기 바란다. 이제 다 컸으니까 각자의 조국에 대해 공부도 하고, 관심 가지면 좋을 것이다. 지금은 세계화 시대이고, 지구촌 시대니까 어디에서 태어났건 아무 상관없다. 어디에서 살든 각자 자기 능력을

발휘하고, 좋은 가정 이루고 살면 되는 것이다. 이제 다 성장했으니까 자신의 뿌리를 정확하게 아는 것도 좋을 것 같아 말해주는 것이다.

소피아와 아놀드는 순간적으로 당황하고 놀랐으나 이내 고개를 끄덕였다. 왜냐하면 평소에 남매가 서로 닮은 데가 전혀 없고, 부모님과도 전혀 닮지 않아서 마음속으로 의아해하고 궁금했던 터였기 때문이다. 어렴풋이 '입양한 게 아닐까?' 하는 의구심을 가졌으나 부모님이 비교적 잘 해주시고, 남매간에도 우애 있으니까 의식적으로 궁금함과 의구심을 떨쳐버리려고 했다.

그러고 보니 평소에 부모님께 섭섭하거나 의아했던 기억은 몇 가지 떠올랐다. 가장 섭섭했던 것은 생일을 잘 챙겨주지 않는 것이었다. 다른 친구들은 집으로 초대하여 자녀의 생일 파티를 해주는데, 자기네는 그런 적이 없었다. 어디를 가도 부모님이 손을 잡고 가는 일이 없었으므로 부모님과 손잡고 다니는 아이들이 부러웠던 기억도 떠올랐다.

갑자기 입양했다고 하니 올 것이 왔다는 생각도 들었다. 평소에 가졌던 의구심을 풀게 되어 잘 됐다 싶기도 하였다. 시간이 지나면서 각자 자신의 뿌리를 찾고 싶다는 생각이 들기 시작했다. 아놀드는 자기의 조국에 한번 가보고도 싶고, 친부모가 어떻게 생긴 분들인지 보고도 싶었다. 양부모님을 존경하고 사랑하는 마음은 전혀 변함이 없고, 오히려 이전보다 더 감사한 마음이 들었으나, 생명을 준 친부모님을 보고 싶다는 생각이 마음 한구석에서 자라고 있었다.

그러던 어느 날 대학 영화관에 갔다가 고등학교 친구 3명과 조우하게 되었다. 서로가 너무 반가워하며 차도 함께 마시고 밥도 같이 먹고, 그중 한 친구 집에 함께 가게 되었다. 그런데 이들은 하필 대학도 안 가고 노는 아이들이었고, 담배와 마약을 하는 아이들이었다. 아놀드는 좀 고민했으나 그래도 백인 친구들이 소중하여 함께 어울렸다. 주말이면 함께 만나 친구 집에서 술도 마시고 포커도 하고 마약도 하였다. 그러다가 경찰에 발각되어 모두 1년씩 징역살이를 하고 석방되어 나왔는데, 다른 친구들과는 달리 아놀드는 그만 한국으로 추방되었다. 미국으로 입양된 지 31년 만인 2012년이었다. 알고 보니 미국 양부모들이 그의 시민권 획득 절차를 밟지 않아 시민권을 얻지 못했기 때문이다. 시민권이 없어도 영주권만 있으면 학교 다니고 생활하는 데 아무런 문제가 없었으므로 처음엔 시민권의 필요성을 느끼지 못하다가 나중엔 그 일을 깜빡 잊어버렸던 것이다.

공교롭게 좋지 않은 친구들을 사귀며 깊은 나락에 떨어져 버리게 되었다. 1년의 징역도 모자라 추방까지 당하고 보니 망연자실하였다. 자신의 처지가 이렇게 된 건 결국 친부모 때문이라는 생각이 들었다. 친부모에게 분노하고 야속해 하고 증오까지 했다. 어떻게 아이를 낳아 성도 이름도 모르는 사람에게 보낼 수 있는가? 아무리 가난하다고 해도 자기가 낳은 자식을 모르는 사람에게 주어버릴 수 있는가? 자기의 부모가 너무나 무책임하고 비정한 사람들로 생각되었다.

대신 자기를 길러준 양부모님은 더욱 존경스럽고 감사했다. 시간이 흘러 자기도 결혼을 해보고 아이도 낳아보니 온전한 정신으로 아이를 버릴 수 없다는 것을 알게 되었다. '절박했던 사연을 알기 전에는 원한을 갖지 말자.' 스스로에게 최면을 걸고 살아가기로 했다. 그러다가 시간이 지나니까 오히려 그들이 보고 싶어지기 시작했다. 어떻게 생긴 분들인지, 나를 입양기관에 보내놓고 얼마나 괴로워했을지 직접 이야기를 들어보고도 싶고, 그렇게 버린 아들이 얼마나 잘 자랐고, 현재 얼마나 멋지게 살고 있는지 보여 주고도 싶었다. 만일 친부모를 만날 수 있다면 '원망하지 않아요'라는 말을 꼭 해주고 싶다. 더 이상 괴로워할 이유도, 미안해할 필요도 없다고 말해주고 싶다. 지난 날들이 주마등처럼 떠올랐다.

고등학교 다닐 때 클래스메이트 중 동양 아이는 자기밖에 없고 백인 스무 명에 흑인 서너 명밖에 없어서 가끔 외롭다는 생각이 들긴 했으나, 다행히 백인 아이 두 명이 자기와 놀아주어 별다른 소외감 없이 잘 지냈다. 한번은 학교에서 학부모회가 있어서 부모님이 오셨는데 이후 선생님과 학생들이 자기를 보는 눈이 달라졌다. 평소에 가까웠던 친구들도 슬슬 멀리하기 시작했다. 단지 줄리아나만 여전히 자기에게 호감을 보여 주어 따로 두세 번 만나 서로의 집을 방문하기도 하고 함께 햄버거를 먹기도 했는데, 그녀를 만날 때는 가슴이 두근거리고 얼굴이 화끈거려 민망했던 기억도 난다. 졸업 후 줄리아나가 코넬 대학에 진학하면서 이후 다시는 만나지 못했다. 같은 미국이라는 하늘 아래지만 동부와 서부는 너무 멀어 데이트는 거의 불가능했다. 더구나 대학생 신분으론 시간적으로나 경제적으로나 불가능했다. 비행기를 타고도 다섯 시간이나 걸리기 때문이다. 처음 두세 달은 마음이 몹시도 아팠으나 공부에 시달리다 보니 차츰 잊어 갔다.

마침 대학 3학년 여름방학 때 한국의 해외입양인연대가 해외한국인 입양자들의 고국 방문 프로그램을 만들어 홍보하는 걸 보고 아놀드는 바로 신청을 했더니 최종 명단에 올라 결국 한국을 방문할 수 있게 되었다. 해외입양인연대는 11일간 입양인들의 친가족 찾기를 적극적으로 도와주고 한복도 입어보고, 떡, 김치, 불고기 등 여러 가지 음식도 먹어보고 그네와 널뛰기, 윷놀이 같은 문화체험도 하게 해주었다. 그는 선진국 수준으로 발전한 한국을 보며, 뭔지 모를 뿌듯함과 안도감과 새로운 희망이 뭉게구름처럼 피어올랐다.

한글 공부도 시켜주어 배워보니 한글 문자가 매우 과학적이고, 체계적이고, 배우기 쉬워 금방 다 익혔다. 간단한 인사말도 가르쳐주어 큰 도움이 되었다. 경복궁을 비롯한 조선 시대의 궁궐도 보고, 불국사 같은 유서 깊은 사찰도 보고, 석굴암, 첨성대 같은 유적도 보니 한국문화의 뿌리가 깊다는 것도 알았고, 신라 금관, 백제금동대향로, 고려청자, 조선백자 같은 예술품의 높은 수준에 입을 다물지 못했다. 특히 경주 불국사는 참가자들이 탑돌이를 하며 고요한 보름달과 별빛 등 아름다운 풍광을 본 것과 새벽 예불은 잊지 못할 색다른 경험이었다. 무엇보다 인터넷이 전국에 보급되어 있고 속도도 너무나 빨라 놀랐다.

해리스 호머 등 함께 한국에 온 입양인들은 모두 한국에서 태어났으나 다른 나라로 입양을 갔고, 처음으로 한국을 방문하여 모든 일정을 함께 소화하고 있다는 공통점이 스무 명을 단숨에 동지의식으로 묶어주었다. 마치 지난 2, 30년 동안 친하게 지낸 동기간처럼 가까운 정을 나눌 수 있어서 아놀드로서는 이번 한국행이 여러 가지 면에서 뜻깊고 소중한 여행으로 기억되게 되었다. 해리스 호머와는 미국에 돌아온 뒤에도 서로 연락하면서 지내는 친구가 되었다. 또한 지금까지 한국에 대해서 아무런 관심도 없고, 지식도 없었으나 이번 여행을

계기로 새로운 관심과 애정도 생긴 것 같다. 앞으로 친부모를 만날 수
도 있다는 가느다란 희망도 갖게 되었다. 만나야 별 뾰족한 수가 있는
건 아니지만, 자기를 낳아준 부모라는 점에서 무의식중에도 그리움이
생기고 또 자기를 왜 입양시키지 않으면 안 되었는지 그 이유가 갑자
기 알고도 싶어졌다. 피치 못할 사연을 들으면 자기가 해외로 입양되
었다는 사실이 더욱 긍정적으로 생각될 수 있을 터였다. '그래, 어쩔
수 없이 운명적으로 해외로 입양되었지만, 나로서는 오히려 행운이었
던 게야.' 이렇게 생각하면 훨씬 마음이 편안하고, 지금의 이 행복이
축복으로 여겨질 터였다. 물론 뭔가 모르게 마음 한구석이 빈 것 같은
느낌이 있는 건 어쩔 수 없는 노릇이었다.

　모든 건 생각하기 나름이다. 한국에서 가난하게 살면서 대학도 제
대로 못 다니고 한국 밖의 세상에 대해서는 아무것도 모르는 우물 안
개구리가 되어있을 자신보다 현재처럼 미국에서 유복하게 자라며, 제
대로 된 대학교육도 받고, 세계화된 자신을 생각하면 현재가 훨씬 좋
다는 결론에 이르게 된다. '나는 행운아다. 입양이 내겐 축복이었어.
이제 친부모를 찾는 것은 덤이다. 찾으면 좋고, 못 찾아도 그만이다.'
지금 친부모를 만나는 것이 절실하지는 않다. 단지 이왕 존재를 알게
되었으니, 어떻게 생긴 분들인지, 무슨 사연이 있었던 건지 그냥 궁금
할 뿐이다. 자기 자신의 정체성에 대한 마지막 빈칸을 채워보고 싶을
뿐이다. 비록 자기를 어릴 때 외국으로 입양 보낸 '미운 한국'이지만
그 덕에 미국에서 이렇게 잘 자라게 되었으므로 오히려 '고마운 한국'
이라는 생각도 들었다. 하늘의 도움으로 좋은 양부모님 만나고 좋은
형제 만나 행복하게 살았다는 것이 새삼 감사하고 감동스러웠다. '전

화위복'이라는 말은 이런 때 사용되지 않을까 싶었다.

아놀드는 즐거운 한국여행을 마치고 미국에 돌아와 공부하면서 대학 4학년 때 경제학과 한 반이었던 크리스틴을 만나 사랑에 빠졌다. 그녀는 순수백인이고 이목구비가 반듯하고 얼굴도 계란형으로 전형적인 미인이었다. 파란 눈과 금발의 긴 머리가 참으로 매력적이었다. 아놀드는 크리스틴을 만날 때는 언제나 가슴이 뛰고 얼굴이 상기되었다. 적어도 일주일에 두 번은 만나 데이트를 했다. 학교에 오는 일이 더욱 즐거워졌다. 공부도 하고 임도 보니 행복감이 용솟음쳤다. 경제학 이론과 현실을 토론해 보는 것도 여간 즐거운 일이 아니었다. 그는 졸업을 하고 세계적인 금융회사에 취직했다. 크리스틴은 대학원에 진학했다. 서로가 바빠 평일에는 만나기 어려워 주말에만 데이트를 즐겼다. 그러던 중 어느 날부터인가 주말에도 만나기가 어려워졌다. 그녀가 뭔가 자꾸 이유를 대면서 만나주지 않았기 때문이다. 석 달 뒤쯤 겨우 다시 만났는데 그녀가

—나 결혼해. 축하해줘.

하는 것이 아닌가?

—뭐, 결혼을? 이렇게나 빨리? 나하고 사귀는 것 아니었어?

—너는 내 친구지. 좋은 친구.

아놀드는 기가 막혔지만, 크리스틴에게 더 이상 따지거나 시비를 할 수는 없었다. 자기 마음만 믿고 마냥 연인으로만 생각했던 자신의 어리석음을 한탄할 수밖에 없었다. 이후 몇 달간은 참으로 주체할 수 없는 슬픔과 실망으로 가슴이 터질 것 같았다. 나중에 다른 친구로부터 아놀드가 입양아인 걸 알고 크리스틴이 돌아섰다는 얘길 들었다.

가슴이 몹시 아팠다. 실의에 빠져있던 어느 날 갑자기 그림이 그리고 싶어졌다. 초등학교 때부터 그림에서 두각을 나타냈으나, 대학 입학 후 그림은 까마득히 잊고 지냈는데 이때에 이르러 그림이 다시 그리고 싶어진 것이었다. 이후 주말이면 그림을 그렸다. 캔버스에 그림을 그리면 구름도 나오고 바람도 나오고 나무도 심어지고 꽃도 피고 새도 날아다녔다. 파란색 빨간색 분홍색 노란색 보라색 연두색이 자유자재로 춤추며 날아다녔다. 신들린 손이 우주 만물을 만들어낼 때는 전율을 느끼며 그림과 혼연일체가 되었다. 온몸이 붓이 되어 하얀 캔버스를 물들여갔다. 아놀드의 그림 주제는 '희망'이었다. 동물, 식물뿐만이 아니고 구름과 바람, 별, 해, 달, 모든 만물이 아놀드에겐 희망이었다. 살아 움직이는 생명의 희망, 이것만이 아놀드의 허허로운 마음을 충족시켜주었다. 간절한 희망이 그의 표현 욕구에 불을 붙였다. 만물의 희망을 포착하여 표현하는 것이 아놀드의 사명이었고 추구하는 그림의 테제였다.

대학을 졸업하고 은행에 취직하였다. 졸업하고는 대학까지 시켜준 부모님께 보답해야겠다는 생각으로 열심히 일해서 승진도 순조롭게 되었다. 적어도 한 달에 한 번은 부모님을 모시고 식사도 하고, 일 년에 한두 번은 휴가 기간에 부모님을 모시고 여행도 하였다. 미국은 관광지가 너무 많아 열심히 다녀도 안 가본 데가 많았다. 그중에서도 그랜드캐니언, 엘로스톤 파크, 나이아가라 폭포 같은 세계적 관광지는 참으로 잊지 못할 감동을 받았다. 뉴욕에서는 스미소니언 박물관도 너무나 인상적이었다. 자연은 자연대로 볼 게 많고, 박물관은 박물관대로 참으로 볼 게 많았다. 역사가 짧은 미국인데도 세계적인 고고학

자료를 많이 소장하고 있었다. 자기가 미국인이라는 게 너무도 자랑스러웠다. 부모님이 금실이 좋아 어디를 가나 손을 꼭 잡고 다니는 걸 보면서 자신도 빨리 결혼하고 싶다는 생각도 했다.

은행에 다니면서도 주말에는 그림을 그렸다. 서른 작품이 완성되었을 때 전시회를 하고 미술평론가들로부터 호평도 받았다. 여기저기서 작품을 출품해 달라는 요청이 쇄도했다. 그는 직장 다니랴 그림 그리랴 매우 바쁘지만 보람 있고 행복한 나날을 보내게 되면서 크리스틴도 잊을 수 있게 됐다. 상처가 났던 가슴에 새살이 돋고 있었다. 3년 후 다시 한 여자를 알게 됐다. 자신의 두 번째 전시회장에서였다. 서로 명함을 나누게 되어 알고 보니 레베카 존스라는 미술큐레이터였다. 큐레이터 자격으로 아놀드의 작품에 대해 이런저런 이야기를 나누고, 그의 그림도 팔아주어 자연스럽게 친숙해졌다. 특별히 미인은 아니어도 교양미가 있고, 무엇보다도 자기 그림을 높이 평가해주고, 그림에 대해 서로 깊은 대화를 나눌 수 있는 게 더없이 좋았다.

두 사람은 급속도로 가까워져서 만난 지 1년 만에 결혼에 골인하게 되었다. 1년 후 아들을 얻었다. 두 사람이 만나 사랑을 하고, 그 결과로 아기가 태어나니 아놀드는 감개무량하였다. 두 번의 아픔을 견디고 새롭게 얻은 사랑의 결실이라니 가슴이 벅차올랐다. 이 세상을 모두 얻은 기분이었다. 아들 이름을 '거룩하고 신성한'의 의미를 가진 '베넷'이라 지었다. 베넷은 하루가 다르게 잘 자라주었다. 그는 시시각각 행복을 느끼며 살아있음에 감사기도를 드렸다. 퇴근한 후 그리고 주말에도 베넷과 놀고 싶어 그림도 많이 그리지 않았다. 그랬더니 레베카가 잔소리를 하였다. 행복하면 행복한 느낌을 그림으로 표현해야지 그림을 안 그리면 어쩌냐고 하면서 그림 그리기를 종용하였다. 큐레이터인 직업의식이 발동하는 모양이었다. 그럼에도 그는 귀여운 아들과 노는 게 더 좋았다. 초롱초롱한 눈도 예쁘고 고사리 같은 손도 예쁘기 그지없었다. 볼에 뽀뽀를 하면 그 촉감이 형언할 수 없이 보드랍고 말캉하여 온몸이 짜릿하고 전율을 느꼈다. 인형 같은 베넷을 품에 안고 있으면 세상을 다 가진 것 같은 충만감이 전신에 퍼져 황홀하였다. 즐겁고 신나는 날들이 이어졌다. 어느새 베넷이 돌이 되면서 걸음마를 시작했다. 또 일 년이 지나니 말을 하기 시작했다. 정말 산다는 것이 행복 그 자체였다.

그러나 하늘은 인간의 완벽한 행복을 길게 허락하지 않았다. 꿈같은 행복을 성난 태풍이 몰아쳐 모든 걸 앗아갔다. 레베카가 세 살짜리 베넷을 뒷자리에 태우고 예방접종을 하러 병원으로 가고 있었는데, 뒤에서 큰 트럭이 레베카 차를 덮친 것이었다. 레베카와 베넷은 즉사하였고, 자동차도 박살이 났다. 트럭 운전사가 졸음운전을 하다 그만 사고를 낸 것이었다. 아놀드가 병원으로 달려왔을 때는 모자가 이미 싸늘한 시신이 되어버린 후였다. 가해 차량의 운전사도 병원에 와서 죽었다. 아놀드는 정신을 차릴 수 없었다. 그는 모자의 시신 앞에서 혼절하였다. 그가 눈을 떴을 때는 이미 레베카와 베넷의 장례가 끝난 뒤였다. 아놀드는 눈을 뜬 게 너무나 원망스러웠다. 자기도 그냥 그대로 숨을 거두었으면 얼마나 좋았으랴 싶었다.

레베카와 베넷이 없는 세상에서 혼자 살아야 한다는 건 너무나 엄청난 일로 생각되었다. 아니, 도저히 살 자신이 없었다. 회사에도 나갈 수가 없고 그림도 그릴 수 없었다. 밥도 먹을 수가 없고, 어떤 일도 할 수 없었다. 넋을 잃고 며칠을 지냈는지 모른다. '어찌 이럴 수가 있는가?' 우리 세 식구가 무슨 죄가 있다고 이런 벌을 주시는지 하늘이 너무도 야속하였다. '데려가실 거면 나도 함께 데려가셨으면 얼마나 좋았을까?' 몇 날이 지났는지 가늠도 안 되고, 직장에 나간다는 것은 생각조차 나지 않았다. 몇 시간을 잤는지, 이제 시간이 얼마나 흘렀는지도 몰랐다. 그런데 전화가 왔다. 그사이 수없이 전화가 왔으나 받을 엄두가 나지 않아 받질 않았는데, 이날 따라 전화가 받아졌다.

─헬로우. 아놀드 스피킹.

힘없는 목소리로 겨우 대답하였다.

─안녕하세요? 은행입니다. 아무 연락 없이 벌써 열흘째 소식이 없어서 다들 궁금해 하시기도 하고, 일도 많이 밀리고 해서 부장님이 전화를 해보라고 해서 전화 드렸습니다. 어디 편찮으신가요?

─아, 예, 으음. 그러니까 집안에 일이 생겨서요. 제가 정신을 차리고 나서 다시 연락드리겠습 니다. 죄송합니다.

전화를 끊고 나니까 조금 정신이 들었다. '아, 그렇지. 내가 은행에 다니고 있었지. 근데 내가 이 몸과 정신 상태로 다시 직장에 다닐 수 있을까? 은행은 어느 다른 직장보다도 정신을 똑바로 차리고 집중해서 일을 해야지 절대로 실수를 해서는 안 되는 일들뿐인데, 과연 내가 할 수 있을까?'

몸에 힘이라곤 하나도 없고, 머리도 안개가 자욱했다. 또다시 잠이 쏟아졌다. 얼마나 잤을까? 잠을 깨고 나서 스마트폰을 보니 레베카와 베넷을 보낸 지 열하루가 되었고, 그동안 아무것도 안 먹었다는 걸 알게 되었다. 그래도 죽지 않은 게 신기했다. 힘이 없는 이유를 알았다.

물을 좀 마시고 나서 냉장고를 열어보니 우유니 채소니 모두 유통기한이 지났고, 그나마 계란이 아직 2, 3일 남아서 두 개를 스크램블 하여 먹고 정신을 차렸다.

우선 레베카와 베넷의 사후를 어떻게 처리했는지 알아봐야 했다. 병원에 가서 물어보니 병원에서 무연고자로 신고하여 화장한 후 시립공원묘지에 안치했다고 알려주었다. 시립공원묘지 관리사무소에 가보면 무덤을 찾아줄 거라고 했다. 슈퍼마켓에서 우유와 빵, 그리고 수프 몇 가지도 사가지고 와서 수프를 전자레인지에 데워서 부드러운 빵을 찍어서 조금 먹고 정신을 차렸다. 우선 꽃집에 들러 꽃다발을 사서 들고 시립공원묘지 관리사무실에 가서 레베카와 베넷의 무덤을 찾으러 왔다고 하니 따라오라고 하였다. 직원 자동차로 15분쯤 가니 공원묘지가 있고 맨 앞쪽에 레베카와 베넷의 임시 명패를 꽂아놓은 자리로 안내해 주었다. 평평한 반 평쯤의 땅 위에 명찰을 세워 놓았다. '땡큐'를 몇 번이나 하고 나서 '이제 됐으니 먼저 가시라'고 하였다.

그는 가지고 온 꽃다발을 두 사람 묘지 위에 올려놓고 묵념을 한 뒤 '이제야 찾아와 미안하다'고 막 사과를 하려는데, 눈물이 쏟아졌다. 하염없이 쏟아졌다. 울어도 울어도 눈물은 그치지 않았다. 소리 내어 울다가 흐느끼며 울다가를 반복했다. 실컷 울고 나서는 그만 지쳐 쓰러졌다. 시간이 얼마나 지났을까? 아놀드가 눈을 떴을 때는 동트는 새벽이었다. 아놀드는 심한 추위와 허기를 느꼈다. 레베카와 베넷의 무덤에 대고 '내가 자주 찾아올 테니 모자가 서로를 돌보며 잘 있으라'고 인사를 하고 공원묘지를 빠져나와 큰길에 나가서 사방을 둘러보았다. 어디가 어디인지 통 알 수가 없었다. 하는 수없이 자동차가 들어

왔던 방향을 찾아 그 반대 방향으로 걷기 시작했다. 머리가 어질어질하고 다리에도 힘이 없었으나 정신을 차려 사방을 둘러봐도 어디가 어디인지 모를 낯선 곳이었다.

배도 고프고 몸에 기운이라고는 하나도 없었다. 길가의 벤치에 앉아있으니 또 눈물이 주르륵 흘러내렸다. 갑자기 자신의 처지가 너무도 가련하였다. 마치 길가에 떨어져 뭇사람들에게 짓밟히는 낙엽 같기도 하고, 길에서 이리저리 굴러다니는 작은 돌멩이 같기도 하였다. 눈물은 또다시 그치지 않고 계속 흘러내렸다. 손등으로 연신 눈물을 닦으며, 사방을 살펴보았다. 마침 한 신사가 지나갔다. 아놀드는 '익스큐스 미 써어'라고 하며 일어나 신사에게 목례를 하고 혹시 유레카 가는 길을 아느냐고 물었다. 그 신사는 자기의 스마트폰으로 유레카를 쳐보더니 여기서는 설명도 어렵고, 차편도 없으니 경찰에게 연락하자며 얼른 911에 전화를 해줬다. 그리고는 '곧 경찰이 올 것이니 도움을 받으라'고 하고는 가던 길을 가버렸다. 고맙다고 몇 번이나 머리 숙여 인사를 하고 경찰을 기다렸다. 10분 뒤쯤 경찰차가 왔다. 아놀드는 자기의 처지를 대충 얘기하고 도와달라고 했다. 경찰은 한참을 생각하더니 여기선 대중교통도 마땅치 않고, 다른 차편이 없으니 자기 차를 타란다. 아놀드는 고맙다고 인사를 하고 경찰차에 탔는데, 그만 또 잠이 들어버렸다. 기운이 없으니 자꾸만 잠만 오는 모양이었다. 얼마를 잤을까?

경찰이 깨워서 눈을 떠보니 낯이 익은 마을에 도착해 있었다.

―유레카에 왔는데, 주소가 어떻게 됩니까?

―예, 킹 스트리트 7번가 8호입니다.

−그럼 5분 내로 도착하겠네요.

−감사합니다. 참으로 고맙습니다.

아놀드는 경찰이 진정으로 고마웠다. 이 멀리까지 차를 태워주었으니 고맙기 이를 데 없었다.

'식사 대접이라도 해야겠구나.' 생각하며 정신을 차리고 옷깃을 여몄다. 금방 집 앞까지 도착했다.

−참으로 고맙습니다. 점심이라도 사 드리고 싶습니다. 여기서 간단히 잡숫고 가세요.

−아닙니다. 가야 합니다.

−그러면 제가 너무 섭섭하지요. 이 멀리까지 태워주셨는데, 점심 정도는 사드려야지요. 안 그러면 제가 저 자신을 너무 힐책할 것 같습니다. 도와주십시오.

−아유, 그렇게 말씀하시니 그럼 먹고 가겠습니다. 안 그래도 목도 마르고 배도 좀 고프긴 합니다. 햄버거나 하나 사 주십시오.

−아니죠. 그건 안 되고 저기 식당이 있으니 들어가십시다.

아놀드와 경찰은 각각 오므라이스와 비프 스튜를 시켜서 먹고 팁으로 10불을 놓고 나와서 헤어졌다. 그는 집으로 와서 욕탕에 물을 받았다. 물이 3분의 2쯤 차자 수도꼭지를 잠그고 들어가 몸을 뉘었다. 따스하고 부드러운 물의 촉감이 큰 위로가 되어 잠시 슬픔을 잊을 수 있었다.

그로부터 3일 뒤에 은행에 나가 상사들과 동료들에게 참으로 미안하다고 인사를 하고 자기 자리에 앉으려고 보니 그 자리엔 낯모르는 사람이 앉아있었다.

―이건 내 자린데요.

―아니에요. 과장님이 여기 앉으라고 해서 앉은 건데요.

순간 아놀드는 머리가 멍멍해졌다. '아차, 내가 해고된 것이구나.' 부장에게 인사를 갔다.

―그동안 심려 끼쳐드려 죄송합니다. 피치 못할 사정이 있었습니다. 제가 해고된 것인가요?

―안됐지만 그렇습니다. 2주일 동안 아무런 연락도 없으셨으니 은행으로서는 어쩔 수 없었습니다. 양해 바랍니다. 어디를 가시든 건강하시고, 또 원하는 직장 찾으시기 바랍니다. 행정실에 가시면 퇴직과 관련한 뒤처리를 해줄 겁니다.

미국의 직장은 해고도 쉽고, 인정사정없다는 건 알고 있었지만 이 정도일 줄은 몰랐다. 하는 수 없이 행정실에 들러 퇴직 수속을 밟고 은행 문을 나왔다. 오늘따라 유난히 하늘이 파랗고 구름 한 점 없었다. 아직도 몸이 완전하지 않아 서둘러 집엘 왔다. 집에 와서 오랜만에 프렌치토스트를 만들고 우유와 함께 먹었다. 식탁에 앉아 혼자 식사를 하려니 또 눈물이 났다. 서럽고 외롭고 허탈하여 입맛이라곤 없었다. 그래도 먹고 힘을 내야 한다는 생각에 억지로라도 먹었다. '그저 모든 게 꿈이라면 얼마나 좋으랴?' '난 이제 어떻게 해야 하나?' '살아야 하나 죽어야 하나?' 죽고 싶은 생각이 간절했으나 죽는 것도 쉽지 않다는 걸 이번에 절실히 느꼈다. 열흘 이상 굶었지만 죽지 않았다. 목매 죽거나, 높은 데서 떨어져 죽거나, 독약을 먹어야 죽을 수 있는데, 그것도 쉬운 일이 아니었다. 상당한 용기와 결심이 있어야 하는

데, 지금은 그런 용기나 결심을 낼 정도의 몸도 아니었으므로 모두가 힘겹게 느껴지고, 죽기 전에 정리할 것도 많다는 생각도 들었다. 먼저 아내와 아들의 무덤을 제대로 해 놓고, 자기 사후를 위해 모든 걸 정리하고 죽어도 죽어야 할 것 같았다. 그러다 보니 음식도 먹게 되었다. 이렇게 하여 결국 살아남게 되었다.

당장 직장부터 다시 찾아야 할 것이었다. 신문에서 구인광고를 보고, 인터넷으로도 구인광고를 찾았다. 그간 유명 은행에 다녔던 경력을 인정받아 2주일 만에 다시 보험회사에 취직하였다. 3일 뒤부터 출근하기로 하였다. 약속한 날 회사에 나갔다. 보험 2과 직원으로 배당되어 직원과 동료들에게 소개되고, 정해준 자리에 앉았으나 얼른 일이 손에 잡히지 않았다. 머릿속이 아직도 안개가 자욱한 것 같고, 눈도 흐릿한 것 같고, 무엇보다도 동료들과 웃어지지가 않았다. 처음 입사하면 미소로 인사를 해야 마땅한데, 웃음이 머금어 지지가 않았다. 아마 얼굴도 많이 굳어 있을 터였다.

속으로 몹시 당황스러웠다. 정상적으로 사람들과 인사를 나누고, 일도 척척 잘 해내야 할 터인데 이 두 가지가 모두 제대로 되지 않았다. 냉수를 마시고 머리를 도리질하며 정신을 차려 일을 해보려고 안간힘을 썼으나 일에 능률이 오르지 않았다. '첫날은 이렇다손 쳐도 내일부터는 정상적으로 일을 할 수 있어야 할 터인데 큰일이다'라고 생각하며 간신히 첫날 업무를 마치고 퇴근하였다. 여전히 몸에 힘이 없었다. 이틀이 지나고 사흘이 지나도 크게 달라지지 않았다. '이거, 큰일 났네.' '이래 가지고 어떻게 이 복잡다단한 보험 업무를 보지?' 막상 보험회사에 취직해 보니 보험 일은 은행 일보다 훨씬 더 어렵고 복잡하다는 걸 알게 되었다. 아놀드는 도저히 이 상태로는 안될 것 같아 일주일 만에 회사를 그만두고 나왔다. 일단 좀 더 쉬기로 했다. 대신 등산도 하고, 테니스도 쳐 봤다. 모든 게 시큰둥하고, 레베카와 베넷이 살아있을 때와 같은 몸과 마음의 상태는 도저히 돌아오지 않았다.

그래도 일을 안 하고는 살아나갈 수가 없으니 단순노동이라도 하는 게 좋겠다는 생각이 들었다. 구인광고를 찾아보았다. 마침 화물차 운전자를 구하는 광고가 났다. '아, 그래 그게 좋겠다.' 정신 차려 운전만 하면 되니 보험 일보다 훨씬 단순해서 좋을 것 같았다. 워낙 운전을 좋아했었기 때문에 운전은 자신 있었다. 물론 레베카와 베넷의 사고를 생각하면 운전대 잡는 게 선뜻 용기가 나지 않았지만 '나는 할 수 있다'고 최면을 걸었다. 이제 마지막 일거리라 생각하고 마음을 추슬렀다. 날짜를 보니 일주일간의 여유가 있었다. 이틀 뒤 운전시험장에 가서 1급 면허증 취득 자격시험을 보고 즉석에서 발급받았다.

화물차 운전자 모집공고를 보고 원서를 내니 이틀 후 합격 소식이 왔다. 바로 이튿날부터 화물차 운전을 하게 되었다. 첫날은 LA에서 샌프란시스코를 가는 일정이었다. 중간에 점심 먹고 두 번 휴식하고 차를 몰았더니 10시간 만에 목적지에 도착했고 300불을 받았다. 기름값은 따로 받았다. 제법 괜찮은 일당이었다. 여기에는 최소한의 숙식비가 포함되어 있다. 그는 햄버거를 사 먹고 허름한 모텔에 투숙하여 샤워를 하고 하룻밤을 자고 다시 이튿날도 운전을 했다. 이번에는 LA에서 텍사스 오스틴까지 가는 일정이었다. 중간에서 이틀 밤을 자야 했다. 운전은 단순노동이지만 집중력을 요하므로 다른 생각이 끼어들 틈이 없어서 머리를 스위치 하는 데는 매우 좋았다. 운전할 때는 레베카와 베넷 모자를 거의 잊을 수 있었으니까.

　오스틴에서 다시 하룻밤을 자고 거기서 다시 화물차를 몰아 자신의 고향인 산타바바라로 올라오고 있었다. 지난 5일간 운전하고 받은 돈이 경비를 제하고도 꽤 많이 남았다. 아놀드는 며칠간 머리도 식히고 돈도 벌고 여행도 했다고 생각하니 기분이 좋았다. 하루를 온전히 쉬고 다시 애틀랜타로 가는 짐을 맡았다. 평소와 같이 짐을 받고 수취인의 이름과 연락처를 받고 애틀랜타로 달렸다. 나흘 만에 애틀랜타 코카콜라 회사 주차장에 주차한 뒤에 수취인에게 연락하고 그가 오기를 기다리는데, 뜻밖에 경찰이 오더니 면허증을 보자고 하였다. 면허증을 보고는 차에 실은 물건을 조사해야겠다면서 화물차 뒷문을 내리라고 하였다. 아놀드는 의기양양하게 열어서 보여 주었다. 경찰은 차에 올라가서 짐을 세세히 살피더니 플라스틱 통을 열고는 무엇인가 유심히 들여다보더니

　ー이건 마약이 아니오?

하면서 눈을 부라렸다.

　ー네? 그럴 리가요?

　ー그럴 리라니? 그럼 모른단 말이오?

　ー예, 전혀 몰랐습니다.

　ー몰랐든 알았든 상관없소. 마약 소지는 무조건 큰 죄니까. 현행범이니 수갑을 채우겠소.

　ー안됩니다. 저는 정말 억울합니다. 의뢰받고 운전한 것뿐입니다.

　ー그런 변명은 필요 없소. 자 갑시다.

하며 아놀드를 수갑 채워 경찰서로 데려갔다. 그는 기가 막혔으나

빠져나올 방법이 없었다. 경찰서에 가니 짐을 의뢰한 사람이 누군지, 받을 사람은 누군지 그리고 아놀드는 어떤 사람인지 조사를 하는 중에 아놀드가 시민권이 없는 것이 밝혀졌다. 아놀드는 이 사실을 처음 알게 되어 경악했지만, 형기를 마친 후에 한국으로 추방된다고 알려 주었다. 미국에서는 영주권자가 죄를 지으면 원적이 있는 나라로 추방하는 법이 있었다.

1년의 징역을 산 후 한국으로 쫓겨 온 아놀드는 갑자기 미국이 싫어지고, 세상 모든 게 싫어졌다. 이왕 한국에 왔으니 '한국 관광이나 하자' 하고 전국을 돌아다녔다. 그는 선진국 수준으로 발전한 한국을 보며, 뭔지 모를 뿌듯함과 안도감과 새로운 희망이 뭉게구름처럼 피어올랐다. 차라리 이곳에서 다시 시작해야겠다는 생각이 들었다. '그래, 이 기회에 친부모형제를 찾으면 더없이 좋고, 못 찾더라도 새로운 환경에 적응을 하다 보면 새로운 힘과 의욕이 생기지 않을까?' 먼저 한국어를 열심히 배우고 나서 한국인들에게 영어를 가르치면 밥은 먹고 살 수 있을 것 같았다. 이렇게 되면 아내와 아들을 잊는 데도 도움이 될 것이었다.

한국에서 살려면 무엇보다 한국어를 제대로 배워야 했다. 어디에서 배우면 좋을까 알아보니 대학 부설 한국어교육원에서 배우는 게 가장 좋다는 걸 알게 되어 K대 한국어교육원에 등록하여 하루 4시간씩 집중교육을 받았다. 이걸로는 부족하여 P 교회가 운영하는 한국어 교실에도 등록을 하여 한국어를 배우기 시작했다. 무엇보다도 한글 문자는 배우기가 너무 쉬워 다행이라 여기면서 열심히 공부했다. 몇 년 전에 왔을 때 이미 한글은 배웠으므로 훨씬 더 쉽게 배웠다. 전혀 새로운 환경에서 다시 시작하니 오히려 시간도 잘 가고, 마음도 안정되어갔다. 몇 달 지나자 한국 사람들과 최소한의 의사소통은 할 수 있게 되었다.

드디어 '영어 과외 할 사람을 찾는다'는 광고지를 만들어 몇 군데 벽보에 붙였다. 이틀 후부터 전화가 오기 시작하여 결국 중학생 한 명과 50대 신사 한 명에게 주말에 영어를 가르쳐주기로 하였다. 아놀드는 내심 기대 반, 걱정 반을 하며 정신 바짝 차리고 열심히 해야겠다고 다짐을 했다. 과외 약속을 하고 나니 어렴풋하게나마 한국에서도 살 수 있다는 기대와 자신감이 모락모락 피어올랐다. '우선은 이 두 사람을 잘 가르쳐서 성과가 좋아야 한다.'

그는 교보문고에 가서 초등학교 국어책과 역사책, 그리고 소설책도 두 권을 사고 영어 학습서도 두어 권 샀다. 부지런히 읽고 과외 준비를 해야 할 것이었다. 사흘 뒤부터 과외를 시작했다. 중학교 2학년 김동철과 50대 신사 이시곤에게 최대한 영어로 대화하면서 가르쳤다. 일단 발음이 좋으니까 상대들도 신뢰하는 것 같았다. 말하기 듣기 읽기 쓰기 네 분야를 골고루 가르쳤다. 1년이라는 시간이 쏜살같이 지나갔다. 김동철과 이시곤의 영어도 상당한 수준으로 발전했고 아놀드의 한국어 실력도 괄목할 만큼 발전했다.

그는 틈틈이 경찰들과 연락을 하며 친부모 찾기에 나섰다. 자기의 DNA를 등록하고 입양 당시의 홀트아동복지회의 입양기록을 찾아보니 부모의 이름과 어린이의 이름, 나이, 성별, 주소, 입양될 어린이의 신체적 특징 등이 기록되어 있다. 그러나 삼십 년 전 부모의 연락처는 아무런 소용이 없었다. 특별히 신경 써서 경찰에 연락해 주지 않으면 이사 간 이후의 주소는 알 방법이 없다. 다행히 경찰에서는 주민등록 번호에 따른 현주소를 파악하고 있는 경우가 많으므로 주민등록번호를 앞세워 찾으려고 했지만 모두가 허사였다. 이사를 가고, 전화번호가 바뀌면 찾을 방법이 없다.

천신만고 끝에 부모가 옛날에 살았다는 아파트로 찾아가서 벨을 눌렀으나 대답이 없었다. 두 번, 세 번, 네 번 계속해서 초인종을 눌러도 대답이 없었다. 그는 허탈하여 자기도 모르는 사이에 문 앞에 주저앉았다. 하염없이 현관문 앞에 앉아있다 보니 깜빡 잠이 들었는데 누군가 막 흔들어 깨워서 눈을 떠보니 어떤 아주머니가 '누구시오?' 하는 것이었다.

─이 댁이 혹시 김호삼, 정연희 씨 댁인가요?'

라고 물었다.

─아닌데요.

─그럼 혹시 지난번 이 집에서 살던 댁이 김호삼 씨인가요?

─그런 것 같소만.

─그 댁과 연락할 방법은 없나요?

라고 물었으나

─없는데요.

하는 대답만 돌아왔다.

아놀드는

─죄송합니다.

하고 돌아서는데 자기도 모르게 또 눈물이 쏟아졌다.

'이제 친부모를 찾는다는 한 가닥 희망조차 없어졌구나.' 부모를 만나면 '원망하지 않아요'라는 말을 꼭 해드리려고 했는데'….

레베카 모자의 죽음은 결코 떨쳐버릴 수 없는 비극이었다. 이 비극의 수렁에서 빠져나올 방법이 안 보인다. 시간이 웬만큼 흘렀는데도 크게 달라지지 않았다. '미국에 갈 수도 없고, 한국에 있어도 아무런 꿈도 없는 이방인이다. 주위에 피붙이는커녕 가까운 친구 친지 한 명 없는 이런 상태로 이 세상을 살기도 어렵고 살 필요도 없다. 이젠 홀가분하게 레베카와 베넷이 있는 하늘나라로 가자.'

아놀드는 소주 두 병을 연달아 마시고는 아파트 베란다로 나가서 난간 위에 걸터앉았다. 조금 있으니 소주의 취기가 오르며 용기도 샘솟았다. 한 마리 새가 되어 두 발을 난간 위에서 가뿐히 들어 올려 하늘을 날았다. 15층 꼭대기에서 땅으로 떨어지면서 '쿵'하는 소리가 났으나 아무도 귀 기울이지 않았다. 이튿날 아침에야 아놀드의 주검이 경비원에게 발견되었다.

누가 나를 아시나요

엘레나 헌터는 화사한 봄기운에 기대어 오늘도 그림을 그린다. 캔버스에 밑그림을 그리고 색칠을 하는 행위는 자신의 존재 이유이고, 삶의 목적이다. 온 정신과 몸을 총동원하여 그림에 집중할 때는 이 세상이 모두 자기를 위해 존재하는 것 같고, 화실이 세상의 전부로 여겨진다. 그녀가 그리는 것은 '생명'이다. 생물은 물론이고, 돌멩이 하나도, 낙엽 하나도, 스쳐 지나가는 바람도, 뭉게구름 한 조각도 모두 생명이 되어 화폭에 담으면 그림 전체가 살아 숨 쉬는 하나의 생명체로서 사랑의 주체가 된다. 빈센트 고흐의 [별이 빛나는 밤]에서 별이 살아 움직이는 것과 비슷하다. 그림을 그릴 때는 손으로만 그리는 게 아니고, 온몸과 정신과 영혼까지 하나로 모아 캔버스에 쏟아붓는다. 갖가지 색깔들이 서로 몸을 부딪고 눈을 맞추고 이마를 맞대어 서로를 쓰다듬는다. 이렇게 그린 그림은 보는 이의 마음과 하나로 통한다.

엘레나는 그림에 몰두할 때가 가장 평화롭고 안정감을 느낀다. 복잡한 생각에서 벗어날 수 있고, 가슴 한구석에서 꿈틀대는 입양인으로서의 어두운 상념도 다 잊을 수 있다. 그녀는 몇 시간 작업이 끝나면 밥도 먹고 쉬기도 한다. 마음이 내키면 산책도 한다. 산책할 때도 스케치북을 가지고 다니며 불현듯 생각나거나 유독 눈에 들어오는 풍경이 있으면 즉시 스케치를 한다. 보통 그림을 그리기 전에 스케치한 것을 먼저 보고 그림을 구상하고, 사이즈를 정하고, 밑그림을 그리고 색칠을 하므로 스케치북은 그녀에게 있어 중요한 기능을 한다. 그녀는 시간이 나면 가끔 몇십 권의 스케치북을 다시 들여다본다. 한때 머릿속에 있거나 눈으로 본 정경을 스케치했으나 실제 그림으로 이어지지 않은 것이 훨씬 더 많으므로, 스케치북을 보다 보면 새로운 그림 아이디어가 떠 오를 때가 많다.

중학교 2학년 때 부모님을 따라 유럽여행을 하면서 그녀는 레오나르도 다빈치와 미켈란젤로의 작품들을 보고 전율을 느꼈다. 어찌 사람의 손으로 이런 작품을 만들 수 있단 말인가? [모나리자], [천지창조], [최후의 만찬], [피에타], [다비드상] 등 도저히 사람의 힘만으로 이루어졌다고 믿기 어려운 그림과 조각 작품들을 보며 소용돌이치는 마음을 가눌 길이 없어 결국 화가의 꿈을 키우게 되었다. 그들과 같은 경지에 오르지는 못하더라도 자기도 그들이 갔던 화가의 길을 간다면 삶의 보람을 느낄 것 같았다. 마침 초등학교 때부터 그림 잘 그린다는 말을 듣기도 했고 상도 여러 번 탔던 터라 최소한의 재능은 타고나지 않았나 하는 자신감은 어느 정도 가지고 있었다.

엘레나는 네 번째 개인전을 앞두고 있다. 전시회를 하려면 적어도

30점 이상의 새 그림이 필요하다. 지난 2년간 그려놓은 그림이 25점이니까 아직 5점 이상 더 그려야 한다. 전시회가 임박해 오는데 그림이 부족할 때는 밤에라도 그려야 하지만, 밤에 그린 것을 이튿날 낮에 보면 맘에 안 들어서 다시 그려야 할 때가 있으므로 가능하면 밤 작업은 피한다. 이제 전시회까진 다섯 달 남았다.

단순 계산으로도 한 달에 한 작품 이상 그려야 한다. 특히 100호 이상 그림을 적어도 한 점은 그려야 하는데, 이것이 가장 큰 숙제다. 대형 그림은 중간에 맘에 안 들게 그려지면 낭패다. 그동안 쏟은 땀과 시간도 아깝거니와, 다시 그린다고 해도 처음보다 더 잘 그려진다는 보장도 없고, 시간도 많이 걸리기 때문이다.

엘레나는 물감도 아크릴이나 유화물감을 사용하지 않고, 석채를 사용하므로 제법 큰 돈이 들어간다. 석채는 다양한 보석가루로 만들어지므로 매우 비싼 안료다. 석채를 사용해 그림을 그리면 그림의 품격이 달라지고, 시간이 지나도 변색이 되지 않고 빛이 난다. 엘레나의 작업실은 샌프란시스코 교외 태평양이 내려다보이는 언덕에 지은 빨간 벽돌집 2층의 볕이 잘 드는 큰 방이다. 부모님이 특별히 배려해주신 것이다.

전시회를 준비하려면 꽤 많은 투자를 해야 하므로 경제적인 압박이 있는데, 그림이 제법 팔리니 기분도 좋고, 경제적으로도 큰 도움이 된다. 만일 사려는 사람이 전혀 안 나타나면 자존심도 상하고 현실적으로도 난감해진다. 한두 점은 화랑에서 사 주기도 하고 때론 지인이 사 주기도 하지만, 이들에게는 대체로 작품값을 다 받지 못하므로 순수 구매자가 있어야 한다.

전시회를 준비하다가 잠시 소파에 앉아 쉬고 있는데 갑자기 14년 전 어느 날의 일이 어제 일인 듯 컬러사진처럼 선명하게 나타났다. 그날 밤 부모님 방 앞의 복도를 지나게 되었는데, 이야기 소리가 흘러나왔다.

－여보, 우리 아이들 입양하길 잘했지요?

－그럼, 그 아이들이 없으면 얼마나 적적하겠어요?

－마침 아이들이 모두 착하고 순하니 감사한 일이지요.

－특히 엘레나는 얼굴도 예쁜데 공부도 잘하고 그림에도 소질이 있으니 키우는 즐거움이 여간 아니에요. '밝고 빛나다'의 뜻을 가진 '엘레나'라는 이름을 내가 지었는데, 역시 이름대로 가네요.

－다 당신 복이요.

엘레나는 가슴이 쿵쾅거렸다. '아, 역시 그렇게 된 것이었구나.' 이 비밀을 자기 혼자 간직해야 할지, 오빠 토마스에게 얘기해야 할지도 모르겠고, 부모님에게도 아는 체를 해야 할지, 모르는 체해야 할지도 판단이 안 섰다. '그럼 난 어느 나라에서 입양되어 왔단 말인가?' 동양 사람인 건 알겠는데 중국, 일본, 한국 어디에서 왔는지, 또 부모님은 어떤 분들이며, 왜 이곳으로 입양 보냈는지 궁금해지기 시작했다. 자기와 부모님이 전혀 닮은 데가 없고, 오빠 토마스와도 조금도 닮은 데가 없어 의아하고 궁금하여 자기의 출생에 관해 의구심이 들었던 적도 한두 번이 아니었다. 그러나 차마 부모님께 물어볼 용기는 나지 않았다. 차라리 모르는 채로 사는 것이 더 행복하다는 생각이 들기도 하고, 또 가끔은 진실을 알고 싶다는 생각이 들기도 했다.

어머니들이 보통 자녀들에게 태몽이라든가, 입덧이라든가, 첫돌 때의 에피소드를 이야기해 준다는데, 자기 부모님은 그런 적이 한 번도 없었다. 엄마 손 잡고 가는 아이들이 부러웠다. 친구들을 모아 생일 파티 해주는 것도 부러웠다. 그래도 평소에 비교적 잘해주시고 토마스와도 우애 있게 잘 지냈으므로 의아심이나 궁금증이나 섭섭함을 애써 외면해 왔던 터였다. 학교에 가면 아이들이 대부분 백인이고 서너 명의 흑인과 한두 명의 유색인종이 있을 뿐인데, 백인도 흑인도 친구가 되어 주지 않았다. 미술을 잘하니 선생님들로부터는 칭찬을 많이 들었다. 미술 분야는 경시대회도 많아서 학급이나 학교대표로 나갈 때가 많았고 상을 타오면 가끔 아는 체를 하는 친구도 생겼다.

한번은 학교에서 학생들의 진로 상담이 있어 어머니가 오셨는데, 그 이후 선생님과 반 친구들이 자기를 보는 눈빛이 달라졌다. 미셸이라는 친구는 대뜸

─너, 입양아지?

하는 게 아닌가?

─아니. 무슨 소리야?

극구 부인은 했지만, 자기의 출생에 대한 확신이 없어졌다. 그래도 자기가 기억하는 가장 어릴 때부터 현재의 부모님 밑에서 컸으므로 자기가 부모님의 친자식이 아니라는 것도 상상할 수가 없었다.

뜻밖에 부모님 얘길 듣고 나니 일이 손에 잡히지 않았다. 도저히 못 참고 일주일쯤 지난 어느 날 저녁 결국 부모님께 물어보기로 했다.

─아버지, 어머니, 실은 제가 우연히 두 분이 얘기하시는 걸 듣게 됐어요. 저희들 둘 다 입양하셨다고요? 이왕 알게 되었으니 조금 더

자세히 알고 싶어요.

　-응, 그래. 안 그래도 네가 대학 가면 얘기해 주려고 했었다. 이왕 알게 되었으니 오늘 얘기해 주마. 토마스도 불러 함께 얘기하자꾸나. 토마스 좀 불러오너라.

　-예.

　어머니 루시아 헌터가 부엌으로 가서 네 잔의 오렌지주스와 함께 쿠키를 접시에 담아서 가지고 들어왔다.

　아버지가 잔을 들어 한두 모금 마시더니 드디어 입을 뗐다.

　-원래도 너희들이 대학에 들어가면 얘기해주려고 했다만, 이왕 엘레나가 알게 되었으니 지금 얘기해 주겠다. 너희들은 우리가 입양했단다. 토마스는 세 살 때 인도에서 데려왔고, 엘레나는 한 살 때 한국에서 데려왔다. 우리는 너희들을 키우면서 힘든 때도 있었지만, 행복한 마음으로 친자식처럼 키웠다. 너희들이 건강하게 잘 커 주어서 고맙고 자랑스럽다. 지금은 세계화 시대이니 어디에서 태어났느냐 하는 건 중요하지 않다. 능력 있고, 성실하면 어디서든 인정받을 수 있고, 좋은 사람 만나 행복하게 살면 된다.

　-이렇게 잘 키워주서서 감사합니다.

　오빠 토마스가 의젓하게 얘기했다.

　-저도 감사드려요. 지금까지 사랑으로 키워주셨지요. 이왕 말씀해주셨으니 저에 대해 조금 더 자세하게 알려주실 수 없나요? 한국 이름은 뭔지, 부모님 이름은 뭔지, 언제, 어떤 경로로 입양하셨는지….

　-알았다. 조금 기다려라.

　조금 후 어머니가 입양서류를 가지고 나오셨다. 서류에는 부모 이름은 없고, 엘레나의 이름은 김세진, 생년월일은 1989.1.20일이고, 1989.11.15일에 서울의 동방사회복지회가 입양 업무를 해준 것으로 되어있었다. 엘레나는 이것만으로도 어느 정도 궁금증이 해소됐지만, 부모의 이름을 알 수 없는 것은 참으로 비통한 일이었다. 자녀가 실종되었을 경우는 적극적으로 경찰에 부모의 이름과 연락처를 남기지만, 미혼모가 낳았거나, 도저히 자녀를 키울 여건이 안 되어 입양 보내는 경우 다시 찾지 않겠다는 서약과 함께 위탁자의 이름이나 연락처는 남기지 않는 경우가 대부분이라고 한다. 엘레나는 자기가 어떤 이유로든 부모로부터 버려졌다는 생각에 한없이 슬프고 서러운 느낌이 들면서 자기를 이만큼 키워주신 양부모님께 새삼 감사할 수밖에 없었다. 평소에 가졌던 의구심이 현실화되니 한편 시원한 것 같기도 하고, 슬픈 것 같기도 하고 답답하던 안개가 걷히고 시원한 빗줄기가 쏟아지는 것 같기도 하다. 아니 차라리 비가 세차게 와주면 좋을 것 같다. 갑자기 주룩주룩 오는 빗소리가 듣고 싶어졌다. 아니면 바람이라도 쌩쌩 불어주던가, 우루루 쾅쾅 천둥·번개 소리가 나면 더욱 좋을 것 같다.

이후 엘레나는 대학 3학년 여름방학 때 우연히 '세계한인입양인협회(IKAA, International Koren Adoptees Association)'에서 한국 해외 입양인의 고국 방문 프로그램을 만들어 홍보하는 걸 보고 즉시 신청을 하였다. 열흘 후에 합격 통보를 받고 결국 한국을 방문할 수 있게 되었다. 세계한인입양인협회는 해마다 입양인대회를 주로 미국에서 하며 3년에 한 번씩 한국에서 한다는데, 이 모임이 규모가 가장 커서 600~700명이 모였다. 항공권은 대한항공이 제공하며, 체류비는 협회에서 제공한단다. 여기서는 워크숍도 하고 서울 시내 관광과 DMZ 투어, 야구경기 관람, k-pop 공연 관람, 영상물 보기, 친교의 밤을 매일 열어주었다. 공식 프로그램은 6일 일정으로 끝나지만, 더 오래 체류할 사람들을 위해서는 단체여행을 주선해 주었다.

단체여행객들에게 비용은 기본적으로 자비 부담이지만, 많은 단체들이 협찬을 하여 2주간 한국 관광도 시켜주고, 친가족 찾기도 적극적으로 도와주며, 한국어도 가르쳐주고, 희망자는 국적 회복도 도와준다. 덕분에 엘레나는 불국사, 다보탑, 석가탑, 석굴암을 볼 수 있었다. 이 중에서도 석굴암의 아름다운 모습은 압권이었다. 차가운 돌에서 뿜어져 나오는 그 인자하고 우아한 미소는 참으로 인상적이었다. 신라 금관도, 백제의 금동대향로도 탄성을 자아내기에 충분했다. 신라 금관은 정교하게 만들어져 아기자기한 아름다움이 돋보이고, 백제 금동대향로는 조그만 화로에 한국의 산천초목과 불교의 모든 교리가 표현된 것 같고, 전체적으로 날아갈 듯 날렵하면서도 매우 아름다운 자태를 뽐냈다. 청자, 백자도 모두 예사롭지가 않았다. 한국이 역사도 오래되고, 문화 수준도 매우 높다는 걸 알게 되면서 갑자기 자기가 한국인으로 태어난 게 축복처럼 여겨졌다.

엘레나는 한국에 오니 자기를 낳아준 부모를 찾고 싶은 생각이 간절해졌다. 한 살짜리를 외국에 입양 보낸 '미운' 부모지만, 양부모한테서 잘 자라고 나니 친부모에 대한 원망이 사라지고 오히려 보고 싶어졌다. 어떻게 생긴 분들인지, 어떻게 살고 있는지, 자기가 어떤 연유로 미국에 입양됐는지, 형제는 있는지 모두가 궁금해졌다. 자기 자신에 대해 모르는 것이 너무 많으니 가끔 비감하게 느껴지기도 하고 갑자기 자기의 존재가 세상에서 부정당했었다는 생각에 가슴이 먹먹해지기도 하였다. 그나마 현재 자신의 처지가 나쁘지 않고, 화가로 사는 것이 행복하므로 사람들에게 매우 너그러워졌다. '당신들은 나를 버렸지만 나는 이렇게 잘 살고 있다는 걸 보여 주고 싶다'는 심리가 봄에 새싹이 돋듯 불쑥불쑥 솟아올랐다. 친부모님께 자기가 그린 그림도 보여 주고 싶고, 그림을 선물하고 싶은 마음도 뭉게구름처럼 피어올랐다.

그녀는 미국에 돌아와 한국여행에서 스케치한 것을 토대로 새로운 그림을 그렸다. 이번 전시회의 테마가 '생명'이므로 백제금동대향로도, 불국사도 모두 생동감 있게 그렸다. 특히 불국사는 100호 그림으로 그렸다. 안개 속에 날렵하게 서 있는 불국사는 자유자재로 움직일 수 있을 것처럼 그렸다. 한국을 2주일간 여행하면서 스케치한 것이 100개가 넘어서 앞으로 그림 그릴 때도 좋은 소재가 될 것이었다. 스케치북을 보니 소나무와 무궁화도 그려져 있고 경복궁과 창경궁, 숭례문, 한강과 남산, 석굴암과 다보탑, 백제금동대향로와 신라 금관도 그려져 있었다. 신선로, 비빔밥, 구절판 같은 색깔이 다채롭고 화려한 음식들과 색동저고리를 비롯해 아름다운 한복과 단청, 그리고 태극기도 사진을 찍어 왔더니 한국에 대한 그리움이 모락모락 피어올랐다. 그녀는 한국의 아름다운 색채문화에 푹 빠져 앞으로도 한국을 소재로 한 그림을 많이 그리게 될 것 같은 예감이 들었다.

엘레나는 이번 한국방문에 동행하고 단체관광도 함께 한 40명의 입양인 중에 모니카 라르센(안효선)과 클라라 샌더(이미숙)와 속마음도 털어놓을 수 있을 만큼 친하게 된 것이 큰 소득이었다. 모두 30대

초반의 예술가이고, 친부모를 찾기 위해 노력하는 공통점을 가지고 있다. 엘레나가

　-우리 카톡방을 만드는 게 어때?

하니

　-그건 내가 맡을게.

모니카가 자청하고 나섰다.

　-이 카톡방에서는 한국 이름으로 글을 올리자.

클라라가 화답을 했다.

　-아주 좋은 생각이야. 우리 모두 한국 사람으로 만났으니까 한국 이름을 올리는 게 맞지.

김세진, 이미숙, 안효선 알았지?

　-카톡방 이름은 '누가 나를 아시나요?'로 하면 어떨까?

　-아, 그거 좋겠다. 혹시라도 이걸 보고 우릴 아는 사람이 나타날지 아냐?

갑자기 좋은 친구가 두 명이나 생겼다는 사실에 서로서로 감동하면서 각자의 가슴에 따스한 파도가 밀려왔다. 이번 여행이 더욱 뜻깊게 여겨지는 순간이었다.

어디선가 한 줄기 빛이 모두의 가슴에 눈부시게 빛나고 있었다.

엘레나는 매우 감격적인 어조로 말했다.

　-우린 정말 공통점이 많네. 앞으로 자주 연락하면서 살자.

　-당연히 그래야지. 이번에 우리가 만난 건 하늘의 축복이야.

클라라와 모니카가 맞장구를 쳤다. 세 사람은 아주 오래된 친구처럼 마음이 가까워졌다. 부모를 못 찾는 아픔도 함께 나누니 조금은 치

유되고 서로서로 위로도 되었다.

세 명의 친구는 한국에 온 김에 친부모를 찾기로 하였다. 모니카 라르센 (안효선)은 우선 경찰에 가서 도움을 청했다. 경찰이 입양기관들을 통해 알아본 결과 효선을 시설에 맡기고 간 사람이나 가족에 대한 정보는 전혀 없단다. 효선의 이름과 생년월일과 입양 당시 왼쪽 발등에 화상을 입은 흉터가 있다는 것이 어린 시절 효선에 대한 정보의 전부이고, 위탁자의 인적사항은 전무했다. 이렇게 위탁자의 인적사항이 없는 경우는 주로 자기를 드러내고 싶지 않은 미혼모일 확률이 매우 높다고 한다.

효선은 두 살 때 덴마크의 안드레 라르센, 린다 라르센 부부에게 입양되었다. 아주 어릴 땐 양부모님이 매우 귀여워해 주셨으나, 초등학교 고학년부턴 조금만 잘못해도 부모님이 폭력을 가하기도 하고, 내쫓기도 했다. 이럴 땐 부모를 전혀 안 닮은 것과 연동되어 입양된 것이 아닌가 하는 의구심이 불쑥불쑥 솟아올랐으나 차마 부모님께 물어보지 못했다. 그나마 현재의 안식처가 깨질까 두렵기도 했다.

효선은 인구 대부분이 백인인 덴마크 에벨토프트에서 성장하며 인종차별도 당했다. 사람들이 자기를 이상한 눈빛으로 보기도 하고, 깔보기도 하고, 기피하기도 했다. 학교에서는 '눈이 작아 못생겼다'고 아이들한테서 놀림 받았고, 크고 나니 취객들에게 '당신 얼마냐'는 무례한 질문을 받을 땐 죽고 싶었다. 코펜하겐대학에 입학하고 나서 겨울방학 때 어머니가 자기를 두 살 때 한국의 대구복지원에서 입양했노라고 알려주었다. 그러나 친부모의 이름이나 연락처는 모른다고 하였다. 효선은 힘겹던 시절을 회상하면서 인간으로서 자신의 뿌리와 진실을 알려고 하는 것은 기본적인 인권의 문제라고 생각하면서 어떻게든 친부모를 찾고 싶었다.

효선이 부모를 찾기로 처음 마음먹은 것은 덴마크 한국입양인 모임에 나가면서부터다. 덴마크에는 지금까지 한국에서 입양되어 간 어린이가 총 8,800명이지만, 현재 코펜하겐 한국입양인 모임에 나오는 사람은 약 200명 정도이다. 이들 입양인들과 어울려 한국 음식을 만들어 먹으며 속 깊은 대화를 나누다 보니 자신의 뿌리에 대한 궁금증이 커졌다. 효선은 보컬 강사로 밴드 활동, 콘서트 기획 등 음악과 관련된 분야에서 일하며 최근 안과의사인 덴마크사람과 결혼하여 안정되게 살고 있다. 그는 가까운 장래에 친부모 찾기를 소망하면서 한국 체류 기간 동안 경찰에 DNA를 등록하고, 대구 시내 곳곳에 가족을 찾는 전단지를 붙였으나 별무성과였다. 효선은 마음이 몹시 아팠다.

클라라 샌더(이미숙)는 생후 5개월 만에 네덜란드로 입양되었다. 미숙의 양부모는 평소에 잘 해주다가도 미숙의 잘못에 대해선 매우 냉정했다. 밥을 안 주고 내쫓기도 했다. 특히 미숙이 몸이 아플 땐 더욱 냉정하였다. 열이 나면 아스피린만 사 주고 어디가 얼마나 아픈지 알려고도 않고 병원에 데려다주지 않아 서러웠던 적도 한두 번이 아니었다. 학교에서 갑자기 비가 많이 와도 다른 친구들처럼 엄마가 우산을 갖다 주지 않았다. 안 그래도 부모님과 전혀 닮지 않아 평소에 고개를 갸우뚱했었는데, 부모님에게 몹시 섭섭할 때는 "내가 입양된 것이 아닐까?" 하는 의구심이 봄에 새싹 돋듯 불쑥불쑥 솟아올랐다.

미숙이 중학교 운동회 때 학교에 오신 부모님을 보고 아이들이 '너 주워 온 아이지?'하고 놀릴 땐 어린 마음에 큰 상처가 되었다. 이후 우울증 진단을 받았을 정도로 힘든 청소년기를 보냈다. '부모와 조금도 닮지 않은 나는 도대체 누구입니까?', '누가 나를 아시나요?' 하늘에 대고 소리라도 지르고 싶었다. 코펜하겐대학에 입학하고 부모님으로부터 독립해 나올 때 어머니에게서 입양 관련 서류를 받았다. 미숙은 1985.4.3일에 생모 한정희에게서 태어난 사실과 1985년 11월 부산에서 홀트아동복지회를 통해 입양되었다는 것 외엔 아버지 이름도, 어머니가 살았던 주소도 없어 가슴이 미어졌다. '내가 이 세상에 태어나지 말았어야 할 존재였단 말인가?' '하느님, 불쌍한 저를 돌보소서.' 미숙은 제발 어머니를 찾게 해달라고 기도하고 또 기도했다.

미숙은 두 번째 한국방문에서 부산의 홀트아동복지회를 통하여 부산시 남구 대연동 주민센터를 찾았다가, 뜻밖에도 자신의 친모를 알고 있는 여직원을 만나 기적적으로 친부모를 만나게 됐다. 미숙의 생모인 오정미는 남자 친구인 이영표가 사우디로 파견 가서 언제 돌아올지도 모르고, 돌아와도 결혼한다는 보장도 없는 상태에서 미숙을 낳았다. 정미는 부모·형제도 없고, 남자 친구도 멀고 먼 사우디로 가고 없고, 이제 21살밖에 되지 않은 자신이 돈 한 푼 없으니 살기 위해 일을 하지 않으면 안 되었다. 문제는 미숙이었다. 미숙을 낮에 맡길 데도 없고, 혼자 일하면서 키울 자신도 없어 고민하다가 우연히 입양제도에 대해 알게 되었다. '그래, 좋은 집에 입양시키면 더 잘 자랄 수 있겠지?' 하는 생각이 들어 며칠을 고민하다가 홀트아동복지회에 맡기고 자신의 이름만 알려주었다. 이후 그녀는 미숙이 생각날 때면 양심의 가책을 느끼기도 하고, 문득문득 보고 싶기도 하고, 잘 크는지 궁금하기도 했지만 되도록 잊으려고 노력하였다. 이영표는 3년간의 사우디 근무를 마치고 돌아와 오정미와 결혼하여 아들을 낳고 30년째 함께 하는 부부가 되었지만, 미숙의 존재는 전혀 모르고 있었다.

미숙이 친부모를 만나니 처음엔 서로가 얼떨떨하고 어색하였다. 오정미는 자기가 버렸던 딸이 32년 만에 나타나니 죄책감도 앞서고, 얼굴도 낯설어 생각만큼 반겨지지가 않았다. 아직 돌도 안 된 아기가 어른이 되어 나타나니 한없이 고마우면서도, 부끄럽고 미안한 마음에 얼굴을 제대로 들 수 없었다. '미안하다', '면목없다', '날 용서하지 말아라'라는 말을 수십 번 하고서야 겨우 딸의 얼굴을 볼 수 있었다. 너무도 아름다운 숙녀가 된 딸의 모습에 가슴이 저며왔다. 함께 있는 시간이 흐를수록 딸이 찾아와 준 것이 고맙고, 잘 자란 모습이 감격스러웠다. 3일째 되던 날 저녁 드디어 온 가족이 한 덩어리가 되어 뜨거운 눈물을 쏟아냈다. 32년간의 회한과 그리움, 그리고 미안함과 다시 만난 감동이 모두 뜨거운 눈물로 씻겨 내리며 가슴이 벅차올랐다.

미숙은 자기의 정체성을 확실히 알게 된 것이 무엇보다 기뻤다. 아버지 이영표는 공대를 나와 기술자로 일하며 잘 살고 있고, 남동생도 고등학교 교사로 일하고 있으니 더욱 든든했다. 이제 한국어 공부를 열심히 하여 앞으로 이들과 제대로 의사소통만 하면 더욱 가까워질 것 같아 새로운 희망과 용기가 용솟음쳤다. 엘레나와 모니카도 미숙이 친가족을 찾은 것을 진심으로 축하해주고 기뻐해 주었다.

엘레나는 한국여행을 마치고 돌아와 넉 달 후에 드디어 네 번째 전시회를 열게 되었다.

샌프란시스코 주립대학 미술관에서 한 달간 전시를 했다. 전시를 시작한 지 일주일이 되는 날 피터 존스라는 사람한테 그림 한 점이 팔렸다고 큐레이터가 알려줬다. 엘레나는 후유했다. 우선 한 점이라도 팔렸다니 다행이었다.

전시회를 시작한 지 2주일쯤 되는 날 엘레나는 매일 그림을 보러 오는 사람이 있다는 걸 카운터를 보는 미스 윤이 말해주어 알게 되었다. 30대쯤으로 보이는 훤칠한 신사였다. 그녀는 고맙기도 하고 신기하기도 하고 궁금하기도 하여 미소를 지으며 그에게 목례를 했다. 그 신사도 함께 미소 지으며 목례를 했다.

이튿날도 그 신사는 왔고, 서로 목례를 했다.

3주일쯤 지난 어느 날 그녀는 용기를 내어 그 신사 가까이 가서 말을 건넸다.

—또 오셨네요.

—예. 내일도 올 겁니다.

—그 이유를 여쭤봐도 될까요?

—그림이 너무 좋아서요. 주제도 좋고요. 혹시 이 그림을 그린 화가십니까?

—예, 그렇습니다만.

—저는 피터 존스라고 합니다.

—그럼 혹시 제 그림을 사신 분인가요?

—예, 그림이 좋아 한 점 샀습니다.

—고맙습니다. 저는 엘레나라고 합니다. 제 그림도 사 주시고 이렇게 매일 와서 그림을 봐주시니 감사합니다. 그림을 많이 좋아하시는가 봐요.

—예, 점심시간마다 왔는데 전시된 그림들을 보면서 이런 그림을

그린 화가는 어떤 분일까 궁금했습니다. 뵙고 보니, 역시 제가 잘 온 것 같습니다. 내일 점심 같이 할 수 있겠습니까? 내일이 안 된다면 모레라도. 되시는 날까지 기다리겠습니다.

　―그렇다면 내일 뵙지요.

　―고맙습니다. 내일 12시에 이리로 오겠습니다.

　―예, 그럼.

　엘레나는 얼른 자리를 피해 카운터로 왔다. 가슴도 두근거리고 얼굴도 화끈거렸다.

　이튿날 두 사람은 아늑한 스테이크집에서 파스타로 점심을 먹었다.

　피터는 명함을 건네며 자기소개를 했다.

　―저는 변호사입니다. 나이는 32살이고요. 원래는 그림 그리기를 좋아해서 미술대학을 가려고 했지만, 부모님이 하도 법대 가기를 원하셔서 스탠퍼드 법대를 갔지요. 아버지도 변호사시거든요. 저는 미술에 대한 미련을 버리지 못하고, 틈나는 대로 미술 전시회를 보러 다니고, 주말에는 그림을 그리기도 합니다. 평소에 나의 배우자는 화가였으면 좋겠다는 생각을 하고 있었습니다. 대리만족이라도 하고 싶었거든요. 이 전시회를 보면서 '이토록 만물이 생동하는 그림을 그린 분은 어떤 분일까 궁금했습니다. 이렇게 훌륭한 화가를 만나게 되니 정말 기쁩니다. 결례가 되는 질문입니다다만, 혹시 결혼하셨거나, 남자 친구가 있으신가요?

　―아직은요.

　―천만다행입니다. 아마도 하느님이 우릴 이렇게 만나게 해주신

것 같네요. 이제부턴 저의 친구가 되어 주십시오. 저는 나름대로 성실하게 살아왔고, 여자 친구가 있다면 매우 잘해줄 것 같은데요.

엘레나도 피터가 맘에 들었지만, 금방 호감을 나타내는 게 어색하고 부끄러웠다.

－네, 기회가 되면 또 뵙기로 하지요.

－'기회가 되면'이 아니라 기회를 만들어야지요. 저는 매일 매일 뵙고 싶습니다.

－아마 저를 더 아시고 나면 실망하실 텐데요. 저는 서른 살이 되도록 그림 그리는 것 외엔 잘할 수 있는 게 별로 없거든요.

－저는 저의 밝은 눈과 뜨거운 가슴만 믿습니다. 엘레나 씨를 처음 보는 순간 '운명의 여성'으로 다가왔으니까요. 제가 아주 싫지 않다면 오늘부터 친구로 지냅시다.

－…

－우선은 제가 이끄는 대로 따라오시기만 하면 됩니다. 엘레나 씨 그림 힘껏 응원할게요.

이후 두 사람은 거의 매일 만났다. 퇴근하고 저녁때 만나 데이트를 하면서 하루하루 더 가까워지게 되어 결국 결혼을 약속하였다. 피터 부모님은 엘레나가 동양인이고 입양인이라는 걸 알고는 반대를 하였으나 피터가 설득하였다. 결국 1년 후에 결혼식을 하였다. 피터와 엘레나는 샌프란시스코 외곽 태평양이 내려다보이는 언덕 위에 지은 하얀 페인트칠을 한 목조에 오렌지색 지붕의 그림 같은 집을 사서 꿈같은 신혼생활을 즐겼다. 피터는 기대 이상으로 유능하고 가정적이었다. 1년 후 아들 톰을 얻었다. 피터는 퇴근하여 톰을 안고 있으면 이 세상을 다 가진 듯 흐뭇하였다.

'호사다마'라고 했던가? 어느 날 오후 엘레나가 뒷좌석 어린이용 의자에 톰을 앉히고 예방접종을 하러 병원에 가고 있었는데, 갑자기 뒤따라오던 차가 좌회전을 하기 위해 2차선에서 1차선으로 바꾸면서 그녀의 차를 심하게 박았다. 나중에 알고 보니 운전자가 졸다가 깨서 갑자기 회전을 하면서 사고를 낸 것이었다. 그녀는 갈비뼈가 두 개나 부러졌고, 왼쪽 팔도 골절을 했다. 당장 그녀가 침대 위에서 꼼짝달싹도 할 수 없도록 갈비뼈를 보호대로 고정시켜놓고, 팔에도 깁스를 했다. 천만다행으로 톰은 다치지 않았다.

피터가 병원으로부터 연락을 받고 달려와 보니 엘레나가 많이 다쳐서 아연실색했으나, 그래도 천만다행으로 큰 부상을 입었으나 생명에는 지장이 없다 하고, 톰은 다치지 않아서 가슴을 쓸어내렸다.

'하느님, 감사합니다.'

피터와 엘레나는 이번 일을 당해 보니 평범한 일상이 얼마나 소중하고 감사한 일인지 새삼 깨닫게 되었다. 입원실 창으로 눈부신 햇살이 쏟아져 들어오고 있었다.

그녀는 사고 후 입원해 있는 두 달 중 한 달 동안은 꼼짝도 못 하고 누워있으려니 죽을 맛이었으나, 두 달째부터는 누워서 볼 수 있는 독서대를 설치하여 한국어 공부도 하고 한국에 관한 책을 보면서 한국이 세계에서 가장 짧은 시간에 민주주의와 경제성장을 이룬 나라라는 걸 알게 되어 긍지를 갖게 되었다. 그러나 또 한편으로는 지난 수십 년간 전 세계에서 가장 많은 어린이를 해외로 입양 보낸 나라라는 걸 알게 되어 충격을 받기도 하였다.

더구나 국제입양을 가장 많이 보낸 시기가 6·25전쟁 후 고아가 많을 수밖에 없었던 1950년대가 아니라, 아시안게임과 올림픽을 치른 80년대 중후반이라는 사실이었다. 1980년대에 6만 5천여 명의 한국 아동을 해외로 입양시켰으며, 지금까지 22만 명의 한국 어린이가 외국에 입양되었다니 엘레나는 말문이 막혔다.

지금이야 어린이 세상이 되었지만, 한국은 80년대까지도 '어린이 인권'이라는 개념 자체가 거의 없던 나라로서, '입양' 제도를 한국전쟁 직후에는 순혈주의 이데올로기 유지의 수단으로(소위 '양공주'가 낳은 혼혈자녀들을 배제하기 위한), 7, 80년대에는 폭증하는 인구 조절 수단으로 해외입양이 이루어졌다는 것을 알았다. 한국 어린이의 해외입양은 빈곤 가정이나 미혼 가정에 대하여 폭발적으로 증가하는 복지비용을 절약하는 수단으로도, 또한 달러를 버는 산업으로도 활용해왔다는 것이다. 미국에서 한국의 아동을 입양하기 위해서는 몇만 불을 지불해야 했다.

엘레나는 이처럼 산업화된 한국의 국제입양제도가 아동 인권의 사각지대였다는 것도 알게 되었다. 인성이 검증되지 않은 입양 부모로부터 아이들이 폭행을 당하거나 파양된 경우가 적지 않다는 것이다. 심지어 양부모에게 맞아 죽은 아이, 국제 미아가 된 아이도 생겼고, 거주국의 시민권을 취득하지 못한 채 죄를 지어 불법체류자가 되거나 한국으로 추방된 입양인들도 꽤 많다고 한다. 외로움과 고통을 이겨내지 못하고 스스로 목숨을 끊은 입양인들도 한두 명이 아니라는 것이다. 그녀 자신이 입양인이기에 이런 사실들이 더욱 피부에 와 닿는 아픔이었다. 이런 와중에도 해리 홀트, 말리 홀트 부녀처럼 한국의 가

184

난한 전쟁고아들에게 따뜻한 가정을 만들어줘야 한다는 선한 생각으로 미국입양을 주선하고, 한국에 남은 고아들과 장애아들을 위해 평생을 바친 고마운 분들도 있었다는 것을 알게 되었다. 자기도 회복되면 한국 어린이들의 입양문제를 좀 더 면밀하게 공부하여 무언가 자신이 해야 할 일을 찾아야겠다고 생각하였다.

이젠 한국도 전 세계 98개국이 가입한 '헤이그국제입양협약'에 가입하기를 학수고대한다. 헤이그협약에는 아동의 가장 근본적인 권리를 존중하여 원가정 보호가 원칙이며, 원가정 보호가 불가능할 경우 국내에서 보호할 수 있는 가정을 찾고, 그래도 없으면 국제입양을 추진하는 순서로 아동에게 최선의 이익을 보장해야 한다고 되어있으므로 한국이 이 협약에 가입하면 입양문제가 좀 더 잘 풀리리라 믿고 있다.

그녀는 자기가 좋은 환경에서 잘 자랐다고 생각하니 양부모님이 더욱 고맙고 존경스러웠다. 하지만 자기가 입양되었다는 사실을 안 이후부터는 부모님을 이야기할 때, 그리고 어린 시절을 이야기할 때는 공연히 주눅이 들기도 하였다. 이왕 한국에 왔으니 친부모를 찾아야겠다고 생각하고 자기가 알고 있는 정보만 가지고 일단 경찰을 찾아갔다. 경찰에서는 부모의 인적사항을 모르고 찾는 것은 거의 불가능하지만, 힘닿는 데까지 노력은 해보겠노라고 약속하면서 일단 DNA 검사를 해서 결과를 보내 달라고 하였다. 그녀는 아예 한국에서 DNA 검사를 받고 그 결과를 경찰에 제출하였다.

입양인이 친부모를 찾아서 만나게 되는 경우는 대부분 어릴 때 실종된 경우라고 한다. 어떤 이유로든 자녀를 잃어버리게 되면 그 부모는 자녀를 찾기 위해 갖은 노력을 하면서 경찰과 긴밀히 연락하고 지내므로 입양인이 친부모를 찾으려고 한국 경찰과 접촉하게 되면 쉽게 찾을 수 있게 된다고 한다. 엘레나는 자기 친부모의 인적사항이 하나도 없는 거로 보아 자기가 미혼모에게서 태어났을 가능성이 많다고 생각하니 참담한 심정이 되었다. 이렇게 잘 키워주신 양부모님이 새삼스럽게 감사했다.

엘레나는 유능하고 다정한 남편과 귀여운 아들 톰과 함께 유복하게 살면서 화가로서 그림을 그릴 땐 세상만사를 다 잊고 집중하지만, 톰이 잠들고 그림을 그리지 않는 시간엔 영락없이 자신이 입양아라는 사실이 자꾸만 머리에 떠올랐다. 그녀는 자기 정체성의 일부인 출생과 관련하여 아무것도 모른다는 사실에 가슴이 무너져 내린다. '누가 나를 아시나요?' 어느새 눈물이 볼을 타고 흘러내렸다. 친구 미숙처럼 자기에게도 기적이 일어나 친부모를 만나면 얼마나 좋으랴 생각하다가 어느 순간, 갑자기 폴 고갱의 어느 그림에 쓰인 제목이 떠올랐다. '우리는 어디서 왔는가, 우리는 무엇인가, 우리는 어디로 가는가?'

사품치는 강물

진석은 초심을 잃지 않으려고 매일 매일 다짐하고 있다. 그는 원래 기독교 선교를 목적으로 평양에 갔으나, 별 소득이 없었다. 북한에서 선교하다가 잡히면 바로 처형되거나 수용소에 갇히므로 선교하는 건 거의 불가능했기 때문이다. 남한과 영국에서만 살아본 진석이 평양에 와서 고초를 겪을 때는 문득문득 다 때려치우고 영국으로 돌아가고 싶은 충동이 수없이 일어났다. 자신이 선택한 길이고, 자기가 스스로 에게 사명을 준 일이니 누굴 원망하랴. 이럴수록 공부를 빨리 끝내고 처음 계획했던 대로 남북의 가교역할을 하고, 남북의 틈을 메우는 일을 해야 한다고 다짐했다. 북한과 외교 관계가 있는 영국 같은 나라에 사는 자기 같은 해외교포가 이런 일을 안 하면 누가 할 수 있으랴?

북한에서 외국인이 다른 지역을 여행하려면 반드시 허가를 받아야 하는데, 이때도 꼭 운전기사와 안내원(실제론 세포조직)과 함께 움직여야 하므로 경비도 늘 3배로 든다. 돈만 더 드는 게 아니다. 화장실까지 다 따라와서 밖에서 지키고 서 있으므로 그들에게서 받는 중압감이 이만저만이 아니었다. 눈을 떠서 눈을 감을 때까지 24시간을 감시당하고 있으므로 정신적인 피로감에서 벗어날 수가 없었다.

좀 더 안정적으로 평양에 머물기 위해서는 다른 목적이 있어야 했다. 처음엔 런던에 나와 있는 북한 대사관 외교관들에게 식사 대접도 여러 번 하고 인간적으로도 가깝게 되어 2, 3년이 지나면서 평양외국어대학에 객원교수로 가게 해달라고 부탁했다. 뇌물도 몇 번씩 주었다. 복잡한 과정을 거쳐 드디어 평양외국어대학 영어학과 객원교수로 가게 되었다. 적어도 일 년에 한 학기는 영어강의를 하는 조건이었다. 런던에서는 금융회사에 다니면서 야간에 영어학 외에도 상담심리학을 더 공부하여 상담도 꽤 많이 하게 되었는데, 이 경험을 살려 바깥세상을 모르는 북한 주민에게 상담도 해주고 싶다는 욕구가 솟구쳤다.

'북녘 동포들에게 하느님의 존재를 알리는 거야. 그들에게 상담을 해주면서 자연스럽게 하느님을 알도록 해 줘야지. 그러면 현실적으로 어려움이 있어도 용기를 잃지 않을 거야. 또한 배고픈 사람에게는 빵보다 더 절실한 건 없을 테니까, 내가 힘자라는 대로, 교인들이 도와주는 만큼 그들에게 베풀어주자. 그들은 조그만 도움에도 고마워할 거야.'

진석은 혼자 중얼거리며 콧노래도 부르며 평양가는 날을 기다리자니 20년 전의 일들이 선명하게 떠올랐다.

대학 1학년 여름방학 때 진석은 친구들과 유럽 배낭여행을 하게 되었다. 당시 유럽은 진석에게 신천지였다. 한국은 아직도 가난에서 벗어나지 못한 1960년대 초반, 유럽의 풍요로움과 아름다움은 놀라움 그 자체였다. 예술에는 문외한이었던 진석이었지만, 셰익스피어 생가, 모차르트 생가, 웨스트민스터 사원, 대영박물관, 루브르박물관, 노트르담 성당, 바티칸 대성당과 박물관 등에서 만날 수 있는 위대한 예술가들, 특히 레오나르도 다빈치와 미켈란젤로의 작품을 보고는 넋을 잃었다. 귀국한 후 대학에 다니면서도 유럽에 가서 공부하고 싶은 열망을 도저히 뿌리칠 수 없었다. 가족들이 대학을 마치고 유학 가라고 간곡하게 말렸지만 진석의 고집을 꺾을 수 없었다. 결국 3학년 1학기를 마치고 영국으로 유학을 가게 되었다. 하늘을 나는 새처럼 자기도 훨훨 날고 싶었다. 복잡한 수속 끝에 결국 케임브리지 대학 경영학과 3학년에 편입하였다.

막상 떠나려니 딱 한 가지 걸리는 게 있었다. 사랑하는 서영과의 관계였다. 마음 같아선 함께 영국으로 가고 싶은 생각이 굴뚝같았으나, 서영이 유학 준비가 안 되어있었을 뿐만 아니라, 서영의 부모님을 설득할 수가 없어 혼자 떠나며 서영에게 말했다.

―미안해. 대신 자주 편지 보낼게. 대학 졸업하고 취직하는 즉시 결혼식 할 테니 날 믿고 기다려줘.

―알았어. 믿고 기다릴게.

1년 후 서영은 부모님의 강권에 못 이겨 부잣집 총각과 선을 보았고, 남자 측에서 구혼을 하니 부모님은 그 총각과 결혼하기를 강력하게 종용하였다. 그녀는 할 수 없이 진석에게 SOS를 쳤다. 빨리 한국에 와서 부모님을 좀 만나 달라고. 진석은 전보를 받는 즉시 비행기에 몸을 싣고 김포공항에 내려 장충동으로 가서 그녀의 부모님을 만났다.

　―진작 인사드렸어야 했는데, 결혼 조건을 갖춘 후에 뵙기 위해 미루다 보니 늦어졌습니다. 죄송합니다. 저는 이미 몇 년 전부터 서영을 정인으로 삼았습니다.

　―아직 학생 신분인 사람에게 어떻게 딸을 맡기겠나? 단념하게.

　―딱 1년만 기다려 주십시오. 졸업하고 취직하는 즉시 혼인을 하겠습니다.

　―그래 부친은 무슨 일을 하시는가?

　―아버지는 대학교수입니다.

　―어머니는?

　―어머니는 약사시고요

　―형제는?

　―1남 1녀입니다. 제가 맏입니다.

　―그럼 우선 약혼이라도 하고 졸업하고 취직하면 바로 결혼을 하게.

　―예, 그렇게 하겠습니다. 감사합니다. 지금은 학기 중이니 런던에 돌아갔다가 방학 때 나와서 약혼을 하겠습니다.

　―알았네.

그로부터 석 달 후 약혼을 하였고, 1년 후 진석이 대학을 졸업하고 런던의 국제금융회사에 취직하였다. 진석과 서영은 1965년 계절의 여왕 5월의 어느 날 명동성당에서 혼배미사를 하고 김포공항에서 런던행 비행기를 타고 14시간 만에 히드로공항에 내렸다. 다시 전철을 타고 40분쯤 가서 런던 교외의 셔튼시에 있는 진석이 얻어놓은 원룸에 도착하여 소꿉장난 같은 신접살림을 차렸다. 한국에서라면 아마 사글셋방에서 신혼살림을 차렸을 것이었다. 한국은 온 나라가 가난했다. 아직 아파트라는 건 없던 시절이었으므로 신혼부부는 주로 단독주택의 방 한 칸을 빌려 간이부엌을 만들어 연탄으로 밥을 짓고 방을 데웠다. 툭하면 연탄불을 꺼트려 다시 연탄에 불을 붙이려면 이만저만 힘드는 게 아니었고, 연탄가스에 중독되어 온 가족이 위험하게 되는 경우도 숱하게 있었다. 당시는 연탄가스로 일가족이 목숨을 잃었다는 신문기사가 거의 매일 나왔다. 새 연탄에 불이 붙어 탈 때 일산화가스가 나오는데, 이것이 장판의 빈틈 사이로 방안에 스며들어오면 자는 동안 일산화가스를 마시게 되어 매우 위험한 상태가 된다. 주로 방문을 꼭꼭 닫고 자는 겨울밤에 이런 일이 발생하여 위험에 빠지게 되는데, 온 국민이 이런 환경 속에서 살았다.

진석과 서영도 한국에선 연탄가스에 중독되어 사경을 헤맨 적도 몇 번이나 있었는데, 그때마다 동치미 국물을 마셨던 기억이 생생하다. 결혼하고 나서는 바로 영국으로 와서 가스레인지로 취사를 하고 가스보일러로 방을 데우고 살았으니 한국에 비하면 매우 쾌적하게 사는 셈이었다. 한국에서는 겨울철에 빨래하려면 여간 힘들지 않지만, 런던에서는 모두 세탁기로 세탁을 하고, 말리는 것도 건조기에서 다 말려서 나오니까 참으로 편리하였다. 밥도 전기밥솥으로 하니 매일 감동이 밀려왔다.

진석은 사랑하는 서영과 함께 꿈같은 신혼생활을 하면서 직장에서 돈을 벌고 서영은 런던에 와서 다시 대학에 입학하였다. 영국은 대학을 다녀도 등록금이 없으므로 경제적인 부담이 없었다. 서영은 식품 영양학을 공부하면서 알게 된 내용을 가끔 진석에게도 들려주었다. 그들이 한국에서 매일 먹었던 김치 된장 간장 고추장이 매우 좋은 발효음식이라며, 한국 음식을 찬양하였다. 물론 유럽에서도 치즈와 요구르트 같은 발효식품을 먹지만, 이것들은 동물성이므로 한국의 식물성 발효음식이 더 좋다고도 하였다.

서영은 처음 1년 동안 영어가 딸려 힘이 들었지만, 영어가 능숙해지고, 이곳의 전통과 수준 높은 문화를 알고 나니까 살기 좋다는 걸 매일 느끼면서 살았다. 대영박물관에서 볼 수 있는 세계적인 화가들의 그림이나, 조각 작품을 보고는 넋을 잃었으며, 로열 오페라와 로열 발레 공연을 보고는 벅찬 감동을 받았다. 큰딸 성은이 태어나고, 2년 뒤 둘째 딸 성진이 태어나고부터는 더욱 행복한 날들이 이어졌다. 물론 아이 둘을 키우는 게 만만치 않은 일이었으나, 어린이집이 잘 발달한 영국에서는 한국에서보다 아이 키우기가 훨씬 수월했다. 10개월만 되면 어린이집에 맡길 수 있고, 거의 무료이기 때문에 여간 고마운 게 아니었다. 당시만 해도 한국엔 어린이집 같은 게 없었다.

―여보, 나는 처음에 당신이 그 좋은 S 대학에 들어가고도 자퇴하고 영국으로 오는 게 이해가 되지 않았는데, 막상 와서 살아보니 역시 한국하고는 차원이 다른 삶을 살게 되네요. 고마워요.

라고 서영이 말해줘서 영국이 좋음을 더욱 느끼게 되었다. 진석은 공부를 좀 더 하고 싶었다. 이왕이면 영어를 학문적으로도 공부하고 싶었다. 결국 런던대학에서 야간에 대학원을 다니며 영어학을 전공하여 석사학위를 받았다. 상담심리학도 공부하여 석사학위를 받았다. 영어학으로 박사과정에 들어가 학과공부까지는 했으나 논문을 쓰지 않아 박사학위는 받지 못했다. 어쨌든 그래도 영국에 함께 있을 때는 서영에게 특별히 미안한 것이 없었으나, 그가 평양에 드나들면서는 미안한 게 너무 많아졌다.

선교 목적으로 시작한 평양행이 어느새 20년이 되었다. 처음 10년은 평양외국어대학에서 일 년에 한 학기는 영어강의를 했다. 평양외국어대학 학생들은 매우 우수하고 성실하여 영어를 강의하면 눈빛이 반짝반짝 빛났다. 이토록 열심히 공부하니 영어도 빨리 배우므로 가르치는 보람도 컸다. 또한 영어책에는 기독교적인 내용도 있고, 서양의 전통과 가치관에 관한 내용도 있으므로 자연스럽게 기독교와 서양에 대해 이야기도 할 수 있으니 기분이 좋았다. 이후에는 원래 계획했던 것을 하기 위하여 김일성종합대학 연구교수로 자리를 옮겼다. 김일성대학에서는 조선어학으로 박사과정에 입학하여 공부를 하였다. 조선어학으로 박사학위를 받고는 교수들과 조선어에 관한 합동연구를 하기로 하였다. 1년에 4개월은 평양에 머물면서 남북통일에 주춧돌이라도 하나 놓겠다며 안간힘을 써 왔다.

우선은 북한의 연구물을 남한에서 출판하는 일, 북한어 및 평양어에 대한 연구 및 집필, 김일성대학 교수들과 함께 공동 연구 및 공동 집필을 하고, 다음은 아주 은밀하게 기독교 교리를 전파했다. 나중엔 성경책을 구입해서 북한 예비 신자들에게 나누어주는 일을 했는데, 어느 때는 조금 수월하게 되기도 했으나, 한번은 통관 때 들켜서 엄청난 곤욕을 치렀다. 종교가 허용되지 않는 북한에 성경과 찬송가 책을 들여가는 것은 불법이기 때문에 '반동분자'로 몰려 교화소에 수감된 것이었다.

원래 종교 관련 범죄는 사상범이기 때문에 수용소에 가는 게 보통이지만, 그간 북한에서 애쓴 걸 감안해서 봐 준 건지 수용소가 아닌 교화소에 감금되었다. 10년의 교화형을 받았다. 진석은 아연실색하여 '몰라서 그랬으니 한 번만 봐달라'고 애원했으나 소용이 없었다. 교화소에 갇혀있으면서 혹독한 노동에 시달리기도 하고, 손안에 쏘옥 들어오는 100g짜리 겨가 섞인 강냉이밥을 먹고 잘못했다고 통렬한 자기 비판서를 쓰고, 다시는 그러지 않겠다고 서약을 하는 등 갖은 노력을 다 해 봤으나 허사였다. 정말 하루하루가 지옥이었다. 이렇게 지내면 얼마 못 버티고 죽을 것 같았다. 혹독한 노동에, 너무나 부실한 급식, 그리고 감독관들의 무자비한 구타, 비위생적인 환경 등으로 하여 도저히 버티기 어려웠지만, 아무것도 모르고 기다릴 런던의 가족을 생각하며 살아남아야겠다고 이를 악물었다.

나중에 지도교수인 한성일 교수가 이 사실을 알게 되어, 당의 고위직에 있는 자기 사돈에게 특별히 부탁하여 진석은 1년 만에 극적으로 풀려나오게 되었다. 이후로는 성경책 반입은 엄두도 못 내고, 나중엔 성경을 담은 cd를 반입하려고 했으나 그런 것도 철저하게 짐 수색, 몸 수색을 하므로 아무도 몰래 공항 쓰레기통에 버린 적도 있었다. 이런 일을 당하면서 자기가 꿈꾸던 남북통일은 점점 멀어져 갔다. 전 국민을 상대로 워낙 감시가 철저하고 당과 군의 고위직들은 김씨 부자에게 절대 충성하는 사람들이라 옴짝달싹하기 어려워 이 숨막히는 체제가 무너지는 것은 너무나 요원해 보였다. 안개 자욱한 남북의 앞날은 단 한치도 앞이 안 보이고, 사위는 어둡고 높은 습기로 축축하고 끈적거렸다.

진석은 평양에서 친구를 여러 명 사귀었으나 완전히 믿을 수 있는 것은 아니었다. 그 사람들은 그에게서 담배 한 갑이라도 받는 것에만 관심이 있지, 진석의 안위에 대해선 관심이 없다. 진석에게 어떤 어려움이 닥쳐도 발 벗고 도와줄 사람은 거의 없을 것이다. 그가 교화소에 갇혀있을 때도 누가 물으면 자기를 모른다고 할 사람들이었다. 영국 대사관 관리들도 그가 그렇게 뇌물을 많이 주었건만, 막상 자기가 곤경에 처했을 때 절대로 도와주지 않았다. 자신들이 다칠까 봐 염려되기 때문이다. 평양외국어대학이나 김일성종합대학의 교수들도 대부분 똑같다. 그의 지도교수인 한성일 교수님만 믿을 수 있었다. 그분은 워낙 점잖고 진실하며, 사람을 귀하게 여기는 분이라 진정으로 자기를 아껴주고, 힘닿는 한 도와주려고 하는 분이다.

그러나 그분하고도 자유롭게 마음껏 대화할 수 없는 것이 가장 속상하고 마음이 아팠다. 우선 단둘이 만날 수 있는 기회란 게 거의 없고, 항상 감사원이 함께 있으니 때로는 숨이 막히는 것 같았다. 잠잘 때도 바로 앞방에서 자면서 들고남을 다 체크하고 있으니 자유로운 시간이라곤 도무지 없다. 사람이 넷만 모여도 그중 한 명은 세포원이거나 감시원이었다. 지도교수인 한 교수에게 개인적인 이야기를 하려면 아주 작은 종이에 핵심만 써서 가지고 있다가 악수하는 척하며 주거나, 틈이 보일 때 재빨리 양복주머니에 넣어주는 방법밖에 없었다. 지도교수님도 같은 방법으로 회답을 주었다.

진석은 조선어를 공부하면서 북한 언어에도 관심이 많이 생겼다. 처음 평양에 갈 때 탄 고려항공 승무원의 말에서 이미 차이가 드러났기 때문이다. '모두들 박띠를 매 주십시오.' '벨트' 대신 '박띠'라고 하는 것이 신선해 보이기도 하고, 이질감을 느끼기도 했다.

나중에 보니 북한에는 철자법이 동일하나 뜻이 달라진 단어, 새로 생겨난 단어가 의외로 많았다. 남한 사전에는 외래어가 많이 실린 반면, 북한은 새로 다듬거나 만든 고유어가 많으며, 동일한 사물이라도 외래어 표기법에서 남한은 영어 발음을 많이 차용했다면 북한은 러시아어 발음을 차용한 것이 많아 외래어조차도 철자법이 다른 게 많다.

웰남(베트남), 쾌뻰하븐(코펜하겐), 체스코(체코), 미누스(마이너스), 뜨락또르(트랙터), 껨(게임), 페지(페이지), 까비네트(캐비닛), 까히라(카이로), 깜빠니아(캠페인), 그루빠(그룹) 같은 것이 그 예다.

평양문화어 중에서 '뻰또(좀 이상한 사람)', '그쯘하다(빠짐없이 충분히 갖추어져 있다)', 말째다(몸이 찌뿌듯하다), 수표(서명), 살결물(스킨로션), 원주필(볼펜), 인차(즉시) 등과 같이 북한 인민이 널리 쓰고 있으나, 남한에서는 그 뜻을 알기 어려워 의사소통에 장애를 일으키기도 한다.

그는 모든 것에 앞서 언어통일이 가장 먼저 이루어져야겠다고 생각했다. 하루빨리 북한어를 남한어와 비교하여 결정적으로 다른 단어 목록을 사전으로 만들어서 배포해야 한다. 하루아침에 통일되기 어려운 것은 몇 개년 계획을 세워 통일하도록 학자들이 앞장서서 언어통일안을 내놓아야 한다. 우선 철자법부터 통일하고 다음은 자모순을 통일하여 통일사전을 발간해야 하고, 다음은 문법, 어휘 순으로 통일해야 할 것 같다. 이와 같이 철자법과 사전순서까지 달라졌으므로 할 일은 너무나 많았다. 그는 조선어 음운론, 형태론, 통사론, 의미론, 조선어학사 공부를 하면서 언어가 얼마나 신묘한지, 얼마나 체계적인

지, 그리고 얼마나 과학적인지 알게 되어 더욱 공부가 재미있어졌다. 궁극적으로 남북한의 언어가 언제부터 어떻게 달라졌고, 통일되어야 할 부분이 어떤 것인지 밝혀낼 참이다. 많은 자료도 읽고 분석해야 할 것이었다. 그는 1년간 교화소에 있으면서 모든 게 힘들었지만, 공부를 할 수 없는 것도 고통 중 하나였던 지라, 허겁지겁 공부에 매달리니 즐겁기도 하고, 안정도 되고, 잡념도 없어졌다. 태어나서 지금까지 사용한 조선말과 글을 다 안다고 생각했는데, 막상 학문적으로 접근해보니 모르는 것도 너무 많고, 한 언어의 체계가 이토록 체계적이고 과학적이라는 것에 놀라움을 금치 못하였다. 영어학을 공부할 때 미처 느끼지 못했던 것을 조선어학을 전공하면서 깨닫게 되니 새삼스럽게 조선어가 소중하게 여겨졌다.

진석은 조선어학 분야 공부를 선택한 것에 새삼 긍지와 자부심을 갖게 되었다. 공부를 해보니 남북 간에는 철자법부터, 문법, 자모의 이름과 순서, 음운론, 형태론, 통사론, 의미론 모든 분야에서 이질화가 진행되었음을 확실히 알게 되었다. 그는 이 모든 분야를 다 다룰 자신은 없고, 어휘 분야로 좁혀서 남북한어휘의 동일성과 차별성을 매우 체계적으로 정리하기로 하였다. 아마도 사전을 통달해야 할 것 같다. 아니 통달할 수는 없더라도 남한 사전을 구해서 여러 번 읽고 북한의 조선말대사전과 대조하여 남북한어휘의 동일성과 차별성을 매우 체계적으로 정리해야겠다고 마음먹었다. 남한어에 외래어가 많이 생긴 것과는 달리 북한은 한자어나 다른 외래어 대신 우리의 고유어를 많이 발굴하고 새롭게 만들었다는 걸 알 수 있었다. 가능한 한 우리말을 다듬어 쓰려고 노력한 점은 평가할 만했다. 출구→나가는 곳, 출하→짐 보내기, 경사→비탈, 대합실→기다림칸, 계주→이어 달리기, 주스→과일즙, 결심→속다짐, 여과기→거르개, 폭우→무더기 비, 과거→지난시기, 침엽수→바늘 잎나무, 활엽수→넓은 잎나무… 이런 예들은 매우 바람직한 우리말다운 다듬기라고 할 수 있다. 그러나 그 뜻을 알 수 없거나, 어색한 표현도 많다.

무둑히─두둑하게 쌓여서, 줴쳤다→이런 소리 저런 소리를 마구 하였다. 벌찬→장난이 심해서 다루기 어려운, 흰소리→담보가 없는 빈 약속, 그쯘히→빠짐없이 다 갖추어 놓은, 사품치는→물살이 계속 부딪치며 세차게 흐르는, 아름차다→맡겨진 업무나 과업이 힘에 겹다, 식사를 번지는 경우가 드문하다→식사를 건너뛰는 경우가 많다.

몇십만 어휘 중 적어도 2만 개 이상의 어휘가 남한과 다르다고 하는데, 실제로 무엇이 어떻게 다르며, 앞으로 남북언어통일을 한다면 어떻게 해야 할지에 대해 체계적으로 연구해야 할 것이었다.

진석은 공부가 너무나 좋고, 특히 언어를 공부하게 된 것이 그의 적성에 딱 맞았다. 하루가 어떻게 가는지도 모르게 공부에 열중하였다.

어느 날 국제 코리아학회를 북경대학에서 개최한다는 연락이 와서 그는 김일성종합대학 외사부에 중국여행 허가신청서를 제출했다. 마침 그의 지도교수인 한성일 교수는 학회본부로부터 기조 강연 초청을 받았다고 하여 더욱 기뻤다. 진석의 신청서는 몇 단계의 심사를 거쳐 한 달 뒤쯤 최종 승인이 났는데, 이 승인이 나기까지 네 군데에 뇌물을 건네야 했다. 학생 처지로 이들에게 뇌물을 주는 게 쉽지는 않았지만, 있는 것을 다 털어 겨우 장만했다. 영국을 떠나올 때 아내 서영이 챙겨주었던 비상금을 거의 다 털다시피 하였다. 하얀 피부에 특히 눈과 입매무새가 예쁜 서영의 얼굴이 떠올라 그리움이 밀물처럼 밀려왔다. '여보, 나의 수호천사, 보고 싶소.' 서영을 생각하다 보니 어느새 눈가가 촉촉해졌다.

평양 순안비행장에서 고려항공기에 오른 지 1시간여 만에 북경공항에 도착하였다. 다시 버스로 한 시간을 달려 북경대 외국인 숙소에 도착했다. '북경대학'이라 쓰인 교문을 들어서니 '축 국제 코리아학회 제10회 대회 개최'라는 현수막과 '국제 코리아학회 회원들을 렬렬히 환영합니다'라는 현수막이 나란히 걸려있었다.

남한은 '대한민국'이라 하고 북한은 '조선민주주의인민공화국'이라 하며 각각 '한국', '조선'이라고 약칭하니 중국과 일본 같은 데서는 남북한을 하나로 묶어서 불러야 할 때는 매우 난감해진다. 남북한을 아우르는 학회를 만들자니 궁여지책으로 '코리아학'이라는 다소 어색한 이름을 쓰는 것이다. 남북한이 나뉘어있는 참담한 현실이 이런 데서도 그대로 나타난다.

진석은 숙소에서 짐을 풀고 제일 먼저 학교의 전산실로 가서 신분증을 제시하고 마침 비어있는 컴퓨터를 하나 차지하고 앉았다. 얼마나 그리웠던 것인가? 평양에서는 컴퓨터를 사용할 수 있어도 인터넷을 못 하니 옛날 전동타이프라이터 앞에 앉아있는 것 같은 느낌을 받아왔다. 중국만 해도 인터넷이 되니 꿈만 같았다. 인터넷을 보니 전 세계의 뉴스가 별처럼 쏟아졌다. 매일 로동신문만 보다가 다른 나라 신문을 보니 비로소 살아있다는 실감이 났다. 감시원이 중국에까지 따라와 감시를 했지만, 인터넷을 보는 것까지 막지는 못했다. 진석은 허겁지겁 국제뉴스를 보고 다음은 한국의 대표 포털사이트인 네이버로 들어와 몇 개 주요 신문을 보고, 통일문학포럼 사이트에 들어가 봤다. 그가 문학을 전공하는 건 아니지만 남북통일을 염원하는 작가들이 모여 통일에 대한 적극적인 활동을 하기 위해 몇 년 전에 '통일문학포럼'이라는 단체를 만들었다는 소식을 어디서 들은 것 같았기 때문이다. 이 사이트에 들어와 보니 얼마 전에『통일과 문학』이라는 문학잡지도 냈다고 한다.

이런 기사를 보니 진석은 '나도 글을 쓰고 싶다'는 생각이 불현듯 들었다. 우선은 북한에 온 목적이 남북한의 가교역할을 하는 것이었으므로 다른 일은 그 이후에나 생각해 볼 문제이다. 이제 국제대회가 내일로 다가왔다. 남한, 북한, 미국, 영국, 중국, 일본, 러시아 학자들이 한자리에 모이는 학술대회이니 대회 자체가 하나의 역사요, 통일의 첫 단계이다.

학자들이라도 만나서 통일의 당위성과 통일의 방법을 좀 더 적극적으로 논의해봐야 한다. 이런 일들이 자꾸 쌓여야 통일도 되고, 통일이 되어서도 여러 가지 혼란을 줄일 수 있다. 원래 학자들은 10년, 20년 앞을 보고 미래를 예측하고, 일어날 수 있는 문제를 미리 파악하여 해법을 찾아놓아야 한다. 미국 학자들이 미·중 수교 몇십 년 전부터 중국에 대한 연구를 하고 미래를 예측하고 정부에 길을 제시했듯이, 우리도 남북통일 훨씬 이전에 통일방안을 마련하고, 통일 후의 문제들에 대해서도 대책안을 마련해 놓아야 한다. 물론 실제로 통일되었을 때는 예기치 않았던 일들도 터져 나오겠지만, 최대한 충실한 설계도는 그려져 있어야 한다. 다른 학자들의 논문 발표를 듣는 것 자체가 진석에겐 큰 기쁨이고 축복이었다. 적어도 200명 이상 모인 이 대회에서 많은 학자들과 인사를 나누고 명함을 주고받고 하니 그제야 북한에 드나든 보람을 느꼈다. 중국대회를 마치고 평양에 돌아오니 여기저기 핀 꽃들도 더 아름답고, 하늘도 더 청명해 보였다. 모든 것이 새롭고 더 다정해 보였다.

어느 일요일이었다. 진석이 평소에 조금이나마 도와주는 서씨네 가족들 네 명에게 사우나를 시켜주고 냉면 한 그릇씩 사 주었는데, 250유로나 들었다. 북한 내국인보다 거의 10배를 더 받는 셈이었다. 진석이 20년째 이곳을 오는데도 여전히 외국인 식당만 가고, 외국인 사우나에만 가야 하기 때문이다. 북한은 이런 식으로 갖은 방법을 동원해 외화벌이를 하는 것이다. 식사가 끝나자 자기들 집으로 가자고 하여 서씨네 집에 가게 되었는데, 감시원을 어떻게 할까 고민하다가 10불을 주면서

―어디서 영화나 한 편 보고 오시오.

라고 하니 난처해하다가

―그럼 두 시간 뒤에 오갔시오.

하고 갔다. 20년 만에 처음으로 감시원을 따돌린 것이었다. 비로소 숨통이 트이는 것 같았다. 이런 것은 피차 말 안 하면 들킬 일이 없다. 이날은 더구나 일요일이어서 마침 세포조직은 없고 운전사 겸 감시원만 있어서 일이 쉬웠다. 감시원도 20년 만에 처음 있는 일이니 '봐주자' 한 점도 있고, 자기도 10불이면 온 가족이 열흘 이상 먹을 양식이 되니 나쁘지 않은 것 같아 잠시 고민하다가 진석의 뜻을 받아주었다. 감시원이 사라지자 간호원으로 일하는 서씨의 딸이 하소연을 시작하였다.

−간호원으로 일하면서 어려운 점이 한두 가지가 아니지만, 제일 괴로운 것은 의약품이 부족한 것이야요. 병원에 약이 부족하니 환자들에게 너무 미안하더라고요. 수술도 마취 주사 없이 하니 의사도 환자도 죽을 지경이고요. 주삿바늘도 썼던 걸 또 쓰는 건 물론이고, 바늘이 굽으면 펴서 써야 하고, 끝이 닳으면 숫돌에 갈아서 쓰지라요.

　−아유, 고생이 많구만요.

　−그뿐이 아니고 가장 힘든 건 또 따로 있지라요.

　−그게 뭔데요?

　−병원 영내에서 농장도 경영하고 축사도 경영하는 것이요. 병원근무자들이 자급자족해야 하거든요. 일 자체도 힘들지만, 무엇보다도 병원의 위생에 해를 끼치는 것 같아 애가 타요.

　서씨의 딸이 한숨을 내쉬었다.

　−이제 모두 옛날얘기가 될 때가 올 거예요. 통일만 된다면 의약품 같은 건 1년 안에도 해결될 거고 병원에서 농장이나 축사를 운영하는 일은 안 해도 되는 세상도 올 거예요. 늦어도 10년 안엔 해결될 것으로 봐요. 부디 힘내세요.

　라고 말한 다음 진석은 대학생인 그 집 아들에게

　−학교생활은 할 만해?

　하고 물었다.

　−네, 그럭저럭요.

　−대학생들은 그래도 특혜받은 사람들 아닌가?

　−그렇다고 할 수도 있디요. 그러나 대학생들도 아주 고단합니다.

　−왜 공부가 힘들어서?

―아니요. 공부하는 거야 즐거운 일이디요. 공부만 할 수가 없는 게 괴롭디요.

―그게 무슨 말이야?

―모르셨어요? 대학에 계시는데도요?

―지금은 학생들에게 강의도 안 하고 교수들만 만나니까 학부 학생들을 만날 기회가 거의 없지. 그래 제일 힘든 게 뭐야?

―어디서부터 말씀드려야 할지 모르겠네요. 교도대 훈련은 아시지요?

―응, 알아요.

―교도대 훈련은 대학생들이 입학하고 나면 6개월 동안 합숙하면서 받는 군사훈련이디요.

―그렇지.

―그 훈련 강도가 어마어마해요. 이런 과정을 거치고 나면 훈련소 수료증을 주는데, 이것 없이는 대학을 졸업할 수 없어요. 그해에 낙오하면 다음 해에라도 꼭 따야 하고요. 학교에 돌아와도 전공공부만 해서는 안 되고 반드시 군사이론 과목들도 들어야 하디요. 군사훈련뿐만 아니라 봄가을에는 또 보름씩 모내기 전투와 가을걷이 전투에 나가야 해요. 그러니 전공공부 시간이 너무나 부족해요. 그뿐인가요? 수많은 공사 현장에 동원되어 온갖 일을 다 해야 해요. 평양에서 지은 그 많은 건물 중에 우리 대학생들이 동원되지 않은 건 별로 없을걸요. 기계가 할 일을 모두 손으로 하니까 힘도 들고 손이 많이 필요하거든요. 정말 대학 등록금 없는 게 마땅해요. 수시로 돈을 걷기 때문에 결국 등록금을 다 내는 것과 같디만요.

─아, 그런 것까지는 몰랐네. 대학생도 힘들겠다. 그럼 졸업하고 나면 직장은 마음대로 가질 수 있나?

─아니요. 그것도 당에서 다 결정해요. 가정성분, 학업성적, 재학 중 정치 활동 참가실적 등을 고려해서 도별로 배치해 줘요. 그러면 해당 도에 가서 구체적인 배치지를 알아보고 찾아가야 해요. 개인의 희망 사항은 아예 고려하지 않아요. 최우등으로 졸업해도 가족은 물론, 친척 가운데 정치적으로 약간의 문제라도 있는 사람이 단 한 명이라도 있으면 연좌제에 걸려 산골로 배치되고, 반대로 가족이나 친척 중 당 간부가 있으면 가장 좋은 곳으로 배치되지요.

─세상에…

─이런 이야기 내게 들었다는 건 누구한테도 얘기하면 안 되지라요.

─알았어. 걱정 말아요. 내가 누구한테 얘길 하겠어? 이런 거야 이미 다 알려진 사실 아닌가?

─전 국민들을 대상으로 한 명 한 명 철저하게 통제하고 국민들을 배고프게 하면서 자기들은 부정과 비리를 공공연하게 저지르고 있고, 뇌물 천국을 만들어 놨지요.

─그래서 그동안 3만 명 이상의 사람들이 여러 루트로 탈북하여 월남을 했지. 남한에 오기까지 죽을 고비를 수없이 넘기며, 돈도 꽤 많이 들기 때문에, 정말 가난한 사람은 탈북도 쉽지 않아. 돈이 있어도 탈북은 여간 어려운 일이 아니지.

─예, 강을 건너다 죽는 사람도 많고, 중국에 몇 날, 몇 달, 심지어는 몇 년간 있다가 월남한 사람도 많지만, 중국 공안에 잡혀서 북송되

는 경우도 허다하다고 해요. 탈북하다 북송되면 처형되기도 하고 정치범수용소에 수감되기도 하고, 교화소에 수감되기도 한대요.

─교화소에 수감되면 고문을 당하고 끔찍한 노동에 동원되고, 형편없는 급식에 시달려야 한다고 들었어. 요행으로 살아남아 형기를 채우고 나면 풀려나기도 하지만, 일단 수용소에 갇히면 살아서는 나올 수 없지.

─무엇보다도 먹을 걸 너무 적게 주기 때문에 수용소에 들어가면 얼마 안 있어 영양실조 환자가 되어, 체력이 약한 사람은 몇 달 만에 죽고 그나마 괜찮은 사람도 2, 3년을 버티기 어렵대요.

─현재 4개의 수용소에 20만 명이 갇혀있다지?

─그렇대요. 중국이나 러시아에 유학 갔다가 현지인과 결혼이라도 하게 되면 반역자로 취급되어 무자비한 고문을 받고 가족들과 함께 수용소에 수감된대요. 아들 한 명이 러시아 유학 가서 러시아 여자와 사랑하다가 잡혀갈 위기에 처하자 전 가족을 탈북시켜 월남에 성공한 집이 있는데, 이런 경우는 모두 기적이라고 해요.

─김민철이라는 친구는 1호 행사(김씨 부자를 위한)때 하는 카드섹션만 가르치는 학교에 다니면서 죽어라고 카드섹션 연습만 해서 행사 때 수천, 수만 명이 기계처럼 똑같이 움직이는 사람이 되어도 아무 불평도 못 하고 강냉이죽이라도 먹여주면 장군님 덕분이라며 고마워해야 했대. 배운 거라곤 카드섹션밖에 없으나 그나마 요행으로 탈북에 성공했으니 하나원에서 많은 걸 가르쳐 주었다고 해. 마지막 수업을 끝내고 면담하는 자리에서 민철은 하소연을 했대.

─할 수 있는 거라곤 카드섹션밖에 없는데 앞으로 살아나갈 일이

걱정이에요.

─지금부터라도 기술을 배우세요. 어떤 기술이든지 한 가지만 잘
할 수 있으면 사는 건 문제가 없으니까요.

그러자 민철은

─정말 그럴까요? 그럼 뭘 배워야죠?

하면서 정색을 하고 물었대.

─남한에선 요리, 운전, 자동차 정비, 보석세공, 도배, 칠, 용접, 미
장, 목공, 석공, 벽돌공, 인쇄공, 기계공, 나무 전지, 전기기술, 컴퓨터
프로그래밍, 컴퓨터 수리, 전자제품 수리, 빌딩청소 등 뭐든지 한가지
기술만 배우면 얼마든지 배부르게 살 수 있어요. 심지어 피티(pt)라고
해서 사람들을 개인적으로 운동만 시켜줘도 돈 벌 수 있어요.

─정말요?

─그럼 정말이죠. 남한에선 이런 기술자들은 하루만 일해도 2, 30
만 원 받아요.

─아, 그럼 걱정 없구만요.

─이제 아무 걱정마세요. 자기 소질을 생각해서 한두 가지 기술만
확실하게 배워 자격증을 따면 됩니다.

이 말을 듣고 민철은 안도했대.

진석은 기회가 되면 사람들에게 남한 얘기를 해준다. 물론 남한에
도 빈부 격차가 심하지만 북한만큼은 아니라는 걸 알려주고, 열심히
일한 만큼 돈도 벌 수 있다는 걸 알려준다. 자기가 번 돈은 자기가 전
부 가져가지만 세금은 내야 한다는 것도 알려준다. 복지제도가 잘 되

어있는 것도, 개인의 돈거래는 은행에서 하는 것도 가르쳐준다. 지금까지 북한 주민은 돈도 은행에서 관리하지 않고, 장롱에 보관하기 때문에 도둑도 맞고, 강제로 빼앗기기도 하고, 개인에게 빌려주었다가 떼이기도 한다. 은행에 맡기는 건 되지만 찾을 수는 없으니 모두 집에 보관하는 것이다. 남한에서는 은행에 돈을 넣어놓고 언제든 찾을 수 있으며, 현금을 많이 가지고 다니지 않고, 모든 생활을 카드로 하는 것도 알려준다. 돈이 없으면 은행에서 돈을 빌릴 수도 있고, 은행에 저금하면 이자도 받는다는 걸 알려주니 모두 입을 다물지 못했다.

진석은 이토록 세상 물정을 모르고 산 이들이 너무 불쌍하고 안쓰러워 눈가가 시큰해진다. 너무도 순수하고 순진한 이들을 그토록 악독하게 이용만 하고, 가혹하게 인권을 탄압한다고 생각하니 김씨 왕조가 더욱 야속하고 혐오스럽다. 그는 20여 년을 줄기차게 남북을 오가며 애썼던 자신이 북한에 큰 보탬은 되지 못했지만, 그래도 그간 북한 대학생들에게 영어강의를 하며, 자연스럽게 기독교와 서양에 대한 얘기를 해줄 수 있었고, 북한 언어를 알리는 책을 여러 권 써서 남한에서 출판하여 판매하였으니 남한 사람들에게 도움이 되었을 것이므로 그것으로나마 위안을 삼는다.

진석은 생각할수록 6·25가 통탄스럽다. 물론 더 거슬러 올라가면 제2차 세계대전의 발발, 해방 후에 강대국이 한반도를 신탁통치 하기로 의결한 것, 소련의 전의戰意를 깨닫지 못하고, 이승만 대통령이 제안한 한미동맹도, 국군 20만 명을 무장시켜달라는 부탁도 거부하고 국군 10만 명을 위한 방어무기만 주고 대책 없이 떠난 미군 철수(1949.5.28.), 소련의 원자폭탄 실험 성공(1949.8.29.), 장개석이 국공

내전에서 모택동에게 패배하고 대만으로 쫓겨간 것(1949.10.1.) 모두가 김일성에겐 기막힌 호재가 되었다. 스탈린과 김일성은 드디어 때가 되었다고 하면서, 한마음 한뜻으로 한반도를 적화하기 위해 대대적으로 탱크를 앞세워 쳐들어왔던 것이다. 김일성이 준비된 남침으로 3일 만에 서울을 함락하는 등 세계사에 없는 비극을 불러일으킨 것은 돌이킬 수 없는 범죄요, 폭거였다. 6·25만 없었다면 남북 분단이 이렇게까지 고착하지도 않았을 것이고, 북한이 이토록 핵을 가지고 가난한 나라가 되지도 않았을 것이다. 생각할수록 통분할 일이다.

진석은 아마도 지금 북한 인민들에게 가장 중요한 것은 인민이 지도자를 선택하고, 인민이 경제의 주체이고 인민이 세상을 이끌어가는 주체임을 알게 해주는 것이라고 생각했다. 민간 자선단체들이 탈북지도자들과 합심하여 중국에서 고생하고 있는 수많은 탈북자들을 한국에 데리고 올 획기적인 대책도 강구해야 한다. 중국에서 오도 가도 못하는 탈북자들이 무려 20만 명이라고 한다. 탈북할 때 브로커들에게 진 빚을 못 갚아 돈 벌기 위해 중국에 머무르지만, 생각처럼 돈을 모을 수가 없으므로 중국에 묶여 있기도 하고, 여자들의 경우는 인신매매되어 주인집에 잡혀있기도 하다. 이들은 대체로 북송될까 봐 신분을 숨기고 살고 있으므로 찾아내기가 어렵다.

더욱 안타까운 것은 이런 사람들의 대부분은 도회지와는 거리가 먼 오지에서 문명의 혜택을 받지 못하고 살고 있다는 것이다. 신분이 없으므로 병원에도 못 가고, 아이들이 커도 학교에도 못 가고, 비행기도 못 타는 경우가 허다하다고 한다. 인신매매된 경우는 주인의 감시가 워낙 철저해서 빠져나오기가 어렵다. 이런 탈북자들을 구해낼 획

기적인 방안을 강구해야 한다. '뜻이 있는 곳에 길이 있다지 않은가? 하늘도 무심치 않을 것이다'라고 혼자 중얼거렸다.

오늘따라 따스한 햇살이 천지를 감싸고 아름다운 꽃들도 눈부시게 빛나고 있다. 사품치는 강물이 바다로 가서 한 몸이 되듯 남북도 그간의 갈등을 접고 결국 하나가 되어야 한다. 나비들도 하늘거리며 꽃들과 사랑을 하고 한 몸이 된다. 비둘기 떼도 하늘에서 몇 차례 곡예를 하다가 남쪽으로 날아오고 있다. 무언가 상서로운 일이 일어날 것만 같았다.

편지

토마스는 인천공항에 도착한 뒤 주위를 살펴보니 '서울역'이라 쓰고 영어도 병기되어 있는 리무진이 있어 얼른 올라탔다. 한 시간쯤 지나자 서울역에 도착했다. 서울역에 내려서 보니 역 안에는 머무를 만한 곳이 없어 밖으로 나와 보니 마침 노숙하는 사람들이 네 명 있었다. 모두 토마스보다는 훨씬 나이 들어 보이는 사람들이었는데, 한국말을 못 하니까 아무것도 물어볼 수도 없고, 그냥 그 사람들을 주시해 보니 하루에 한두 끼 컵라면으로 때우고 소주 한두 병 마시고, 낮에는 화투 치고 놀다가 밤이 되니 널빤지를 깔고 자는 것이었다. 일단 하루는 이 사람들 곁에서 잤는데, 사람들이 토마스를 보고 뭔가 자꾸 물어보았으나, 무슨 말인지 몰라 대답을 안 하니 매우 험악한 표정으로 노려보는 것이었다.

토마스는 무서워서 얼른 자리를 떠서 그 사람들과 좀 떨어진 곳에 앉아 "이제 어디로 가야 하나?", "어떻게 해야 하나?" 하면서 넋을 놓고 있었다. 마침 서양사람으로 보이는 남자 한 명이 지나갔다. "혹시 영어를 하느냐?"고 하니 "예스"라고 한다. 대충 자기소개를 하고, 이렇게 막막할 때는 어떻게 해야 되냐고 물었다. 잠시 생각하더니 경찰서에 가보라고 하였다.

경찰에 가서 이걸 보여 주라며 간단히 무언가를 메모하여 주었다. 토마스는 감사하다고 몇 번이나 인사를 하고 그 사람이 가르쳐준 서울역 파출소로 가서 메모 종이를 내밀었다. 파출소 순경 한 명이 태호에게 따라오라는 손짓을 하고는 앞장을 섰다. 그 순경은 토마스를 자동차에 태워서 어디론가 갔다. 태호는 한국말을 못 하고, 순경은 영어를 못하니 서로가 답답했다. 토마스는 침묵 속에 낯모르는 사람의 차를 타고 가다 보니 갑자기 10여 년 전 일이 흑백영화처럼 아스라이 떠올랐다.

토마스가 고1 때 미국 역사를 공부하다가 책에 네댓 줄밖에 안 쓰인 남북전쟁에 대해 좀 더 알고 싶어졌다. 어느 주말 아버지, 어머니와 함께 얘기를 하다 남북전쟁 생각이 났다.

―아버지, 남북전쟁이 뭐예요?

―응, 글자 그대로 미국의 남쪽 지방과 북쪽 지방의 전쟁이었는데, 노예해방전쟁이라고도 해. 1861년에 시작하여 1865년에 끝났는데, 참으로 대단한 전쟁이었지. 이 전쟁에서 수십만 명의 젊은이들이 목숨을 잃었어.

―노예해방전쟁은 또 뭐예요?

―1800년대 초부터 아프리카의 흑인들이 노예로 팔려 미국에 많이 들어왔어. 이렇게 팔려온 노예는 일반 물건처럼 사고 팔 수 있었고,

아무런 권리도 힘도 없는 비참한 존재였지. 오직 주인에게 충성하고 힘든 노동을 도맡아 하는 신분이었어. 1850년대부터 몇몇 북부인들이 인권 차원에서 노예제도의 완전한 폐지를 정식으로 요구했지. 노예제를 반대하는 링컨이 1860년 말 대통령으로 당선되자, 남부의 6개 주들은 노예제도가 없어질 것이 두려워 미국연방에서 탈퇴했지. 제퍼슨 데이비스를 남부연합의 대통령으로 추대하여 한때 미국은 두 명의 대통령이 있었어.

　－당시 남북전쟁에 참가했던 군인은 얼마나 될까요?

　－북군이 200만, 남군이 100만 명이라고 해.

　－그래서 북군이 이겼군요.

　－응, 진퇴를 거듭했지만, 결국 게티즈버그 전투에서 북군이 승리하면서 전세가 달라진 거야.

　－게티즈버그 전투는 뭐지요?

　－1863년 7월 1일부터 3일까지 펜실베이니아주 게티즈버그에서 일어났던 전투를 말하는 거야. 모두 16만 명의 군사가 이 전투에 투입되었어. 치열한 전투 끝에 게티즈버그로 진군했던 사령관 로버트 리의 남부군은 결국 버지니아로 후퇴했지. 북군이 간신히 승리하긴 했지만, 양쪽의 사상자가 75,000명에 이르고 실종자가 13,000명이었다고 해. 찌는 듯한 더위에 수많은 시신이 버려져 있어 부패하고, 짐승들의 먹이가 되므로 한시바삐 시신을 처리해야 할 상황이었지. 그래서 이곳을 국립묘지화하면서 봉헌식을 거행하기로 하였어. 1863년 11월 19일 이 행사를 주관한 데이비드 윌스 경이 당시 하버드대 총장인 에드워드 에버렛 경에게는 2시간 동안 봉헌사를 낭독하게 하고,

링컨 대통령에게는 불과 2분의 연설시간을 주었어. 그냥 인사만 하라는 뜻이었지. 그런데 링컨 대통령은 이 2분의 연설을 허투루 하지 않고 공을 많이 들였어. 이 연설에 자신의 철학과 이상을 압축해서 표현하고 싶었던 거지. 아직 전쟁 중이어서 시신도 남북군이 모두 섞여 있었으므로 남북을 모두 아우르는 연설을 했어. 이 연설이 저 유명한 '게티즈버그 연설'이야. 이 연설의 마지막 부분인 "…그들이 헛되이 죽어가지 않았다는 것을 굳게 다짐합니다. 신의 가호 아래 이 나라는 새로운 자유의 탄생을 보게 될 것이며, 인민의, 인민에 의한, 인민을 위한 정부는 이 지상에서 결코 사라지지 않을 것입니다."

이 연설은 이후 전 세계에서 가장 많이 인용되고, 추앙받는 명연설이 되었으며, 민주주의의 표어가 되었어. 전쟁은 결국 북군의 승리로 끝나 미국연방은 보존되었으며, 급속히 공업화되고 점점 도시화되어 한 단계 도약하는 계기가 된 거야.

―링컨 대통령은 정말 훌륭한 분이셨네요?

이번엔 어머니가 나섰다.

―그럼. 링컨은 집이 가난하여 학교도 제대로 못 다녔지만, 독학으로 공부를 아주 많이 하셨지. 미국 정부가 계속 인디언들의 땅을 빼앗자, 인디언들이 이에 거세게 항거했지만 링컨도 참전한 정부군과의 전투에서 패하여 많이 죽었어. 처음엔 천만 명 정도이던 인디언들이 죽거나 미국에 동화되고, 현재는 150만 명 정도가 지정된 구역에서 살고 있어.

―인디언들이 정말 안 됐네요.

―그렇지. 미국의 원주민이었던 이들 아메리카 인디언들은 아마

한이 많을 거야. 그런데도 이들이 지키는 도덕률이 있어. 그토록 억울한 삶을 사는데도 너무나 선량한 도덕률을 가졌거든.

−그들의 도덕률이 어떤 건데요?

−음. 잘 들어 봐.

· 매사에 감사하라. 어제 그대가 한 행동과 생각을 돌아보고, 더 나은 사람이 될 수 있도록 힘과 용기를 구하라.

· 남을 존중하라. 허락이나 서로의 이해 없이는 다른 사람의 것에 손대지 말라.

· 그가 그 자리에 있든 없든, 절대로 다른 사람에 대해 나쁘게 말하지 말라.

· 다른 사람이 가진 믿음과 종교에 대해 존경하는 마음을 가지라.

· 다른 사람이 하는 말을 귀 기울여 들으라.

· 어떤 상황에서도 늘 한결같이 진실하여야 한다.

· 그대의 집에 찾아온 손님을 언제나 반갑고 진실되게 대하라. 그대가 가진 가장 좋은 음식을 대접하고, 가장 좋은 담요와 가장 좋은 공간을 내주어라.

· 한 사람에게 상처를 주는 것은 인류 전체에게 상처를 주는 것이고, 한 사람을 존중하는 것은 인류 전체를 존중하는 것과 같다.

· 다른 사람을 위해 일하고, 가족과 공동체와 국가와 세상에 쓸모 있는 존재가 되는 것이 인간으로 이 세상에 태어난 가장 큰 목적이다.

−훨씬 더 많은데, 내가 많이 줄인 거야.

−와, 정말 대단하네요. 어머닌 이 많은 걸 어떻게 다 외우셨어요?

−너무 좋으니까 보고 또 봤더니 저절로 외워지더구나.

－전 인류가 지켜야 할 예절과 생활지침 같아요.

다시 아버지가 이야길 이어갔다.

－그렇지. 대단한 정신을 가진 사람들이야. 미국은 이들에게 많은 빚을 졌어. 링컨 대통령은 취임하자마자 공화당을 강력한 국가적 기구로 재편하고 민주당 사람들도 연방을 수호하려는 자신의 대의명분에 동참하도록 설득했지. 1863년 1월 1일 링컨은 미국 내의 모든 노예들을 영구히 해방시키는 '노예해방' 선언을 했어.

－정말 인류사에 중요한 선언이었네요.

－인간은 모두 평등하다는 것을 내외에 천명한 큰 사건이었지.

그런데 엄청난 비극이 기다리고 있었어. 1864년 말 재선에 성공한 링컨 대통령 부부가 1865년 4월 14일 연극을 보기 위해 워싱턴의 포드극장에 도착하자 관중들이 기립하여 만세를 부르며 환호했지. 대통령 부부가 특등석에 자리를 잡자, 존 부스는 특등석으로 몰래 들어가 대통령의 머리에 대고 총을 쐈어.

－세상에… 어떻게 그런 일이… 그래서 어떻게 됐어요?

－대통령은 결국 의식을 회복하지 못하고 이튿날 숨을 거두었지. 북부에서는 엄청난 애도와 분노가 쏟아져 나왔어. 부스는 즉각 추격 당해 총에 맞아 죽고, 공모자들도 대부분 붙들려 교수형에 처해졌지. 링컨의 죽음과 함께 남북 사이의 화해를 이룩하려는 미국의 큰 희망도 사라졌어. 이후 남부와 북부, 백인과 흑인 사이에 많은 갈등이 생겨버렸지. 이로부터 100년이 지나서야 킹 목사와 같은 걸출한 흑인 지도자가 나와 인종차별을 없애는 데 크게 기여했어.

－정말 애석하네요. 아버지, 어머니의 얘기를 들으니 이제야 앞뒤

를 조금 알 것 같네요. 저도 미국 역사에 대해 제대로 공부를 해야겠어요.

토마스가 양부모 파머(Farmer) 씨 부부와 함께 살았던 집은 조지아주 마리에타(Marietta)에 있는 2층 양옥이었다. 마리에타는 애틀랜타의 북서쪽 외곽 도시로 매우 깨끗하고 쾌적하며 고급주택이 많아 백인 부자들이 주로 살았다. 파머 씨 부부는 어느 날 정원 의자에 앉아 차를 마시며 두런두런 얘기를 하다 보니 25년 전 토마스를 입양했던 일이 주마등처럼 떠올랐다.

─토마스를 데려온 지가 이미 25년이나 되었네요.

─그러게 말이요. 정말 세월은 어쩜 이리도 빨리 가는지 모르겠어요.

남편 월터 파머는 치과의사였고, 부인 소피아 파머는 교사였다. 파머 씨 부부는 3년간 연애 기간을 거쳐 대학 졸업 후 결혼을 하고 행복하게 살았으나 슬하에 자녀가 없었다. 병원에 가서 진단을 받았으나 원인을 찾을 수 없다고 하여 한 해, 두 해 기다리다가 그만 시기를 놓쳐버렸다. 그래서 생각해 낸 것이 입양이었다. 어떤 아이를 입양할까 궁리하다가 결국 동양 아이를 입양하자는 쪽으로 의견이 모아졌다. 어쩐지 동양 아이들에 대한 호기심이 있어서 홀트아동복지재단에 입양 신청서를 낼 때 혈통은 1순위 동양 아이, 2순위 백인 아이, 3순위 라틴계 아이. 연령은 1순위 1~3세, 2순위 4~5세, 3순위 6~7세를 신청했다.

1년 만에 1순위로 신청했던 동양 아이가, 2순위로 신청했던 4세의 한국 국적의 김태호가 배당이 되었다. 처음에 만나보니 까만 머리, 까만 눈, 노란 피부… 모든 게 신기하고 설렜다.

알고 보니 이미 다른 집을 거쳐서 온 아이였다. 첫 집은 돌 짜리 태호를 입양하여 '짐'이라 이름 짓고 키웠는데, 막상 키워보니 여러 가지로 힘드니까 태호를 학대하다가 입양기관에 발각되어 3년 만에 파양되고, 두 번째로 파머 씨 집으로 오게 된 것이었다. 그래서인지 아이의 표정이 그리 밝아 보이진 않았다. 입양기관에서 '정말 사랑으로 잘 키우겠냐?'고 몇 번이나 다짐을 받았다. 입양을 시킨 다음 1, 2년간 계속 모니터링함을 알려주면서 앞의 집처럼 '양육수당'에만 관심 있다가 양육이 힘드니까 아이를 학대하는 사례가 발생할 시 '즉시 파양됨'을 몇 번이나 강조했다.

─걱정하지 마세요. 우린 정말 우리 자식으로 잘 키울 겁니다. 우린 너무나 아이가 소중하니까요.

여러 번 확약을 하고 집으로 데려왔다. 우선 아이의 미국 이름을 지어야 했다. 전에 있던 집에서 불렀다는 '짐'이라는 이름이 어쩐지 맘에 들지 않았다. 궁리 끝에 태호의 T를 살려 결국 '토마스'로 하기로 하였다. 'Thomas Farmer', 이름이 씩씩하고 힘이 있는 것 같아 맘에 들었다.

파머 씨 부부는 토마스가 건강하고, 인물도 준수하고, 머리도 좋아 행복한 마음으로 정성 들여 키웠다. 이미 미국에 와서 3년이나 되었으므로 미국 음식도 잘 먹고 영어도 알아듣고 말도 했다. 토마스는 공부도 잘해서 초등학교, 중고등학교까지 학급에서 상위권에 속했다. 심심치 않게 상도 타 와서 부부를 기쁘게 해주었다. 대학도 미국 공과대학 중 5위 이내인 명문 조지아공대 기계공학과에 합격하여 파머 씨 부부를 더욱 기쁘게 해주었다. 조지아공대는 주립대학이고, 파머 씨

네는 조지아주의 주민이었으므로 등록금도 아주 싸서 별로 부담되지 않았다. 그러나 토마스가 대학을 입학하고는 그만 깊은 나락으로 떨어지게 되었다.

차를 달린 지 30분쯤 지나자 드디어 순경이 내리자는 손짓을 하고는 앞을 섰다. 지금 이 순간 토마스가 믿을 사람이라고는 오직 이 순경 한 명뿐이었다. 순경은 차를 세우고 어떤 건물로 들어가면서 토마스 보고 따라오라는 신호를 보내고는 계단을 걸어 2층으로 올라가서 사무실 같은 데로 들어가더니 안내원 보고 뭐라고 얘기하고는 토마스만 남겨두고 휙 가버렸다.

마침 그 안내원이

—무엇을 도와드릴까요?

라고 영어를 하니 귀가 번쩍 뜨였다. 한국에 와서 처음으로 영어를 할 수 있는 한국인을 만난 것이었다. 그것도 아주 젊은 여성이었다. 토마스는 너무 반가워 눈물이 쏟아지려는 걸 간신히 참았다.

—예, 도움이 필요합니다.

라고 하니

—거기 앉으세요.

라고 하며 의자를 가리켰다.

토마스는 참으로 오랜만에 가슴이 조금 진정되는 걸 느끼며 숨을 제대로 쉬었다. 안내원 책상 앞 의자에 앉으니 이름과 국적, 주소, 생년월일 등 인적사항과 이곳에 오게 된 연유를 쓰는 카드를 주고는 거기에 쓰란다. 토마스는 이름을 'Thomas Farmer'라고 영어 이름을 쓰고 여기에 오게 된 사유를 간단히 영어로 쓰고 한국어 구사 능력을 말하기, 듣기, 읽기, 쓰기 등에 있어서 어느 정도인지를 쓰는 난이 있는데 거기에 하나도 해당되는 게 없다고 쓰고, 날짜를 쓰고 사인하여 내밀었다.

서류를 보더니 그럼 한국말은 전혀 못 하냐고 영어로 물어서 전혀 못 한다고 하니

—그럼 일단 이곳에 있으면서 한국어도 배우고 일자리도 찾아요.

라고 영어로 한다. 너무 고마워 또 눈가가 시큰해졌다. 그 젊은 여성이 자기는 '미시즈 한'이라고 하면서 만나서 반갑다고 그제서야 인사를 나누었다. 토마스도 고맙다고 인사를 하면서 한국 이름은 '김태호'라고 알려주었다. 미시즈 한은 중간 방 문간의 침대를 가리키면서, 오늘은 일단 여기서 자라고 하면서 공동화장실과 샤워실을 가르쳐 주었다. 수건이랑 비누가 있느냐고 해서 아무것도 없다고 하니 수건이랑 칫솔을 주고, 비누와 치약은 샤워실에 있다고 하면서 우선 츄리닝 한 벌과 슬리퍼 등 당장 필요한 것을 주었다.

세탁기도 어디에 있는지, 어떻게 작동하는지, 그리고 밥솥도 어떻게 작동하는지 가르쳐 주었다. 냉장고도 열어서 보여 주면서 우유, 주스, 빵 같은 것이 있으니 배고프면 먹으라고 하였다. 라면과 쌀도 있고 김치도 있고, 장아찌도 있고 계란도 있으니 마음대로 밥도 해 먹고 라면도 이 냄비에 끓여 먹을 수 있다는 것과, 물도 정수기에서 뜨거운 물, 찬물이 나오는 것을 자상하게 설명해주었다. 모든 것이 감동 그 자체였다. '땡큐'를 수도 없이 하고, 당장 샤워를 하러 샤워실에 들어가는데, 결국 눈물이 쏟아졌다. 그간 그토록 애태우고, 답답했던 것이

이렇게 해소되고, 최소한 며칠이라도 지낼 수 있는 곳이 있다는 게 너무도 감격스러웠다.

샤워실 안에는 샴푸도 있고, 비누도 있어서 오랜만에 샤워를 하고 양치질도 깨끗이 하고 나와 미시즈 한이 건네준 츄리닝으로 갈아입고 세면대 앞에 서서 거울을 보고 머리도 빗고, 바디로션으로 얼굴과 팔다리를 바르고 나니 마치 세계 최고의 호텔에 온 것 같은 기분이 들었다. 나중에 알고 보니 이 집은 '청암교회 부설 베드로의 집'이었다. 한국에서 일을 하는 외국인 노동자들이 여러 가지 사정으로 갑자기 숙소가 필요할 때 머물 수 있는 복지기관으로, 청암교회에서 공간을 지원해 주고, 노동부가 기본 경비를 지원하며, 각계각층의 후원으로 운영하는 시설이어서 원래 한국인은 해당되지 않는 기관이었다. 토마스의 경우 신분이 애매하지만, 당장 하룻밤도 잘 데가 없고, 한국말을 하나도 모르니 긴급하게 도움이 필요한 사람으로 인정된다는 미시즈 한의 판단에 따라 일단은 체류 허가를 해준 것이었다. 미시즈 한은 영어를 구사할 수 있는 사회복지사로 다른 복지사와 함께 교대로 이곳에 근무하는 사람이었다.

'아, 한국에는 이런 곳이 다 있구나. 내가 한국에서 태어난 것이 축복이었구나.'

저녁 6시가 되니 미시즈 한은 퇴근을 하고 센터 안에는 태호 혼자만 남게 되었다. 토마스는 미시즈 한이 가르쳐 준 대로 라면을 끓여 먹고 설거지를 하고 나니 잠이 쏟아져 자기 침대에 누워 잠에 곯아떨어졌다. 그가 잠을 깼을 때는 이튿날 오전 11시를 가리키고 있었다.

침대에서 일어나 보니 또 아무도 없고 낯선 여직원만 있었다. 어제

보았던 미시즈 한이 아니었다. "하이!" 하고 인사를 했다. 저쪽도 "하이!"라고 답을 하고는

－한국말 모르세요?

했으나 토마스가 알아들을 리 없었다. 그제야 어제 온 사람의 인적 카드를 보고 고개를 끄덕이면서

－한국말을 못 하는군요.

하면서

－나는 정유진이에요. 만나서 반가워요.

하며 영어로 자기소개를 했다.

－만나서 반가워요, 미쓰 정. 나는 토마스예요.

라고 인사를 하면서 얼굴을 보니 너무도 예쁘게 생긴 아가씨였다. 막 가슴이 뛰었다. 얼굴도 화끈거렸다. 평생 처음 느껴보는 감정이었다. 미쓰 정이

－오늘부터 한국어 공부할 수 있어요.

라고 했다. 토마스는 귀가 번쩍 뜨였다. 오늘 오후 2시부터 5시까지 3층 교실에서 한국어를 배울 수 있다고 하여 토마스는 뛸 듯이 기뻤다. 2시에 3층으로 가서 등록을 하고 기초 한글반으로 배치가 되어 ㄱ, ㄴ부터 배우기 시작했다. 그런데 한글이 너무 쉬워 깜짝 놀랐다. '세상에 이렇게 쉬운 문자도 있구나!'

토마스는 일주일이 지나자 '안녕하세요?', '예', '아니요', '얼마예요?' 같은 말을 할 수 있게 되었고, '자기 이름', '청암교회', '베드로의 집'과 주소도 쓸 수 있게 됐다. 한글이 너무도 과학적이어서 금방 배울 수 있었다. 숙소에 돌아와 그날 배운 것을 복습도 하고 예습도 했

더니 실력이 쑥쑥 올라갔다. 한 달을 배우고 나니 제법 한글을 쓸 수 있게 되었고, 최소한의 말은 할 수 있게 되었다. 워낙 열심히 하니 다른 사람들보다 진도가 빨랐다.

조금 안정이 되면서 이왕 한국에 왔으니 친부모를 찾고 싶은 생각이 간절했으나 부모의 이름도 모르고 주소도 모르니 찾을 길이 막막하였다. 갑자기 지난날들이 컬러사진처럼 선명하게 떠올랐다.

토마스가 대학에 들어가서 우연히 사귀게 된 백인 아이들이 공부에는 뜻이 없고, 담배, 술, 마약을 하면서 노는 아이들이었다. 중고등학교 때까지도 백인 친구를 사귀지 못하고, 흑인 아이들과도 친하지 못하고, 같은 피부색을 가진 동양계 아이 한두 명하고만 친했는데, 대학에 와서 백인 친구들이 놀아주니 너무나 좋아서 이 친구들과 자주 어울린 게 화근이었다. 함께 어울려 놀고 함께 담배도 피우고 술도 마시고, 마약도 하며 공부는 뒷전이었으니 성적이 좋을 리 없었다. 그런 중에도 생활비를 벌어야 했으므로 아르바이트도 하다 보니 성적은 더 떨어졌다. 학사경고를 겨우 면할 정도의 학점으로 간신히 졸업은 했으나 취직이 되지 않았다. 엔지니어이므로 웬만하면 취직은 따놓은 당상이었으나, 학교 성적이 워낙 나쁘니 1차 서류 심사에서 매번 낙방하였다.

대학까지 시켜준 양부모에게 짐이 되는 게 미안하고 민망하여 독립하겠다고 하고 집을 나왔으나 갈 데가 없었다. 명문 공대의 졸업장이 쓸모가 없게 되자 막노동 외에는 할 일이 없었다. 집이 없으니 노숙도 하고, 싸구려 여인숙에 여러 명과 함께 자기도 하며 닥치는 대로 일을 했다. 접시 닦기도 하고, 건설 노동도 하고, 건물청소도 하고, 화물차 운전도 했다. 미국은 막노동을 하여 최저 임금만 받아도 최소생활은 가능했다. 특히 화물차 운전을 하면 일당을 제법 많이 받았다.

어느 날 다시 화물차 운전을 하여 목적지인 시카고 존 핸콕 센터 건물 앞에 도착했는데, 물건을 받을 사람이 아닌, 경찰이 대기하고 있었다. 경찰이 트럭의 물건들을 조사하더니 마약이 나왔다며 토마스에게 수갑을 채우고 경찰서로 데려갔다. 마약이 어디서 났느냐, 마약 운반을 몇 번째 하는 거냐, 동업자는 누구냐, 이 마약을 보낸 사람과 받을 사람은 누구냐, 어떤 경로로 마약을 운반하게 됐냐고 꼬치꼬치 물었으나 토마스는 보낸 사람 이름과 받을 사람 이름만 알 뿐 다른 건 아무것도 몰랐다. 실제로 마약이 실렸던 사실도 모른 채 그냥 일반화물인 줄로 알고 평소처럼 운전만 한 것인데 억울하기 짝이 없었다. 정말 몰랐다고 계속 얘기했으나 경찰은 믿지 않았다. 더구나 경찰은 토마스의 이력으로 봐서도 믿을 수가 없었다. 일정한 직장을 가져본 적도 없고, 그간 거처도 일정하지 않았으니까. 특히 대학 시절에 마약을 하다가 잡힌 경력도 있었다. 경찰은 토마스를 정식으로 입건하여 조사를 하다 보니 영주권은 있으나 시민권이 없다는 것도 알게 되었다.

토마스를 처음 입양했던 부모님이 그를 입양한 다음 그의 시민권 취득을 위해 필요한 절차를 밟지 않아 시민권을 받지 못한 채로 지금까지 살았던 것이다. 지금의 부모님도 토마스가 시민권이 없다는 걸 미처 모르고 키웠다. 영주권만 있어도 학교에 가는 덴 아무 문제가 없었다. 영주권만 있는 사람이 죄를 지어 벌을 받게 될 경우 원래의 국적이 있는 나라로 추방하게 되어있다는 걸 이때서야 모두 알게 되었다. 토마스는 결국 1년간 징역을 살고 한국으로 추방되어 왔던 것이다.

느닷없이 한국으로 쫓겨 온 토마스는 앞이 막막하였다. 한국인으로 태어났지만 한 살 때 엄마가 가출을 하자 아버지가 혼자 키우기 어려워 그만 입양기관에 아이를 데려다주어 버렸고, 얼마 후 미국으로 입양되어갔기 때문에 한국말을 전혀 할 수 없었으며, 한국에 대해서도 아는 바가 없었다.

마침 순경의 도움으로 '베드로의 집'에 머물면서 한국어 공부를 하게 된 것은 행운이었다. 청암교회의 자선사업의 하나로 한글을 모르는 외국인을 위해 한국어 교실을 열어주니 토마스로서는 고맙기 그지없었다. 주중반도 있고 주말반도 있는데, 토마스는 너무도 절박하므로 주중 주말 모두 등록하여 일주일 내내 한글 교실에 가서 한글과 한국말을 배웠다. 밤에 복습과 예습을 하는데, 자꾸만 미스 정의 얼굴이 떠올랐다. '내가 무슨 생각을 하는 거야. 정신 차려. 주제 파악을 해야지. 어서 한국어 배울 생각이나 해.'하며 자신을 일깨웠다.

두 달간 이곳에 있으면서 한국어를 배웠더니 이젠 공사판에 나가서 일을 할 수 있을 것 같았다. 이 센터에는 2주일 이상 머무는 사람은 거의 없었지만, 토마스는 예외적으로 오래 있게 해주었다. 너무 미안했다. 일단 막노동이라도 해서 밥값이라도 벌고, 사람들과 어울려 한국말도 해야 한국어 실력도 늘고 이곳도 나갈 수 있을 것 같아 일자리를 찾았다. 마침 동대문에 인력시장이 있다는 걸 알게 되어 아침 6시에 나가 줄을 섰다. 토마스보다 앞에 있던 사람이 다 빠져나가자 토마스의 차례가 되었다. 5분쯤 서 있으니 드디어 일을 시킬 사람이 나타나 토마스와 함께 세 사람을 데리고 어디론가 갔다. 가서 보니 개인 주택의 지붕 기와를 잇는 일이었다. 기술자 두 명은 기왓장을 잇고 보조자 두 명은 기왓장을 날라다 주고, 시멘트와 모래를 나르는 일을 했다. 기와공 옆에서 기왓장을 집어 주고, 시멘트 반죽한 것을 떠주는 일도 했다. 세 사람이 얘기하는 것을 들어보니 반 정도도 못 알아들었다. 무슨 얘길 하면서 배를 잡고 웃었으나 태호는 왜 웃는지 도무지 알 수가 없었다. 한국어 공부를 더 열심히 하지 않으면 안 되겠다는 걸 절감했다.

오후 6시가 되자 주인이 오늘 못다 한 것은 내일 하니, 아침 8시까지 이리로 직접 오라고 하였다. 주인이 하루 일당을 줘서 세어보니 14만 원이었다. 이렇게 매일 일하면 꽤 많이 벌 것 같았다. 이 집을 나오면서 토마스는 집 위치를 눈여겨보고 머리에 입력하였다. 일을 마치고 같이 일한 사람들과 헤어지고 주위를 살펴보니 마침 창신동 가는 버스가 와서 버스를 타고 창신동에 내려 왼쪽 언덕을 올라가니 청암교회 건물이 보였고, 교회 2층에 있는 '베드로의 집'으로 돌아왔다. 미스 정은 이미 퇴근하여 없고, 두세 명의 노동자들이 들어와서 저녁밥을 차리고 있었다.

―토마스, 저녁 안 먹었지?

왕진탁이라는 중국 사람이 물었다. 50대쯤 되어 보이는 사람과 다른 두 명이었다.

―예.

―여기 와서 밥 먹어요.

―고맙습니다.

손을 씻고 이들과 함께 두부찌개로 저녁을 먹으니 감개무량했다.

토마스는 설거지를 한 뒤 샤워를 하고 기분 좋게 잠을 실컷 자고 일어나 계란 후라이와 우유와 빵으로 아침을 먹고 나와 버스를 타고 안국동에 내려 어제 일했던 집으로 갔다. 아직 8시 10분 전이었으나, 어제 함께 일했던 사람들이 이미 다 와 있었다. 일은 다시 8시에 시작하여 12시에 점심을 먹고 다시 1시에 일을 해서 5시쯤 완전히 끝났다. 주인이 수고했다며 어제 주었던 만큼 또 주었다. 태호는 마음속으로 감격하였다.

이튿날은 일을 안 하고 은행에 가서 통장을 개설하고, 서점에 가서 영한사전과 한영사전을 한 권씩 샀다. '어서 공부해서 내 전공인 기계공학을 살리고 미스 정과도 제대로 이야기해 봐야지.' 마음을 다잡았다. 오후에 한글 교실에 가서 공부를 하고 이튿날은 다시 건설공사장으로 가서 일을 했다. 철근을 날라다 주고 시멘트를 날라다 주는 일이었다. 이번에는 15만 원의 돈을 받았다. 한 달에 23일 일을 했더니 300만 원 이상 벌 수 있었다. 안도감과 새로운 희망이 파도처럼 밀려오고 삶에 대한 의욕도 샘솟기 시작했다. 나중에 알고 보니 도배, 용접, 칠, 전기, 설비, 벽돌공, 석공, 목공, 정원 일, 컴퓨터 수리, 전자제품 수리, 자동차 수리 중에 한 가지 기술이 있거나 자격증만 따면 하루 25만 원 이상 받고, 취직을 해도 월 500만 원 이상 받을 수 있다는 걸 알게 되었다.

기계공학 전공을 살린다면 설비, 전자제품 수리, 자동차 수리 등은 쉽게 배울 수 있을 것 같았다. 우선 몇 달은 일당으로 하는 일을 하면서 한국어 공부에 매진하기로 하였다. 그렇게 두 달을 더 일하고 나니 보증금 500만 원에 월 30만 원짜리 조그만 원룸을 얻을 수 있었다. 이제 '베드로의 집'에서 독립해 나오면서 라면과 쌀을 사서 기증하고 그간의 도움에 진정으로 감사하면서, 성공하여 다시 찾아오겠다고 약속을 했다. 마음속에서는 '미스 정, 조금만 기다려줘요. 내가 자격을 갖추어 다시 찾아올게요.' 하는 말을 하고 있었다.

이제 한가지라도 기술을 배워야겠다고 생각하고 우선 자동차 수리를 공부하기로 했다. 옛날 대학 다닐 때 조금 배웠던 자동차의 구조 원리만 알면 수리는 쉬울 것 같았다. 부품을 갈아주거나, 나사만 새로 바꿔 주면 되는 것이다. 여기에 라디오, 에어컨, 타이어 등에 대해서도 조금만 공부하면 수리가 그리 어렵지 않을 것 같았다. 일단 자동차 학원을 두 달 다니고, 카센터에서 월 100만 원만 받고 일을 거들며 기술을 배우기로 하였다. 그리고 6개월 후 자동차 수리 자격증을 땄다. 우선은 카센터에서 기술자로 일하고 3년 뒤 15평짜리 아파트를 전세로 들 수 있게 되었다. 토마스는 나중에 자신이 자동차 정비공장을 차린다는 목표를 세웠다. 그 이후는 중고차 판매점을 하나 가지겠다는 꿈도 가지게 되었다. 중고차를 싸게 사서 손 볼 건 손 보고 칠을 다시 하면 훨씬 많은 값을 받고 팔 수 있을 것이었다. 우선 제1차로 카센터에 기술자로 취직하여 자동차를 고치는 것도 재미있고, 월급도 제법 많이 받으니 신이 났다. 여기까지 온 것만도 정말 기적이었다. 캄캄한 어둠을 뚫고 나온 찬란한 햇빛이 눈부시게 빛나고 있었다.

지난날의 그 암담하던 처지에서 빠져나온 데 대한 감격, 이런 축복을 주신 하느님에 대한 감사함, 청암교회의 고마움, 양부모님에 대한 그리움, 미스 정에 대한 특별한 감정 등 여러 가지 빛깔의 감정들로 가슴이 뜨거워졌다. 숭인동에 새로 얻은 아파트는 5분 거리에 지하철이 있어 모든 것이 편리했다. 청소를 마치고 모처럼 장을 보러 마트에 갔다. 문득 '미스 정과 함께 장을 보면 얼마나 좋을까?' 하는 생각이 들었다.

마침 일요일엔 일을 안 하니 하루 종일 TV도 보고 한글 공부만 할 수 있어서 좋았다. '사랑'과 '행복'이란 단어를 배웠을 때는 공연히 가슴이 두근거렸다. 이제는 웬만한 책은 읽을 수 있게 됐고, 최소한의 글도 쓸 수 있게 됐으며, 소설도 읽을 수 있게 되었다. 지금까지 양부모님의 사랑만 받고 큰 어려움 없이 지낸 날들이었다. 부모님과 떨어지기 싫어서 아예 원서도 애틀랜타에 있는 조지아대학에만 원서를 냈던 것이다.

대학교 다니면서부터 태호의 인생은 꼬이기 시작했다. 결국 마약사범으로 몰려 징역도 살고 한국으로 추방되어 노숙자 신세의 인생 맨 밑바닥까지 미끄러져 내려갔지만, 거기서 다시 일어난 것이다. 정말 하느님과 조상이 도왔다고 생각하면서 이제는 정말 참되고 성실하게 살 수 있을 것 같았다. 처음으로 양부모님께 편지를 썼다.

아버지, 어머니께:
그동안 안녕하셨어요?
지난 몇 년간 부모님을 너무 애타게 해드려서 참으로 죄송하고 면목 없습니다.
키워주신 은혜에 보답은커녕 걱정과 근심만 끼쳐드렸습니다.
그간 얼마나 마음이 아프셨을지 짐작하고도 남습니다.

아버지, 어머니! 제가 일어났습니다. 파도치는 바다에서 헤엄쳐 나왔
습니다.

지금은 양지바른 언덕에서 내일의 희망을 봅니다.

가까운 장래에 기쁜 소식 전해드릴 수 있을 것 같습니다.

그간 믿고 기다려 주신 은혜 뼛속 깊이 감사하며

두 분을 이 세상 최고의 부모님으로 존경하고 사랑하고 있습니다.

한국에 와서 이젠 한국말도 제법 잘하게 되었고, 기술도 배워 저의
앞가림을 할 수 있게 되었어요. 멀지 않은 날에 저의 성취를 알려드
리고, 두 분을 한국에 초청하겠습니다.

부디 건강하시고, 행복하시기를 빕니다.

다시 소식 드릴 때까지 안녕히 계세요.

2004년 2월 3일 대한민국 서울에서
부모님을 사랑하는 아들 토마스 올림

토마스는 우선 이렇게 한글로 써보고 이걸 다시 영어로 고쳐서 쓴
것 두 가지 버전의 편지를 모두 부모님께 보냈다. 한글로 쓸 때는 사
전도 찾아가며 몇 번씩 고쳐가며 쓰느라 두 시간이나 걸렸지만, 영어
로 쓰는 건 10분밖에 안 걸렸다. 평생 처음으로 부모님께 편지를 쓰고
나니 다시 눈가가 시큰해지더니 결국 뜨거운 눈물이 바지에 뚝뚝 떨
어졌다. 방울방울 떨어지는 눈물이 감사와 죄송함과 새로운 각오와
희망으로 영롱하게 빛났다. 영롱한 빛에 미스 정의 얼굴이 나타났다.
토마스는 상기된 얼굴로 다시 옷깃을 여몄다.

재포

하늘이 유난히 높고 푸른 9월 어느 날 박동현은 서울의 한강이 내려다보이는 C 카페에서 아내 한금실과 커피를 마시며 서로를 애틋하게 쳐다보며 새삼스런 감회에 젖는다.

　－이거 꿈 아니죠?

　금실이 말했다.

　－아니고말고. 이제 우리의 조국은 대한민국이에요. 우린 이제 자유가 있고 밥이 있고 권리가 있는 대한민국의 시민이 됐지요.

　－고생은 했지만 그래도 빠져나오길 잘했죠?

　－그럼, 잘하고말고. 어떻게 그 어기찬 세월 다 살아냈는지….

　－지금 생각해도 우린 참 대단한 사람들이에요, 안 그래요?

　－그렇지요, 남들은 몰라줘도 우리 둘만이라도 서로를 인정합시다.

　－그래야지. 이렇게 살아남았으니까 이젠 후회 없이 삽시다.

　둘은 주거니 받거니 대화하며 행복에 젖어 그윽한 눈빛으로 서로를 바라보니 30년 전의 일들이 주마등처럼 스쳐 지나갔다.

　동현은 중학교 3학년 때 일본 아이들과 패싸움을 한 적이 있었다. 처음부터 패싸움을 하려던 것은 아닌데, 일본 아이들이 조선족 아이들에게 시비를 거는 바람에 결국 패싸움으로 이어진 것이다.

　－조센진이 왜 일본에서 학교를 다니느냐?

　라고 하면서 나카무라 다로中村太郎가 시비를 걸었다. 이 말을 들은 조선족 학생 박동현은

　－우리도 일본에서 태어난 니혼진인데, 왜 '조센진'이라고 하느냐?

　고 응수했다.

　이번엔 하시모토 타이치橋本 太一가 다시 공격을 했다.

　－여기서 태어나면 뭘 해? 성이 조센진 성인데 니혼진이라니.

　이동철이 다시 반격했다.

　－우리도 똑같이 교육받고 똑같이 세금 내고 사는데, 이제 와서 조센진, 니혼진 따져야겠어?

　이에 야마다 타다요시山田 忠義가 기세등등하게 맞받아쳤다

　－그래 따져야겠다. 우린 너희 조센진이 싫어. 무조건 싫어. 제발 너희 나라로 떠나. 그러면 이런 말도 안 듣잖아?

　김규동이 다시 반박했다.

　－우리는 어디까지나 일본인이야. 우리는 조선에 가본 일도 없고, 조선을 좋아한 적도 없어. 우리의 조국은 일본이란 말이다.

　－아무리 그래 봐야 소용없어. 김이박최 너희는 어디까지나 조센진이야, 알아듣겠어?

하면서 눈을 부라리던 나카무라 다로中村太郎가 한 대 칠 것 같은 기세로 팔을 들어 올렸다. 동현은 잽싸게 다로의 팔을 뒤로 제쳐 힘을 못 쓰게 만들었다. 이번에는 그가 발로 찰 자세를 취했다. 동현은 그 순간을 놓치지 않고 반대로 다리를 걸어 나카무라를 넘어뜨렸다. 어릴 때부터 배운 태권도 2단 실력을 이번 기회에 아주 조금 발휘했다. 이렇게 되니 일본 아이들이 약간 기가 죽으며 한발 물러나는 모양새를 취했다. 큰 충돌은 일단 피했으나, 감정이 다 풀리진 않았다. 조선족 아이들은 일본 애들한테 매번 이런 모욕을 당하는 게 너무나 억울하고 분했다. 일본에서 태어나고 일본말을 모어로 배웠으며, 일본에서 학교도 다니는데, 조센진이라고 차별받는 게 도무지 이해가 되지 않고 분통이 터졌다. 나중에 알고 보니 이렇게 아이들마저 조센진 운운하며 시비를 걸고 미워하는 데는 관동대지진과도 연관이 있었다.

1923.9.1일 일본 간토關東 지방에 진도 규모 7.9의 엄청난 대지진이 발생했다. 이 지진은 대규모의 화재와 해일, 토네이도로 이어지며 도쿄의 60%, 요코하마의 80%를 파괴했다. 일본 기상청은 이 지진으로 인명피해 15만 명, 가옥 피해 50만 동 이상이라고 발표하였다. 물론 이 피해자들 중에는 조선인도 많았다.

그런데 지진 다음날 발족한 야마모토 곤노효에山本權兵 내각은 흥흥해진 민심을 달래기 위해 조선인을 희생양으로 삼았다. 내각은 '조선인이 방화를 하고, 폭동을 일으켰다. 조선인이 우물에 독약을 넣었다!', '조선인의 배후에는 사회주의자가 있다'는 등의 유언비어를 조직적으로 유포시키고 이것을 구실로 계엄령을 선포했다.

이 때문에 유언비어가 기정사실화됨으로써 전국적으로 조직된

3,000개 이상의 일본인 자경단自警團이 조선인들을 대대적으로 학살하기에 이르렀다. 이때 일본인에 의해 살해당한 조선인의 숫자는 1만 명을 넘어선다는 통계가 나왔다.

일본 정부는 이 혼란을 조선인들에게 우호적인 좌익 세력을 뿌리 뽑기 위한 기회로 삼아, 노동운동가 히라사자와 게이시치平澤計七, 사회주의 지도자 오스기 사카에大杉榮 부부 등 일본의 진보적 인사 수십 명도 검거해 살해했다.

이후로 조선인에 대한 일본인의 적대감이 사회 전반에 깔리며 무고한 조선인들이 차별 받고 억울한 일을 수도 없이 당했고, 이런 분위기는 그 아랫세대에도 전해져 조선인에 대한 악감정이 뿌리내리게 되었던 것이다.

일본 강점기 시절에 일본에 건너간 수십만 명의 조선인은 일본에서 공무원도 될 수 없고, 공직자도 될 수 없고, 정치가도 될 수 없는 근본적인 차별을 받았다. 한일간의 자세한 역사를 잘 모르는 동현은 일본 아이들의 횡포를 납득할 수도 없고, 왜 조선인이 일본에서 차별 받고 사는지 이해가 되지 않았다. 그저 억울하고 속상할 뿐이었다.

더욱이 야마모토 야스오山本 安夫로 개명까지 하고 귀화한 자기 친구 김기수도 도매금으로 차별을 받았으니 어찌 된 일인지 도무지 그 이유를 알 수 없었다. 그러나 이 근원적인 문제를 혼자서 풀 수도 없으니 동현은 고민 끝에 부모님과 상의하여 고등학교는 조총련계의 조선족 학교에 입학하였다.

이 학교는 수업도 조선어로 하고 학생들도 모두 조선족이어서 일본 아이들처럼 차별을 하지 않고 시비도 걸지 않아서 좋았다. 대신 조선인민공화국에 대한 충성을 강요받았다. 학교에 가면 우선 김부자 사진에 대고 절을 하고 나서 수업을 했고, 수업에서는 무슨 과목이든지 김부자의 이론이라며 일단 김부자에 대한 존경심과 충성심을 먼저 불러일으킨 다음 공부를 시작하고 조선민주주의인민공화국을 '어머니의 품'이고, '지상낙원'이라고 가르쳤다. 대학도 무료이고, 병원도 무료라고 하면서 시설 좋은 사진을 보여줬다. 모든 아이들이 조선인민공화국에 대한 환상을 가질 수밖에 없었다. 그렇게 공부하고 난 아이들은 자연스럽게 북한에 대한 동경을 하게 된다.

　－조선민주주의인민공화국은 우리의 어머니 품입니다. 여러분들은 아무쪼록 열심히 공부해서 어머니에게 기쁨을 주시기 바랍니다.

　교장 선생님의 훈화가 끝남을 알려주는 멘트는 언제나 비슷했다.

　물론 교실에서도 선생님들이 비슷한 얘길 했다. 처음엔 김부자 충성교육에 고개를 갸우뚱했지만, 매일 반복되니까 자기도 모르는 사이에 빠져들어 갔다. 동현은 '어머니의 품'이란 단어가 진정으로 가슴을 따뜻하게 하면서 어머니 품에 안길 수 있는 날이 오기를 기다렸다. 어느 날 할아버지, 할머니가 북송선을 타고 북한에 가시겠다고 나섰다. 아버지, 어머니는 극구 말렸으나 할아버지 할머니는 고향 땅 길주에 가서 죽겠다며 북조선행을 서둘렀다. 동현은 며칠간 고민을 하면서, 아버지 어머니도 함께 가자고 졸랐다. 아버지 어머니는 북조선의 실상을 안다며 거짓선전에 속아 넘어가면 안 된다고 오히려 동현을 말렸다. 동현은 학교에서 선생님들이 하는 이야기와 할아버지 할머니가 하는 얘기는 같은데, 부모님의 얘기는 다르니까 잠시 혼란에 빠졌으나, 집안 형편이 어려워 일본에서는 대학에 합격해도 등록금 마련이 쉽지 않고, 졸업한다고 해도 제대로 된 직장을 가질 수 없다는 걸 생각하고 북한행을 결심하게 된다.

북한은 김일성대학은 물론, 모든 대학이 무료이고 병원도 무료인 지상낙원이라 하지 않는가? 차별받으며, 대학도 제대로 못 다니고, 졸업해도 공직에도 진출하지 못하는 일본에 있으니 북한에 가서 차별받지 않고 대학도 다니고 마음껏 꿈을 펼치는 게 훨씬 더 나을 것 같다는 생각이 들었다. 기어코 그는 할아버지 할머니를 따라 설레는 가슴을 안고 북송선에 올랐다. 아예 떠나는 것도 안 보시겠다던 아버지의 모습을 멀리서 보며 울컥했으나, 푸른꿈이 있었으므로 큰 갈등 없이 배에 오를 수 있었다.

대한민국은 1974년 8월 15일 조총련의 문세광이 육영수 여사를 저격한 사건이 일어난 지 1년 후, 박 대통령의 결단으로 조총련계의 '추석 고향방문단'이 한국을 방문하게 된다. 1975년 9월 13일부터 2주 동안 대한민국을 최초로 방문한 재일 조총련계 교포 698명은 부산항으로 입항하면서 조용필의 '돌아와요 부산항에'라는 노래에 목이 메었고, 30~40년 만에 부모·형제 혈육을 만나고, 창원공단과 울산공단, 포항제철 등지를 둘러보면서 고국의 발전 앞에 감격의 눈물을 흘렸다. 1975년 9월 24일 장충단 극장(현 국립극장 해오름극장)에서 열린 '서울시민 조총련 모국방문단 환영대회'에서 당시 민주당 총재인 박순천 여사가 환영사를 하고, 이어서 김희갑이 '불효자는 웁니다'를 부를 때는 그야말로 통한의 세월이 한꺼번에 녹아내렸다. 그동안 북한에게 속아 지냈던 세월에 가슴을 쳤고, 모국의 찬란한 발전에 가슴 뭉클한 감동을 받았다.

한편 한국방문을 하지 않은 대부분의 재일 조총련계 교포들 중 북한 출신들은 꿈에도 그리던 고향과 고국, 북한이 선전하는 지상낙원으로 돌아간다는 장밋빛 환상에 젖어 북송선 만경봉호에 오르게 된다. 일본 당국은 가난하고 자주 범죄에 연루되고 생활보호수급자가 많은 골치 아픈 조총련계를 한 명이라도 더 북한으로 보내버리는 효과를 가져오니 범정부적으로 북송을 지원하였다.

조총련계는 일본으로부터 많은 차별과 불이익을 받았다. 우선 고등학교를 졸업해도 학교로 인정을 못 받아 대학에 입학할 수 없었고, 따라서 좋은 직장을 구할 수 없었다. 또한 대학을 졸업해도 공직 진출이 금지되어 있고, 정계로는 더욱 진출할 수 없으니 울분에 못 이겨 술과 도박에 빠지거나 홧김에 법을 어기는 등 사회적인 문제를 일으키는 경우가 많았다. 말하자면 일본 사회가 조총련을 범법자로 몰고 가는 형국인데도, 자기들의 잘못은 돌아보지 않고, 문제를 일으키는 조총련들만 미워하고 싫어하다가 그들을 등 떠밀어 북한으로 보내는 형국이었다. 북한 역시 이들을 외화 유입과 대남공작요원 확보, 그리고 모자라는 일손을 채워 줄 사람들로 생각하여 환영했다.

'만경봉호'는 1959년부터 2010년까지 일본 니카타항과 북한 청진항을 300여 회 운항하며 10만 명 이상을 북송했는데, 북한으로 간 이들 재일교포들은 북한에 도착하는 즉시 '귀국자', '재포', '귀포' 등의 이름으로 불리며 최하 계층인 적대 계층으로 분류돼 감시를 받으며 피눈물 나는 세월을 견뎌야 했다.

1978년 5월 13일 니카타항에서 만경봉호에 몸을 실은 박동현을 비롯한 재일동포 245명은 승선 이후 청진항에 도착할 때까지 바깥을 볼 수 없었다. 배를 타고 가면 끝없이 펼쳐지는 수평선, 한국, 일본, 북한의 항구 모습, 그리고 하얀 뭉게구름 사이를 자유롭게 날아다니는 갈매기들의 곡예를 낭만적으로 볼 수 있을 것으로 기대했던 꿈은 허무하게 무너졌다. 아예 밖을 보지 못하도록 유리창에 나무판을 덧대어 놓았기 때문이다. 그냥 지루하니까 잠을 자라고 그러나보다 생각하며 할 수 없이 잠을 청했다. 시간이 얼마나 지났을까? 드디어 배가 청진에 도착하였다. 하늘은 이미 어두워 잿빛으로 변해 있었다. 환영객이 몇백 명은 되는 것 같아 뿌듯했다. '조선인민공화국에 오신 것을 렬렬히 환영합니다'와 같은 현수막도 걸려있고 환영단이 꽃다발을 들어 힘차게 손을 흔들어주어 자기도 모르는 사이에 '역시 오길 잘했다'라고 생각하며 흐뭇해하기도 했다.

막상 청진에 내려서 보니 비가 오고 있었는데, 환영 나온 사람들의 대부분이 비닐 막을 머리에 쓰고 있었고, 심지어 가마니를 쓰고 있는 사람, 검정고무신을 신은 사람, 낡고 해진 옷을 입은 사람들의 모습에 충격을 받았다. 나중에 알고 보니 환영 나온 군중의 대부분이 꽃제비였다. 잘 사는 나라에서 왔으니까 동전 하나라도 주지 않을까 하는 기대감으로 꽃제비들이 너도나도 부두로 몰려왔던 것이다. 물론 당에서 동원된 사람들이 꽃다발을 건네주기도 했지만, 자발적으로 나온 사람 상당수는 꽃제비였던 것이다.

북한은 노동력 부족을 해결하고 교포들이 가져올 돈을 가로채기 위해 조총련을 통해 북한은 '지상천국'이라 선전하며 수많은 재일교포를 북한에 끌어들이는 데 성공하였다. 북한에 도착한 재일교포들은 가진 돈과 물품을 대부분 빼앗기고, 끔찍한 노동과 심한 차별, 숨 막히는 통제 속에서 인간 이하의 대접을 감내해야 했다. 다시 일본에 가는 것은 꿈도 못 꿀 일이었고, 원하는 대학을 간다든가, 원하는 도시에서 원하는 직장을 갖는 건 더욱 허황된 꿈이었다. 처음 북한에 도착하면 '북한판 하나원'에 입소하게 되는데, 여기서 가르쳐주는 것은 '일본은 잊어라'였고, '어머니의 품이요 지상낙원인 조선은 지금 큰 병에 걸려 아프다. 미제 승냥이 놈들과 남조선 괴뢰들 때문에 무기를 사느라 돈도 없고 먹을 것도 없다. 지금 어머니가 앓아누웠는데, 자식으로서 모른 체 할 수 있느냐? 열심히·일하고 절약하여 어머니를 도와야 한다'는 논리를 주입시켰다.

지상낙원에서 김일성대학도 다니고 마음껏 능력을 펼쳐보겠다던 동현의 꿈은 산산이 부서져 갔다. '아뿔싸!' 주체할 수 없는 후회가 밀려왔으나 돌이키기에는 이미 늦어도 너무 늦은 것을 알고 절망에 빠졌다. 동현은 처음 북한에 오고 얼마 동안은 조부모님도 계셨고, 일본에서 가지고 온 것도 조금이나마 남아 있었으며, 할아버지가 일을 하셔서 굶지는 않았으나, 2년 뒤 두 분이 모두 돌아가시고는 천애 고아가 되어 꽃제비 생활을 해야 했다. 떠돌아다니며 옥수수밥이라도 얻어먹고 훔쳐 먹고, 옷도 남의 집 빨랫줄에서 훔쳐서 입었다.

가장 괴로운 것은 일본에 있는 부모님께 제대로 된 편지를 보내지 못하는 것이었다. 모든 편지를 일일이 검열하여 북한에 대한 나쁜 얘기가 한 줄만 있어도 편지를 안 보내는 것은 물론, 벌을 받아야 하기 때문이었다. 편지를 쓴다면 북한을 지상낙원이라고 써야만 일본에 보내 주었다. 그러니 편지도 보낼 수 없고, 전화도 할 수 없는 것이 너무도 서럽고 분했다. 이미 20년 전부터 북송이 되었으니까 이때쯤은 재일교포들에게 북한의 실상이 알려져 있어야 마땅했으나, 이토록 철저하게 단속하고, 통제하였으므로 1978년 당시까지도 북한의 실상이 제대로 일본에 전해지지 않았던 것이다.

더구나 북한에 속은 걸 안 일부 교포들이 실상을 외부로 알리려는 시도를 하다가 발각된 이후 수많은 재일 교포들이 정치범수용소에 갇혔기 때문이다. 정치범수용소는 한번 들어가면 다시는 나오지 못하는 곳으로 악명이 높다. 한 명만 나오게 되더라도 수용소의 실상이 외부에 알려지므로 철저하게 감금하고 혹사하고 결국은 2, 3년도 안 돼 영양실조로 죽게 되는 것이었다.

동현은 아버지가 그토록 말리시는 데도 우기고 북한에 온 것이 뼈에 사무치도록 후회되고 부모님께 죄송하기 이를 데 없었다. 김일성대학을 무료로 다닐 수 있다는 꿈도 휴짓조각이 되고, 하루하루 연명하기도 여간 벅차지 않았다. '그래도 이렇게 쓰러질 순 없다'는 생각에 정신을 바짝 차리고 살아갈 수 있는 길을 곰곰이 궁리해 봤다. 우선 학교에 다녀야겠다는 생각이 들었다. 아무리 어려워도 공부는 해야 했다. 처음 북한에 오려고 생각했던 가장 큰 이유가 무료로 대학다니는 것이었으니까 어떻게든 대학은 나와야 한다고 생각했다. 사나이로 태어나서 부모님을 그토록 마음 아프게 해 놓고 북한에서 쓰러져 죽으면 너무 억울하고 한이 될 것 같았다. 워낙 공부를 좋아했고 잘했기 때문에 어떻게든 공부는 하고 싶었다. 복잡한 과정을 거쳐 청진고등중학교 2학년에 편입했다. 공부를 시작해 보니 역시 김부자에 대한 '혁명력사'가 제일 중요한 과목이었고, 모든 교과서의 머리말에는 김일성의 교시가 굵은 글씨로 한 페이지 제시된 다음 본 내용이 실려 있었고, 내용 안에서도 틈틈이 김부자에 대한 찬양과 충성을 강요하는 대목이 많았다.

옛날 일본에서 배울 때는 어리기도 했고, 북한을 몰랐기 때문에 그대로 믿었으나 이제 모든 걸 알고부터는 자꾸만 마음속에서 반감이 일어났다. 그러나 내색을 하는 날 수용소나 교화소로 갈 것이기 때문에 철저하게 다른 아이들처럼 똑같이 행동하고 말하려고 안간힘을 썼다. 그런데 더욱 속상한 일이 일어났다. 아이들이 어떻게 알았는지 동현을 '쪽발이'라고 놀려대는 것이었다. 동현은 너무나 억울해서

─내가 왜 쪽발이냐, 나도 조선인이다.

라고 했으나

─너는 일본에서 왔으니 쪽발이다.

라고 하였다. 아마도 그의 발음에서 일본 억양이 남아 있었는지 하여튼 아이들이 그가 일본에서 왔다는 걸 알고는 놀려대고 무시하고 따돌렸다. 처음엔 놀림 받으면 울기도 하고 풀도 죽고 하였으나, 가만히 생각해보니까 자기는 체격도 좋고 일본에서 어릴 때부터 태권도를 배웠으므로 아이들과 싸우더라도 얼마든지 방어하고 공격할 자신이 있었다. 두려워할 이유가 없었다. 이튿날은 마음을 단단히 먹고 학교에 갔다. 마침 이날도 어김없이 차주환이란 아이가 친구 몇 명을 앞세워 동현이를 '쪽발이'라고 놀려댔다. 동현은 이때다! 하고 점잖게 응수했다.

─내가 지금까지는 참았지만 이제 더 이상은 참지 않겠다. 나는 일본인이 아니고 조선사람인데, 나를 '쪽발이'라고 놀리는 걸 더 이상 용서하지 않겠다.

차주환이 도전적으로 응수했다.

─용서 안 하면 어쩔건데? 한번 해보겠다는 거냐?

─그렇다. 말로 해서 안 되면 몸으로 상대해 줄 수밖에.

─어디 그럼 한번 해보시든가.

하면서 주먹을 날릴 자세를 취했다. 동현은 잽싸게 주환의 손목을 낚아채서 한번 비틀어줬다. 그랬더니 씩씩거리며 '아아' 하더니 이번에는 발로 찰 자세를 취했다. 동현은 이때다! 하고 주환에게 다리를 걸어 넘어뜨렸다. 이 광경을 보던 아이들이 갑자기 눈빛이 달라지며 슬슬 물러서기 시작했다.

─누구든지 덤비면 상대해주마.

한 번 더 쐐기를 박았더니 그때부터는 동현이를 두려워하며 놀릴 엄두를 내지 않았다. 공부를 해도 동현이가 가장 잘하니까 자연스럽게 동현을 두려워하기도 하고 어떤 아이들은 아양을 떨며 친해지려고 하였다. 이후 학교생활에서는 큰 어려움이 없었으나 돈이 없으니 생활이 여간 어렵지 않았다. 점심시간에도 동현은 집에 가서 물만 마시고 돌아와야 했다.

궁리 끝에 소학교와 중학교에 과외 공부할 아이를 찾는다는 광고지를 붙이기로 했다. 전화가 없으니까 '희망하는 사람은 5.17일 수요일 오후 5시에 청진고등중학교 교문에서 '박동현'을 찾으라고 썼다. 약속한 시간에 교문에 가 서 있었더니 '박동현'을 찾는 집이 세 집이나 있었다.

그중에서 두 명에게 과외를 해주기로 약속이 되었다. 일주일에 나흘간 저녁때 인민학교 학생 한 명과 중학생 한 명에게 수학을 가르치기로 하고, 저녁도 얻어먹고 얼마큼 돈을 받기로 하여 이제 경제적으로도 어려움을 이겨낼 수 있게 되었다.

동현은 학교에서 전체 수석을 하여 꿈에도 그리던 김일성대학에 가려고 마음먹었다. 그러나 재포(재외교포)는 최하위계층인 '적대 계층(또는 복잡계층)'이 되어 김일성대학은 어림도 없었다. 다음은 금성정치대학에 가려고 했으나 그것도 6촌이 남한에 있다는 이유로 허용이 안 되고 겨우 평양과학기술대학에 갈 수 있었다. 출신이 미천해도 공부만 잘하면 되는 학교였다. 특히 컴퓨터공학과에 합격하니 군대도 안 가도 되고 컴퓨터 공부만 하면 되었으므로 처음엔 감격했다.

그런데 교수들이 처음 컴퓨터를 가르친 다음 해킹만 가르쳐줬다. 동현은 이 해킹이 너무도 괴로운 일이었다. 남한과 미국의 주요 사이트에 들어가 해킹하는 것만 배우니 학습이 전혀 즐겁거나 유쾌하지 않고 한숨만 나왔다. 매일 나쁜 짓만 하는 것 같아 괴롭기 그지없었다. 그래도 참고 견뎌서 졸업을 하였다. 직장은 다행히 평양전산원에 배치되었다. 마침 금실도 평양전산원에 배치되었다. 대학 때 남몰래 키워 온 사랑을 같은 직장에서 이어갈 수 있게 되어 동현과 금실은 마음속으로 쾌재를 불렀다. 대학 다닐 땐 연애가 금지되어 있어 제대로 만나기 어려웠지만, 이제 직장에서는 떳떳하게 만날 수 있게 되었기 때문이다. 동현과 금실은 퇴근하고 만나고, 주말에도 만났다. 1년 뒤 두 사람은 중앙전산원강당에서 결혼식을 올리고 집이 없으니 금실의 친정에 들어가 살았다. 결혼 후 1년 뒤에 아들을 낳고 다시 2년 뒤에 딸을 낳았는데, 금실의 어머니가 낮에 아이들을 돌보아 주었다. 집도 좁은데 네 식구가 계속 처가에 얹혀살게 되니 동현은 민망하기 이를 데 없었다. 더구나 월급이 너무도 적어 생활이 되지 않았다. 부부가 모두 직장생활을 하는데도 생활하기가 여간 어렵지 않았다. 북한은 직장이 있어도 월급으로 생활이 안 되기 때문에 부업을 해야 한다. 누군가는 장마당에 나가 돈을 벌지 않으면 제대로 생활을 할 수가 없다. 직장을 그만두는 것도 허용이 안 된다. 학교 다니는 아이들보고 장마당에 나가서 돈을 벌어오라 할 수도 없으니 참으로 답답했다.

궁리 끝에 탈북을 하기로 결심하게 되었다. 그러나 탈북자금이 문제였다. 할 수 없이 동현이와 아내 금실은 아르바이트를 하기로 하였다. 동현은 수학을, 금실은 중국어를 가르치기로 하였다. 동현은 저녁과 주말에 고등학생들에게 수학 과외를 해주고 금실은 소학교와 중학생에게 중국어 과외를 해주고 돈을 벌었다. 이렇게 버는 돈이 두 사람 월급보다 몇 배가 더 많고 저녁도 그 집에서 먹으니 많이 절약되어 부부는 새로운 희망을 갖게 되었다. 두 사람은 3년을 꼬박 이렇게 했더니 가족들의 탈북자금이 마련되었다. 돈을 많이 주고 유능한 브로커를 사서 중국을 거치고 태국을 거쳐 남한에 오게 되었다. 물론 남들이 하는 만큼 고생은 했지만 중간에 북송되거나 하지 않고 비교적 순조롭게 월남하였다.

함께 만경봉호를 탔던 자기 또래의 강기만은 청진에서 생활하다가 너무 배가 고프니까 남의 집 담을 넘어 양식을 훔치다가 보위부에 잡혀 단련대에 갇히게 되었다. 단련대는 6개월 이상 1년 미만의 경범죄자들을 가두고 노동에 동원하는 수감기관이다. 남녀노소를 가리지 않고 '교화'라는 명목으로 강제노동에 동원되는 단련대 생활은 '두 발로 들어가서 네 발로 나오는 곳'으로 악명이 높다. 단련대 생활은 노동강도는 물론, 시설·생활면에서 최악이다. 고된 노동과 열악한 환경 때문에 과로·사고사로 사망하는 경우도 부지기수였고 간부들의 구타도 너무 심했다. 중국 전화기를 사용해 외부와 통화한 사람, 밀수에 가담한 사람, 남의 집 물건을 훔친 사람, 탈북하다 붙잡히거나 중국에서 강제 북송돼 투옥된 사람 등 북한 당국 입장에서 보면 사회 질서를 위반한 북한 주민들이 단련대에 수감되는 것이었다.

동현은 햇빛이 눈부시게 내리쬐이는 용산의 J 카페에서 A 신문사 김동찬 기자와 마주 앉아 커피를 마시며 창밖으로 시원하게 보이는 한강을 보면서

─참 좋은 광경입니다.

하며 동의를 구하듯 김 기자를 보며 입을 뗐다.

─그렇죠? 내가 여길 좋아해서 사람을 만나려면 대개 이리로 온답니다. 바로 길 건너에 파스타 잘하는 집도 있어서 차를 마시고 식사 때가 되면 그리로 안내하지요. 혹시 파스타 좋아하십니까?

─그 이탈리아 국수 말입니까? 서울에 와서 두어 번 먹어봤습니다.

─평양에는 파스타집이 없습니까?

─아마 고급 호텔에서는 먹을 수 있겠지만 일반식당에는 없는 것 같습니다.

─그래요? 혹시 안 좋아하시면 다른 데로 모시고 가겠습니다.

─아닙니다. 평양에서 못 먹어 본 거 부지런히 먹어봐야지요. 국수는 워낙 좋아하니까요.

─그럼 됐습니다. 이제 선생님 얘기 들어볼까요? 한국에 오신 지는

얼마 됐습니까?

　─예, 3년 지났습니다.

　─이제 어느 정도 적응은 하셨겠네요. 하기야 이미 말씀하시는 게 서울 사람 같습니다. 처음 서울에 오셔서 문화충격 같은 건 받지 않았습니까? 금방 적응이 되던가요?

　─아니죠. 문화충격이 이만저만이 아니었지요. 마치 다른 세상에 온 것 같았으니까요.

　─그래요? 남북이 그토록 많이 다르던가요? 생각나시는 거 몇 가지만 얘기해 주시겠어요?

　─우선은 자동차가 너무 많아 놀랐고, 서울의 공기가 탁해서 놀랐습니다. 그러나 내비게이션은 정말 신기했어요.

　─아, 그러셨군요. 우리는 여기서 사니까 잘 몰랐는데요. 또 다른 건 뭡니까?

　─카드 사용하는 게 신기했어요. 현금이 없어도 카드로 생활이 가능한 걸 보고 얼마나 놀랐던지요. 심지어 버스도, 지하철도 교통카드로 타고 심지어 택시도 카드로 타고…. 정말 신용사회가 정착된 것이 신선한 충격이었어요. 국내건 외국에건 어디든 원하는 곳을 마음대로 갈 수 있다는 것도 여간 놀라운 게 아니었고요. '자유'라는 단어도 거의 들어보지 못했고, 그 의미도 잘 모르고 살았는데, 남한에 오니 이제야 '자유'가 무엇인지를 제대로 알겠고, 자유가 얼마나 소중한지도 실감하게 되더군요. 자유를 모르는 북조선 인민이 너무 불쌍하지요.

　─또 있습니까?

　─시위하는 것도 새로운 경험이었어요. 자기의 의지에 따라 시위

도 할 수 있으니 '아, 이런 게 민주주의구나'하고 깨달았지요. 북조선에선 동원되어 당에서 하라는 대로만 해봤지, 자신의 뜻대로 무슨 집단행동을 한다는 건 상상할 수 없으니까요. 정말 남한 국민들이 얼마나 부럽던지요. 물론 마음껏 밥을 먹을 수 있다는 게 무엇보다 행복한 일이지만, 자유 없는 북한 인민을 생각하면 목이 메더라고요. 인터넷을 마음껏 할 수 있고, 외국에 전화도 마음대로 할 수 있는 것도 행복 그 자체였지요. 아니 그런 걸 다 떠나서 '생활총화' 안 하는 것만도 얼마나 좋던지…. 일어나자마자 벽에 걸린 김부자 사진 보고 절해야 하고 24시간 감시받는 것도 모자라 매주 토요일이면 생활총화 하면서 지도자에게 얼마나 충성했는지 자아 반성하고 남을 비판해야 하고…. 정말 지겨웠거든요.

　―그래서 탈북하신 겁니까?

　―그것만은 아니지요. 내 자식들을 위해 탈북했습니다. 내 아이들에게 자유를 주고 싶어서요. 정말 끔찍한 과정을 거쳤지만 그래도 성공했으니까 이런 호사도 누리게 됐네요. 나는 온 가족이 함께 나와서 행운아지요.

　―남한에서 힘든 점은 없었습니까?

　―남북의 말이 다른 게 많아서 처음엔 조금 힘들었어요. 예를 들면 '차마당'을 '주차장', '외동옷'을 '원피스', '살림집'을 '아파트', '쮜기밥'을 '주먹밥', '열쇠'를 '키', '일없다'를 '괜찮다', '인차'를 '즉시', '복사'를 '카피'라 하고….

　―그래 지금은 어려움이 없나요?

　―네, 많이 료해됐습니다.

─다행이네요. 아마 외래어에서도 많이 차이가 날걸요.

─맞아요. '번대'를 '미얀마'라 하고, '웽그리아'를 '헝가리'라고 하고, '또락또르'를 '트랙터'라 하고 '로씨야'를 '러시아'라 하고 ….

─한국은 영어 발음을 쓰고, 북한은 러시아 발음을 써서 그럴 거예요. 남북한 국어학자들이 남북한의 다른 단어를 싣는 사전을 만들면 좋겠네요.

─맞아요. 그런 게 있으면 많은 도움이 될 거예요.

두 사람은 카페에서 나와 파스타 집으로 옮겨 와서 얘기를 계속했다.

─자녀는 몇 명입니까? 한국에 잘 적응하고 있습니까?

─1남 1녀인데, 모두 대학에 다니고 있습니다. 북한은 거의 다 잊은 것 같고, 이곳에서 신나게 잘 지내고 있지요. 꿈에 부풀어 있고요.

─다행이네요. 그럼 박 선생님은 여기서 무슨 일을 하세요?

─예, 컴퓨터프로그래밍 회사에 다니고 있습니다.

─하시는 일에 만족하세요? 월급도 괜찮나요?

─아주 만족합니다. 컴퓨터와 관련된 일은 내 전공이므로 재미있고, 월급도 상당합니다.

─다른 어려움은 없으시고요?

─신분이 계속 달라지는 게 좀 괴롭지요. 일본에서는 '조센진'으로 불리며 차별을 당하다가 북조선에 가니 '재포'니, '귀포'니, '쪽발이'니 하며 또 차별을 받았지요. 이게 싫어서 한국에 왔더니 이번엔 '새터민', '북한 이탈 주민', '탈북자'라 꼬리표를 붙이더라고요.

─아, 그러시군요. 저는 '박 선생님'이라 불러도 되죠?

─그래 주시면 저야 좋지요.

－사모님과 자녀들도 모두 한국에 온 걸 좋아합니까?

－그럼요, 지옥에서 천당으로 왔다고 하지요. 집사람도 직장에 다니고 아이들도 대학에 다니니 꿈만 같습니다.

－다행이네요. 오늘 좋은 말씀 감사드립니다. 다시 또 연락드리겠습니다.

－예, 언제든 연락만 주시면 또 뵙겠습니다.

－고맙습니다. 안녕히 가시라요.

－예 조심해서 들어가세요.

김동찬은 K 신문사의 사회부 기자로 최근에는 탈북자를 만나 인터뷰하여 기사를 쓰는 것이 주된 업무였다. 한 명, 한 명 모두 특별한 사연을 안고 있는 새터민을 취재하는 게 매우 즐겁고도 가치 있는 일로 생각이 되었다.

사흘 후 조연수라는 또 다른 탈북자를 같은 장소에서 만났다.

－이렇게 나와주셔서 감사합니다. 전화로 말씀드린 바와 같이 저는 A 신문사 김동찬 기자입니다. 뵙게 되어서 반갑고, 나와주셔서 감사합니다.

－저도 반갑습니다. 처음에는 사람을 만나는 것이 조심스럽기도 하고 무섭기도 하고 그랬는데, 이제는 많이 익숙해졌습니다.

－다행입니다. 우선 탈북 동기부터 여쭈어봐도 될까요? 북한에선 축산 관련 일을 하셨다고요? 상당히 높은 직위까지 올라가셨다고 들었는데, 왜 탈북을 하셨나요?

－내 자식에게만은 끔찍한 속박과 차별을 받지 않게 해주고 싶어서요. 내 자식이 나만큼 올라가기도 쉽지 않지만, 올라간다고 해도 언제

어떻게 될지 하루하루가 가시방석이니까요.

　－왜 그토록 어렵다고 생각하셨어요? 아버지가 닦아 놓으신 길이 있으니까 더 쉬울 텐데요.

　－그게 그렇지가 않아요. 부모님이 재일교포 출신이라고 우리 가족은 최하 계층이었거든요. 북조선은 철저하게 계급사회가 되어있는데 재일교포 가족은 최하위계층인 복잡계층(또는 적대계층)이에요. 재일동포들에게 북한을 '지상낙원'이라고 선전하여 불러다 놓고는 철저하게 차별을 하는 거예요. 우리 아버지, 어머니가 일본에서 살다가 '북조선은 지상낙원'이라는 말에 속아서 북송선을 타셨지만, 나는 북한에서 태어났거든요. 그러니 따지고 보면 나는 재일교포도 아니잖아요? 그런데도 부모가 재일교포면 자식도 무조건 재일교포 귀국자가 되고, 한번 북한에 발을 들여놓으면 다시는 일본에 가지 못함은 물론이고, 이 도시에서 저 도시로 여행도 못 해요. 철저하게 통제를 하니까요. 물론 북한 주민은 이동의 자유가 없지만, 그래도 평양시민은 지방으로 갈 수가 있지요. 일단 북송선을 타면 그 시간부터 자유란 없으니까요. 부모님 말씀으로는 배에서 바깥 경치도 못 보게 나무판을 덧대어 놓았었대요. 그때부터 설렜던 가슴은 뭔지 모를 불안감이 감돌기 시작했으나 워낙 북조선을 철석같이 믿었던 터라 크게 불안하거나 걱정하지는 않으셨대요. '이유가 있겠지' 하며 불안한 마음을 가라앉혔다고 하시더라고요.

　－배를 타면 바다를 보는 즐거움이 여간 아닌데 답답하셨겠어요.

　－그렇죠. 끝없이 파아란 바다를 보면 가슴이 탁 트이고, 일렁이는 파도도 가슴설레게 하고 창공을 나는 새들도 낭만적으로 볼 수 있는

데, 참 속상하셨지요. 그런데 청진항에 도착하니 여기저기 환영 포스터가 걸려있고, 환영인파가 많아서 '그러면 그렇지! 하며 안도하는 것도 잠시였대요. 배가 항구에 닿고 환영 나온 사람들을 가까이서 보니 사람들이 입은 옷이 남루하기 이를 데 없었으며, 신발도 모두 앞이 뭉뚝한 고무신을 신고 있어서 충격을 받으셨대요. 그래도 반신반의하셨는데, 막상 북한에 살면서는 실망을 넘어 절망하셨대요.

우선 청진에 도착하니 한 명 한 명 조사를 하는데, 몸에 지닌 돈과 짐을 모두 내놓으라고 윽박지르더래요. 안 내놓으면 강제로 몸을 수색하여 돈을 모두 압수하고 짐도 조사하여 값이 나갈 만한 것은 모두 압수를 하더래요. 아버지 어머니는 모든 것을 다 빼앗기고 나니까 첫날 이미 탈진상태가 되었는데, 살면서는 감시가 너무 심해 더욱 숨이 막히더래요. 매주 토요일마다 '생활총화'란 이름으로 행해지는 일도 어기차고요. 한 주일 동안 자기가 김부자를 얼마나 공경하며 살았는지 자아 반성하고, 남들이 자기에 대해서 비판을 하는데, 여기서 두각을 나타내어 윗사람에게 잘 보여 승진을 하거나 칭찬을 듣기 위해 험담을 하고 작은 허물을 크게 부풀리거나, 심지어 없는 죄를 만들어 모략을 하는 경우까지 있으니 이 시간만 되면 너무도 괴롭고 고달프셨대요.

─아유, 마음고생이 심하셨겠어요.

─그렇죠. 아버지 어머니가 평양에 오시고 2년 뒤에 내가 태어났는데, 출생신고 때부터 이미 재포(재외동포)라는 딱지가 붙어서 나는 최하 계층인 적대 계층으로서 많은 차별을 받으며 컸지요. 그래도 공부를 썩 잘해서 12년간 학교 전체 수석을 놓친 적이 없었기 때문에 당연

히 좋은 대학에 갈 수 있을 줄 알았죠. 그러나 웬걸요. 대학은커녕 군대를 가고 싶어도 못 가는 거예요. 어떻게든 대학을 가고 싶은데, 길이 없더라고요. 마침 누군가 '돌격대'라는 곳에 가서 3년만 일하면 대학 갈 수 있다고 해서 돌격대에 자진해서 들어갔지요. 여긴 군대는 아니지만, 군대와 비슷하게 규율 생활을 하는데, 혹독한 노동을 하는 곳이에요. 이름처럼 광산이든 농사일이든 건설 일이든 돌격대답게 무지막지하게 일을 시키는 거예요. 노동이 노동이 아니고 고문이더라고요. 매일 사람이 죽어 나가고 다쳐서 병신 되고⋯. 전쟁터보다도 더 참혹했지요. 그냥 정신줄을 놓으면 바로 저세상이더라고요.

─그래 3년 일하니까 내보내 주던가요?

─이를 악물고 '3년만 참자' 하고 죽을 용을 써서 버텼는데 3년 만에 내보내 주는 게 아니더라고요. 꼬박 9년을 일하고서야 겨우 풀려 나왔는데, 그래도 대학에 가겠다는 꿈이 있으니까 희망을 가지고 안 죽으려고 안간힘을 썼죠. 아마 대학 갈 꿈이 없었다면 진작 죽었을 거예요. 그러나 내가 가고자 했던 금성정치대학은 7촌 당숙이 남조선에 있다는 이유로 연좌제에 걸려 못 가고 결국 정치성이 없는 평성수의 축산대학을 갔지요. 여기서 열심히 했더니 졸업하고 축산분야에서는 꽤 성공하여 평성 축산협동조합 부회장까지 올라갔지요. 얼마 후 까마득한 후배가 내 자리를 빼앗아가고 나는 그의 지도를 받는 부하직원이 되더라고요. 우선 자존심도 무척 상했지만, 우리 아이들에게 또다시 이런 고통을 안겨 주어서는 안 되겠다 싶어 탈북을 결심했지요. 필설로 다 할 수 없는 참으로 위험하고 힘든 여정을 거쳤지만, 그래도 남한에 오게 되었으니 정말 꿈만 같네요.

남한에서는 자유가 너무 많아서 주체를 못 할 정도예요. 정말이지 여기서는 사람답게 사는 길이 무엇인지 알 것 같아요. 우리 아이들도 얼마나 좋아하는지 몰라요. 물론 밥을 마음껏 먹을 수 있는 게 제일 좋지만, 그에 못지않게 자유를 누리고 산다는 것이 얼마나 행복한 일인지 알겠어요. 난 더구나 온 가족이 함께 나오게 되어 행운이지요. 꿈에 그리던 일본도 가서 할아버지 할머니가 사셨던 나가사키도 가보고, 아버지 어머니가 살았던 오사카도 가 봤어요. 북한에서라면 상상도 못 할 일이죠.

─남한에서 겪는 어려움은 없나요?

─물론 가끔 기분 나쁜 말을 듣거나 행동을 보아야 하는 경우는 있죠. 북한이 미사일 시험을 하고 나면 '당신들은 왜 그래요?' 하는 사람도 있고, 심지어 북한에서 왔다고 따돌림을 당하는 경우도 있고요. 나는 그런 건 신경 안 씁니다. 전체적인 사회 분위기가 좋으니까요.

─혹시 앞으로의 계획을 여쭈어봐도 될까요?

─예, 이젠 북한의 실상을 세상에 알리는 데 앞장서고, 통일을 위한 노력을 할 작정이에요. 여러 탈북단체들이 통일을 위해 힘쓰고 있는데 저도 힘을 보태려고요. 북한의 불쌍한 인민들을 구출해내야 하니까요. 짐승과 같은 대접을 받으면서도 밥을 굶는 참혹한 생활에서 하루빨리 벗어나도록 내 힘껏 도울 계획이에요. 특히 '제3의 신분'으로 살아야 하는 재포들을 위해 하루속히 차별에서 벗어나도록 도와주어야지요. 아무 죄도 없으면서 차별을 받고 살아가야 하는 그들에게 희망의 메시지를 보내고 싶어요. 편지도 할 수 없고, 전화도 할 수 없고 과로를 하면서 영양실조로 죽어 나가는 그들에게는 최소한의 인권도

없으니까요. 이미 엄마 뱃속에서부터 '재포'라는 딱지를 안고 태어나 최하계급으로 살아가야 하는 삶을 자식에게는 물려주지 않아야지요.

　─계획하시는 모든 일이 순조롭게 잘 되시길 빌겠습니다.

　─감사합니다.

어느새 해가 서산으로 기울며 장엄한 노을이 천지를 붉게 물들이고 있었다.

까치 떼

존 베이커는 뜻하지 않게 화물 트럭을 운전하게 되었다. 우연히 운전기사 모집 광고를 보고 지원해놓고 얼른 1종 운전시험을 보아 면허를 따놓았던 터였다. 화물 트럭 운전은 일반 막노동보다는 임금이 높아서 즐거운 마음으로 운전을 했다. 안 가 본 데를 가보는 것은 여행하는 셈이어서 기분이 좋았다. 주로 샌프란시스코에서 텍사스주나 콜로라도로 가는 때가 많았다. 보통 아침 8시에 시작하면 저녁 6시나 7시면 끝이 났다.

존은 어릴 때 자기는 왜 부모님을 전혀 닮지 않았는지 이상하다는 생각 때문에 혼란을 겪었다. 가족이 각기 피부색과 생김새가 다르니 꾹꾹 눌러온 의구심이 가끔씩 고개를 들었지만 더 이상 자신의 출생에 대해 알려고 하지 않았다. 지금의 행복이 깨질까 두려웠기 때문이다. 가만 생각해보니 이런 부모를 만난 것도 여간 행운이 아니었음을 새삼 깨달았다. 그는 초중고 학교를 다닐 때는 늘 혼자여서 외로움을 많이 느꼈다. 피부색이 같은 친구가 거의 없었다. 공부를 열심히 하여 성적은 늘 상위권이었다. 특히 수학은 반에서 두각을 나타내니 선생님들이 칭찬을 많이 해주어서 외롭긴 해도 별로 기가 죽진 않았다. 백인 아이들도 자기를 무시하지는 않았고 예일대학 경제학과에 합격하니 몇 명의 친구가 그에게 축하를 해주며 호의를 나타냈다. 존은 자기가 원하는 대학의 원하는 학과에 합격하니 세상을 다 얻은 듯 행복했다.

예일대학에 합격하긴 했으나 등록금이 너무 비싸, 반은 부모님이 도와주셨으나 반은 대출을 받아서 등록해야 했다. 아버지가 치과의사여서 평소 생활하는 데는 지장이 없었으나 여유가 많지는 않았기 때문이다. 그는 대학 다니면서 다른 미국 아이들처럼 아르바이트를 하지 않으면 안 되었다. 처음에는 햄버거 가게에서 일했다. 수업만 끝나면 맥도날드로 달려가 일을 했다. 이러다 보니 성적이 별로 안 좋았다. 명문대학은 들어가기도 어렵지만, 좋은 성적을 받는 것은 더 어렵기 때문에 공부에 올인해야 하는데, 아르바이트에 너무 많은 시간과 정력을 빼앗기고 나니 공부에 지장이 있었다. 책상에 앉으면 피곤하고 졸리기만 했다. 아침 6시부터 8시까지 일하고 밤에도 7시부터 9시까지 일하고 돌아와 새벽까지 공부하고 잠자리에 들었으나 다섯 시엔 또 일어나야 하니 늘 잠이 부족했다. 차마 부모님께는 이런 사정을 얘기할 수 없었다.

고등학교 2학년 어느 토요일 오후였다. 야외공원에서 고기를 구워 먹으며 부모·형제들과 즐거운 시간을 보내고 있었는데 아버지 에드워드 베이커가 입을 열었다.

─애들아, 실은 너희 형제는 아주 어릴 때 우리가 입양했단다. 첫째 마이클은 세 살 때 헝가리에서 데려왔고 둘째 존은 두 살 때 한국에서 데려왔다. 어쩌면 너희들도 짐작하고 있었을지도 모르겠다. 우리 부부는 너희들을 친자식으로 키우면서 매우 행복했단다. 특히 너희들이 우애 있게 지내는 게 보기 좋고 많이 고마웠다. 앞으로 각자의 조국에 대해 관심 가지면 좋을 것이다. 지금은 국제화 시대이니 어디에서 태어났건 아무 상관이 없다. 어디서든지 자기 능력을 발휘하고, 살면 되는 것이다. 너희들은 이제 다 컸으니까 자신의 뿌리를 아는 게 좋을 것 같아 말해주는 것이다.

마이클과 존은 처음에 놀라고 당황했으나 이내 고개를 끄덕였다. 평소에 형제가 조금도 닮은 데가 없고, 아버지 어머니와도 닮은 데가 없어 마음속으로 의아해하고 궁금해했던 터였다. 어렴풋이 '입양한 게 아닐까?' 하는 의구심을 가지기도 했지만 부모님이 워낙 잘 해주시고, 형제간에도 우애 있으니까 의식적으로 궁금함과 의구심을 떨쳐버리려고 했다. 이런 얘기를 해주시는 아버지가 당장은 야속했지만 조금 지나자 오히려 긍정적으로 생각되기도 하고, 자신의 뿌리를 알고 싶다는 생각도 들었다. 문득 친부모를 찾고 싶은 생각이 들기 시작했다. 자기의 조국에 한번 가보고도 싶고, 친부모가 어떻게 생긴 분들인지 궁금해지기도 했다. 양부모님을 존경하고 사랑하는 마음은 전혀 변함이 없으나, 아니 이전보다 더 감사한 마음이 들었으나, 생명을 준 친부모님을 보고 싶다는 생각이 자신도 모르는 사이에 마음속에 싹터서 자라고 있었다.

1998년 7월 어느 날 마침 한국의 '해외입양인연대(GOAL, Global

Overseas Adoptee's Link)'가 해외 입양인의 고국 방문 프로그램을 만들어 홍보하는 걸 보고 존은 얼른 신청하였다. 한국에 간다면 이 프로그램으로 가는 게 좋을 것 같았다. 일주일 후에 합격 통보를 받고 결국 한국을 방문할 수 있게 되었다. 해외입양인연대는 'First Trip Home'(첫 고향방문) 행사를 통하여 11일간 입양인들에게 한국 관광도 시켜주고, 친가족 찾기도 적극적으로 도와주고 한국어도 가르쳐주고, 희망자에 한해 국적 회복도 도와주었다. 한복 입어보기, 한옥에서 지내보기, 한국 음식 먹어보기, 한국 놀이 해보기, 사찰체험 등과 같은 문화체험도 하게 해주었다. 그리고 몇 개 대학의 캠퍼스 투어도 시켜주었다. 존은 선진국 수준으로 발전한 한국을 보니 뭔지 모를 뿌듯함과 자부심으로 가슴이 벅차올랐다. 새로운 희망이 뭉게구름처럼 피어올랐다.

한글도 배워보니 여간 과학적이고, 체계적이지 않아 상상 이상으로 배우기가 쉬웠다. 앞으로 대학에서도 정식으로 한국어 과목을 들어야겠다고 마음먹었다. 한복도 아름답고, 음식도 매우 담백하면서도 아기자기한 맛이 있었다. 무엇보다도 '반찬'을 여러 가지 주는 것에 놀랐다. 아마 이런 식의 주식과 반찬으로 이루어진 식단은 한국이 유일할 것이라는 생각을 했다. 어떤 것은 맵고 짜기도 했지만, 색다른 음식을 먹어보는 즐거움이 컸다.

경복궁, 창경궁 등 조선시대의 궁궐도 보고, 불국사, 해인사 등 유서 깊은 사찰도 보고 석굴암, 첨성대 같은 유적도 보고 국립박물관도 보면서 한국의 역사가 매우 길고 문화의 뿌리가 깊다는 것도 알게 되었다. 특히 석굴암의 인자한 모습에 압도되었다. 신라 금관, 백제금동대향로, 고려청자, 조선백자 같은 예술품의 수준에도 입을 다물지 못했다. 비록 자기를 어릴 때 외국으로 입양 보낸 '미운' 한국이지만 그 덕에 미국에서 이렇게 잘 자라게 되었으므로 지금은 '고마운 한국'이라는 생각도 들었다. 하늘의 도움으로 좋은 양부모님 만나고 좋은 형제와 함께 행복하게 살았다는 것이 새삼 감사했다. 단지 학교 다닐 때는 반에서 늘 혼자여서 외로웠으나 수학에서 두각을 나타내니 각종 경시대회에 학급대표나 학교대표로 나갈 때가 많았다. 때론 금메달도 따고 은메달도 땄다. 메달이 자꾸 쌓이니 존은 흡족하였다. 존을 외면하던 아이들도 한두 명씩 다가왔다. 고등학교 2학년 때는 반에서 6, 7명의 동급생들과 친하게 되어 학교생활도 즐거워졌다. 계속 성적이 좋아 선생님들로부터도 칭찬을 많이 들었다.

예일대학에 입학한 뒤로는 아르바이트하느라 공부가 뒤처졌다. 1학년 여름방학 땐 1종 운전면허증을 따 놓았던 터라 방학 땐 화물차 운전을 했다. 다른 지역도 가보고, 운전 중에는 자기가 좋아하는 음악도 들을 수 있어서 좋았다. 이렇게 아르바이트를 많이 하다 보니 공부와 자꾸 멀어져 성적이 형편없이 떨어졌다. 명문대학에 입학한 보람도 없이 대학을 졸업해도 워낙 성적이 나쁘니 취직이 되지 않았다. 결국 졸업 후에도 화물차 운전만 하게 되었다.

운전을 할 땐 잡념 없이 음악 들으며 즐겁게 하고, 일거리만 많으면 수입도 짭짤하여 그런대로 잘 지낼 수 있었다. 쉬는 날엔 영화도 보고 게임도 하고 맛있는 것도 사 먹고 나름대로 큰 고민 없이 지냈다.

어느 주말 일거리가 없어 예일대학 미술 전시회에 갔는데 뜻밖에 대학교 때 한 반이었던 줄리아나를 만났다. 학교 다닐 때 존이 줄리아나를 좋아했으나 용기가 없어 표현도 못 했고, 줄리아나도 존이 싫지 않았으나 전체적인 분위기가 두 사람을 가까이에 두지 못하게 하였다. 졸업 후엔 뿔뿔이 흩어졌다.

─줄리아나, 만나서 반가워.

─응, 나도 반가워.

두 사람은 오랜만에 만나 커피도 함께 마시고, 내친김에 영화도 함께 보게 되었다. 줄리아나는 특별한 미인은 아니어도 눈이 예쁘고, 얼굴이 복스럽게 생겼다. 특히 음성이 너무 매력적이어서 이야기를 할수록 빠져들게 되었다. 두 사람은 이후 자주 만났다. 존은 결국 석 달후 줄리아나에게 사랑을 고백하였고, 줄리아나는 존이 운전하는 일을 하지 않고 다른 데 제대로 취업하는 것을 조건부로 존의 프러포즈를 받아들였다. 줄리아나의 부모님은 존이 한국계이고, 직장도 변변한게 없으니 사귀는 걸 반대할 수밖에 없었다. 존은 운전을 안 하려면 다시 대학에 들어가 공부를 해야 할 것 같았다. 경제학과는 성적이 나빠 내세울 수가 없으므로 다시 경영학과 3학년에 편입하여 2년 뒤 경영학 전공자로서 세계적인 기업에 취직할 수 있었다. 2년간을 기다려준 줄리아나에게 감사를 표하며, 정식으로 다시 프러포즈하여 그로부터 6개월 후 결혼식을 하고 우선은 원룸을 얻어 신혼생활을 시작하였다. 줄리아나도 은행에 취직하여 두 사람이 힘을 합치니 2년 후에 집을 살 수 있었다. 뉴해븐에 아담한 집을 사고 이듬해 아들을 낳았다.

존은 모든 게 꿈만 같았다. 줄리아나를 만나고부터 일이 술술 풀렸다. 정말 산다는 게 신나는 일이었다. 장인 장모님도 알고 보니 매우 좋은 분들이었다. 기대 이상으로 따뜻하게 대해 주셨고, 많은 격려를 해주셨다. 특히 존의 양부모님과 매우 각별하게 지냈다. 아마도 같은 백인이어서 서로에게 호감을 가진 것 같았다. 존이 입양된 것도 긍정적으로 받아들여 존의 부모님 그러니까 사돈을 존경했다. 존은 앞으로 정말 올바르게 열심히 살아야겠다고 생각하면서 양쪽 부모님께 잘 해드리리라 다짐하였다. 결혼한 지 6개월 만에 줄리아나는 임신을 하여 두 사람은 더욱 신났다. 아들이 태어나니 황홀하였다. 이름을 벤자민이라 지었다. 평소엔 '벤지'로 불렀다. 벤지가 무럭무럭 자라며 재롱도 나날이 늘어가니 너무나 귀엽고 사랑스러웠다. 산다는 것이 행복 그 자체였다. 어느 주말 존과 줄리아나는 양쪽 부모님을 모시고 LA로 여행을 가기로 하였다.

그리피스 천문대, 유니버설 스튜디오, 게티 센터, 디즈니랜드를 다 보는 데는 이틀이 너무 짧았다. 겉핥기만 하고 돌아왔다. 마치 딴 세상을 다녀온 느낌이었다. 특히 디즈니랜드는 벤지가 좀 더 크면 반드시 몇 번이고 다시 가야 할 곳이었다.

다른 곳은 널리 알려져 있어 대충 내용은 알고 있었지만, 게티 센터는 전혀 뜻밖이었다. 게티 센터는 석유 부호 폴 게티가 지은 미술관이다. 유명한 건축가 리처드 마이어스에 의해 설계되고 14년간의 공사 기간이 걸려 1997년에 완공되었다고 하며, 한국 돈으로 1조 이상이 들었다고 한다. 하얀 대리석 건물 다섯 개로 규모나, 경관, 정원, 미술품 등 볼거리가 너무도 많아 여행객들이 찬탄을 금치 못했다.

게티센터는 LA 전경과 태평양이 내려다보이는 언덕에 지어졌는데, 특히 고대 폼페이의 벽화나 기원전 5세기의 아프로디테상 같은 그리스·로마의 조각들부터 서아시아의 융단까지 세계적인 미술품들이 전시되어 있다. 고흐의 '아이리스', 루벤스의 '한복 입은 남자', 세잔의 '사과' 등 거장들의 작품들이 많아 입을 다물지 못했다. 하루종일을 꼬박 보아도 시간이 부족할 정도로 볼거리가 많은데도 입장료가 무료 여서 더욱 감동을 받았다. 이 미술관은 자원봉사자들의 힘으로 운영 되고 있다고 한다. 돈이 있다면 그냥 사회단체에 기부하는 것도 좋지 만, 자기가 구상하는 대로 이런 시설을 지어서 오랫동안 많은 사람들 에게 지속적으로 휴식과 즐거움과 감동을 주는 일도 매우 의미 있을 것이었다. 정말 게티가 부럽고 고마운 순간이었다. 여행은 역시 즐거 운 일이다. 존은 앞으로도 기회가 되면 양쪽 부모님 모시고 여행을 해 야겠다고 생각하며 다음 행선지를 찾아보기로 하였다.

존은 이후 한국의 친부모를 찾는 일에 힘썼다. 양부모님으로부터 입양서류를 건네받아 살펴보았다. 입양날짜는 1985.11.15일이고 서 울의 동방사회복지회에서 입양 수속을 밟아 준 것으로 되어있었다. 그는 DNA 검사를 하여 한국 경찰에 보내면서 입양일과 입양주선기 관을 써서 보냈다. 한국 경찰에 부모님의 DNA가 등록되어 있으면 대 조를 하여 찾는다고 한다. 부모님이 아들을 찾는 노력을 안 했으면 만 사가 허사다. 즉 DNA 검사도 안 받고, 현재 주소와 연락처를 경찰에 알리지 않고, 어떤 사람을 찾는지 정보를 제공하지 않으면 아무 소용 이 없다. 존은 제발 부모님이 자기를 찾는 노력을 해주셨기를 간절히 바랐다. 어릴 때 자녀가 실종된 경우는 거의 다 부모들이 찾는 노력을 한다고 한다. 존은 자신이 어떤 경우에 해당되는지 알 길이 없지만, 부모님도 자기를 찾으려는 노력을 해줄 것을 열심히 기도하는 수밖에 없다. 몇 년 전 한국방문 시에 부모 찾기에 나섰지만 허사였다. 이번에는 꼭 일이 성사되길 간절히 기도해 본다.

이후 존은 한국어 공부를 다시 시작했다. 학원에 등록을 하고 야간에 2시간씩 한국어 공부를 하고 집에 돌아와서도 복습을 많이 하였다. 한국소설도 읽기 시작했다. 사전도 찾고, 학원에 갔을 때 선생님께 물어보기도 하면서 떠듬떠듬 조금씩이나마 읽기 시작했다. 처음 일주일간은 한 페이지 읽는 데 두 시간도 더 걸렸으나 결국 두꺼운 장편소설을 두 달 만에 독파하였다. 운전할 때도 한국어 학습 테이프와 노래도 들으면서 한국어를 귀에 익히려고 노력하고, 밤엔 단어 20개씩 외우기도 하였다. 주말에는 사전을 찾아가며 한국어로 일기를 썼다. 쓰기 실력이 쑥쑥 늘었다. 이렇게 치열하게 노력했더니 1년 후엔 듣고 읽고 쓰는 실력이 제법 높아져 있었다. 그다음부터는 말하기 연습을 했다.

한국의 해외입양인연대로 연락하여 해외 입양인 고국 방문 행사가 언제 있는지 알아보고 신청하였더니 열흘 후 참가가 확정되었다는 연락을 받아서 흥분하였다. 미국에 한국인 입양인이 11만 명이나 되므로 아무래도 경쟁률이 높을 것 같아 마음이 조마조마했던 터였다. 한국을 가려면 이 프로그램으로 가는 것이 가장 편하고 안전할 것 같았다. 돈도 많이 안 들고, 부모 찾기도 도와주기 때문이다. 이제 두 달 후면 한국에 갈 수 있다니 존은 더 열심히 한국어 공부를 하였다. 무엇보다도 한글 문자가 배우기 쉬우니까 공부에 능률이 오르고 재미도 있었다. 틈만 나면 한국어 소설을 읽고, 베껴 쓰기도 하였다. 한국어 라디오방송을 통해서 듣기와 말하기 연습도 많이 하였다. 실력이 나날이 늘었다. 두 달 후 회사에 휴가를 신청하여 허락을 받았다.

드디어 한국에 가는 날이 왔다. 13일간 한국에 머무는 일정이었다. 전에는 몰랐던 한국의 장점이 보이기 시작하면서 한국에 대한 호감도도 자꾸 높아졌다. 특히 한국방문을 함께 했던 외국의 입양인들을 만나보니 그들 역시 한국에 대한 관심과 사랑이 생각 이상으로 뜨거웠다. 역시 피는 물보다 진해서일까, 아니면 한국이 가진 매력 때문인가? 어쩌면 두 가지 다일 수도 있다. 하여튼 해외 입양인이 속속 한국을 방문하고, 한국에 대한 관심과 사랑의 온도가 높아지는 것은 좋은 일이다.

이번에도 한국의 이곳저곳을 여행하기도 하고 친부모 찾기 운동을 펴서 방문한 20명 중에서 3명이 부모와 연락이 된다고 하였다. 마침 존의 부모님도 집 주소와 전화번호를 알게 되었다면서 존에게 알려줬다. 서울시 은평구 통일로 780 M 아파트 12동 715호로 되어있었다. 존은 막 가슴이 뛰었다. 받은 번호로 전화를 했으나 받지 않았다. 몇 번을 더 했으나 역시 전화를 받지 않았다. 존은 할 수 없이 주소를 들고 택시를 탔다.

―이 주소로 가려고 하는데요.

라고 하니 운전기사는

―예, 알겠습니다.

하며 내비에 찍고는 계속 달렸다. 한참을 달리더니

―목적지까지 왔습니다.

라고 한다. 존은 미터기에 찍힌 돈을 건네고 내려서 사방을 돌아보았다.

주소에 쓰인 아파트 이름이 보였다. 그는 M 아파트 12동 안으로 들어가 엘리베이터 앞에 섰다. 2, 3분 후 엘리베이터가 1층에 멈추자 세 명의 사람이 내리고 다시 기다리던 네 명이 탔다. 존은 7층에서 내려 15호실을 찾았다. 가슴이 방망이질을 하였다. 전화도 못 하고 이렇게 불쑥 찾아오는 것이 실례가 안 되는지 모르겠지만 달리 방법이 없다. 존은 깊은 숨을 내쉬고 옷매무새도 한번 살펴보고 호흡을 가다듬고 벨을 눌렀다. 대답이 없다. 한 번 더 눌렀으나 역시 대답이 없다. 잠시 기다렸다가 다시 한번 눌렀다. 여전히 답이 없다. 집안에 사람이 없는 게 확실하다.

'어떡하지?' 전화도 안 되고 집에도 사람이 없네.

30년 만에 찾아온 부모님 집이었다. 아직 맞는지 안 맞는지도 모르는데, 아무도 없다는 게 너무나 허탈했다. 그래도 그냥 돌아갈 수는 없지 않은가? 우선 관리사무소라도 가보야 할 것 같았다. 다시 1층으로 내려오니 마침 두 명의 사람이 기다리고 있었다.

－죄송하지만 관리사무소가 어디 있습니까?

하고 물었더니

－옆동의 지하 1층에 있어요.

하며 가르쳐 주었다. 처음엔 옆동이 무슨 말인지 못 알아들어

－네? 어디라고요?

했더니 손으로 옆동을 가리키면서 지하라는 뜻으로 손가락을 아래로 가리켰다. 존은 그때야 알아듣고

－고맙습니다.

하고는 8동으로 가서 다시 엘리베이터를 기다렸다. 위로 올라갔다 내려온 엘리베이터가 1층에 서자 얼른 탔다. 마침 아무도 같이 타는

사람은 없었다. B1이라고 쓴 버튼을 눌렀다.

B1 층에 내려 사방을 살피니 '관리사무소'라는 간판이 눈에 들어왔다. 노크를 하고 들어가니 사무원으로 보이는 여자가 있었다.

-무엇을 도와드릴까요?

-7동 15호에 사는 사람 이름이 '김정태' 맞습니까?

-정보보호법 때문에 그건 알려드릴 수 없는데요.

-그럼 김씨인 건 맞나요? 그리고 현재 그 집에 김씨가 살고 있는 건 맞나요?

-예, 그렇습니다.

-알았습니다. 감사합니다.

존은 다시 7동으로 와서 엘리베이터를 타고 7층 버튼을 눌렀다. 그리고 15호실에서 다시 한번 벨을 눌렀다.

여전히 대답이 없다. 다시 한번 눌렀다. 역시 답이 없다. 존은 어떻게 할까 생각하다가 기다려보기로 하였다. 현관문 옆벽에 기대앉았다. 얼마를 기다렸을까? 존은 자기도 모르는 사이에 깜빡 잠이 들었다. 어느 순간 '이봐요', '이보세요' 하며 누가 막 흔들어 깨우는 바람에 겨우 눈을 떴더니 웬 아저씨와 아주머니가 자기를 깨웠던 것이다. 존은 벌떡 일어나 목례를 하면서 물었다.

-혹시 김정태 씨인가요?

-예, 내가 김정태이오만. 댁은 누구시오? 왜 남의 현관 앞에서 자고 있소? 얼른 가시오.

-저는 이 댁의 아들입니다. 김민철. 30년 전에 미국에 입양 보내지 않았나요? 제가 민철이에요.

—뭐, 민철이라고? 어디 한번 보자.

정태는 아들의 얼굴을 유심히 보더니 갑자기 와락 껴안으며

—맞구나. 틀림없는 내 아들 민철이구나. 코도 나를 닮았고 눈은 엄마를 닮았구나. 턱밑에 조그만 점이 하나 있었는데, 이 청년의 턱밑에 조금 더 커진 점이 있네. 틀림없는 우리 아들이야. 네가 어떻게 여길 찾아왔나? 이게 꿈인가 생시인가? 여보, 이 청년이 우리 아들 민철이오.

—어머니!

—어서 들어가자.

집안에 들어서니 크지는 않지만 깔끔하게 정리된 아파트에 소박한 갈색 소파가 놓여 있었다. 아버지가 먼저 앉으시고는

—어서 앉거라.

했다. 민철은 여기까진 알아듣고 자기도 따라서 소파에 앉았다.

—이렇게 부모님을 만나니 기뻐요. 나는 아직 한국말이 많이 서툴러요. 혼자서 공부한다고는 했는데, 많이 부족해요.

한국문화를 알았다면, 부모님께 큰절을 먼저 했겠지만, 아직 큰절하는 한국문화는 몰랐다.

—이만큼이라도 말을 하니 대견하다. 너 볼 면목이 없다. 우린 부모라고 할 수도 없다. 용서하지 말아라. 우린 죄인이다.

—아니에요. 그런 얘기 들으려고 온 것 아니에요. 그냥 보고 싶어서 왔어요.

부모님 얼굴을 자세히 보니 자기가 부모를 반반씩 닮은 것 같았다.

—그래도 우린 죄인이다. 우린 너 볼 면목이 없어. 아버지, 어머니

소리 듣는 것도 과분하지.

　－아니요. 저는 대신 좋은 환경에서 이렇게 잘 자랐잖아요? 저에겐 좋은 기회가 된 거예요. 좋은 대학도 나왔고, 국제화되었어요. 저는 그냥 부모님 얼굴을 보고 싶었고 내가 입양 갈 당시의 우리 집 사정을 알고 싶었을 뿐이에요. 형제들이 있는지, 있다면 그 형제들은 어떻게 살고 있는지 모두 궁금했어요.

　－너 위로 누나와 형이 있다. 오라고 전화해야겠다.

　라고 하면서 어머니가 자리를 떴다. 아마 방에서 전화를 하실 모양이었다.

　－지금 당장은 못 온다네요. 직장 때문에 저녁에 오겠대요.

　－그래 그렇겠지. 저녁에 와도 되지 뭐. 민철이 저녁까지 여기 있을 수 있지?

　－저녁이라면 몇 시를 말하는 거지요?

　－응, 오후 7시경을 말하는 거야. 누나와 형 만나보고 오늘은 여기서 자거라.

　－그래도 돼요?

　－그럼 되고말고.

　－예. 그럼 그렇게 할게요.

　존은 난생처음으로 친부모 집에서 밥 먹고 잠잔다고 생각하니 감개무량하면서도 또 한편은 기분이 이상하기도 했다. 기쁘기도 하고, 어색하기도 하였다. 마냥 반갑고 즐겁기엔 떨어져 살았던 세월이 너무 길어서인지 약간의 서먹함이 느껴짐은 어쩔 수 없다.

　품에 고이 간직하고 온 가족사진을 꺼내 부모님께 보여드렸다.

—저의 아내와 아들 사진이에요.

—아유, 귀여워라. 이 아이 이름은 뭐냐?

—벤자민이에요. 그냥 '벤지'라고 불러요.

—벤지, 너무 잘 생겼구나. 축하한다.

—한국어 공부를 열심히 해서 다음번엔 좀 더 나은 모습 보여드리
도록 할게요.

—그 정도면 잘한다. 대단하다. 미국은 언제 가나?

—예, 이틀 후에 갑니다. 이제 저를 입양 보낼 당시의 얘기를 듣고
싶어요.

—응, 그래. 우선 너에게 용서해달라는 말은 못 하겠다. 부모로서
도저히 씻을 수 없는 죄를 졌다. 마음껏 원망하고 욕해라. 우린 너한
테 죄인이다. 천만뜻밖에 네가 우릴 찾아와 주어서 고맙기 그지없다.
우린 너에게 죄인이다. 용기를 내어 그 당시 얘기를 들려주겠다. 물론
너에겐 변명으로밖에 들리지 않겠지만, 그땐 불가항력적이었다고 말
할 수밖에 없구나.

—불가항력적이 뭐에요?

—응 사람의 힘으로는 어쩔 수 없는 상황을 말하는 거야.

—아, 예.

—네가 태어나고 몇 달 안 되어 너의 할머니가 뇌졸중에 걸리셨어.
할아버지가 이미 간암을 앓고 계셔서 힘들었는데, 할머니마저 더 큰
환자가 되니 너의 어머니가 얼마나 힘들었겠냐?

—뇌졸중이 뭐에요?

—머리의 혈관이 막혀서 몸의 반쪽을 전혀 쓸 수 없는 병인데, 아

마 병중에서 가장 힘든 병일 거야. 그야말로 몸을 스스로 못 움직이니까 혼자서는 돌아눕지도 못하고 대소변도 모두 침대에서 받아내야 하고, 밥도 먹여드려야 하고, 무엇보다도 계속 몸을 움직여드리지 않으면 안 되니까 어마어마하게 힘든 상태가 되는 거야. 간병인 3명이 교대를 해야 할 정도의 힘든 상황이었지만, 돈이 없으니까 네 엄마가 혼자서 다 할아버지와 할머니를 간병해야 하고 너를 키워야 하니까 힘든 것은 이루 말할 수 없었지. 게다가 너의 누나와 형도 아직 다섯 살, 세 살밖에 안 되었기 때문에 엄마의 손길이 필요하니 네 엄마는 죽을 지경이었지.

그때 나라도 너의 엄마를 도와주어야 했지만, 난 그때 부산에 가 있었어. 직장이 부산에 있었거든. 2주일에 한 번 정도 서울 올라와서 식구들 보고 나는 또 내려가야 했지. 한 푼이라도 벌어야 하니 어디인들 안 가겠냐? 어떻든 너의 엄마는 현실적으로 감당할 수 없는 처지에 놓인 거야. 어느 날 친척이 할아버지 문병 왔다가 이 광경을 보고는 너의 어머니한테 '그러지 말고 애기는 다른 집에 입양을 시키면 오히려 더 잘 자랄 수 있다'고 가르쳐 준 거야. 너의 엄마는 처음엔 말도 안 된다고 펄쩍 뛰었지. 그런데 일주일 후 너의 누나가 심한 독감에 걸려 고열이 나서 응급실에 가야 했는데, 어린 너를 집에 두고 갈 수도 없고, 데려갈 수도 없고 아주 곤란한 상황이 됐어. 당장 맡길 데도 없고 발을 동동 굴렀지. 할 수 없이 별로 달가워하지 않는데 사정사정하여 억지로 옆집에 너를 맡기고 너의 형과 누나를 데리고 응급실에 갔대. 응급실에서 돌아와 보니 너는 얼마나 울었는지 눈이 발갛게 되어있고, 우유도 안 먹이고 기저귀도 안 갈아주었더래. 기저귀와 우유병을 주고 갔는데 말이야.

　―그런 나쁜 이웃이 있어요?

　―그러게 말이다. 이 일이 있고 나서 네 엄마가 결심을 했던 모양이야. 믿을 수 있는 기관에 맡겨 좋은 집에 입양시키기로. '오히려 좋은 집에 입양되면 훨씬 잘 자랄 수 있지 않을까?' 하는 생각을 하게 된 것 같아. 열흘 뒤쯤 내가 서울 오니까 너의 엄마가 결심한 바를 얘기해서 나도 동의했지. 보고 싶어도 우리 아이가 좋은 집에서 잘 자라는 게 더 중요하니까 마음 아프지만 그렇게 하자고. 결국 동방사회복지재단에 너를 맡기게 된 거야. 나도 당장 달리 대안을 내놓지도 못했으니까. 막상 보내놓고 네 엄마는 밤마다 울었지. 3년 뒤에 너의 할아버지가 먼저 돌아가시고 2년 후에 너의 할머니마저 돌아가시고, 아이들도 조금 더 컸으니까 이제 너를 데려올 수 있지 않을까 하고 복지재단에 가서 물어보니 미국으로 입양된 지 5년 넘었다면서 데려오는 건 불가능하다고 하더라. 잘 자라고 있으니 걱정은 말라고. 혹여라도 아드님이 나중에라도 부모 찾는 노력을 한다면 만날 수도 있으니까 DNA 검사를 받고 등록을 하라고 해서 다 해놓고 왔지만, 큰 기대는 하지 않았어. 두 돌도 안 돼 입양된 네가 커서 우리를 찾으리라고는 꿈에도 생각하지 못했으니까.

　―저를 입양 보내고 어떠셨어요?

　이번에는 어머니가 대답했다.

　―처음 몇 년은 죽을 지경이었지. 너의 모습이 계속 눈앞에 어른거려 미칠 것 같더라. 후회도 많이 했지. 아무리 힘들고 너에게 잘 해주지 못해도 그냥 내가 키울 걸 하고 말이야. 그러다 10년쯤 지나니까

생각도 덜 나고 '좋은 집에서 잘 크고 있겠지'하며 서로를 위로하면서 살았어. 기적을 바라는 심정으로 너를 한 번이라도 보고 싶어 경찰에 가서 연락처를 알려주고 DNA 검사를 받았던 거야. 그렇게 한 것이 네가 이렇게 우릴 찾게 될 줄이야 꿈에도 몰랐구나. 정말 네가 우릴 찾아온 건 하늘의 특별한 선물이고 축복이다.

―이제 이렇게 만났으니 앞으로는 좀 더 자주 찾아올게요.

―고맙다. 고마워. 이제 두 발 뻗고 자겠다. 30년 만에 너를 만나다니…. 살다 보니 이런 날도 오는구나. '하느님 감사합니다.'

저녁이 되자 누나와 형이 왔다. 처음엔 조금 어색했지만 시간이 지나자 서로에게 정이 끌려 다섯 식구가 얼싸안고 울었다. 부모님, 형, 누나는 '고맙다, 반갑다'라는 말을 수십 번 했다. '피는 물보다 진하다'라는 말이 실감 났다. 다섯 명이 한 덩어리가 되어 마음껏 울었다. 존은 벅차오르는 감정을 가눌 길이 없었다. 친부모형제를 만나니 가슴이 뜨거워지고 감정이 북받쳐 올랐다. 난생처음 느껴본 특별한 감정이었다.

다섯 식구가 흘린 눈물은 무려 30년이라는 세월을 다 녹여 내렸다. 존은 난생처음 혈육의 위대한 힘을 느끼게 된 것이 무엇보다 소중한 경험이었다. 지금까지 이런 감정은 아들 벤지를 얻었을 때 외에 한 번도 경험해 보지 못한 황홀한 감정이었다. 지금까지 양부모님과 형제와도 평화롭게 살았지만, 이런 뜨거운 감정을 느껴보진 못 했다. 그날 밤은 다섯 식구가 새벽녘까지 회포를 풀고 동틀 무렵에야 잠이 들었다. 존이 잠에서 깨보니 형과 누나는 이미 출근을 했고 아버지 어머니만 존이 깨기를 기다리고 있었다.

-잘 잤나?

-예, 아버지, 어머니도요?

-응, 그래.

존은 어머니가 차려준 북엇국으로 아침을 먹었다.

친부모형제를 찾은 지금과 그 이전은 분명히 다를 것이었다. 자기가 부모로부터 버림받은 것이 아니라는 것을 확인한 것은 큰 소득이었다. 더구나 '우린 죄인이다. 너 볼 면목이 없다'를 열 번도 더 하셨으니 절로 용서가 되고, 부모님의 얘길 들으니 입양시킬 수밖에 없었던 상황이 더욱 이해가 되었다. 존은 피를 나눈 부모·형제가 있다는 게 새삼스럽게 축복으로 여겨졌다. 자기와 비슷하게 생긴 혈육을 만나는 것은 난생처음 느껴보는 특별한 희열과 감동이었다. 평생을 갈 것 같은 이 특별한 감동을 안고 미국에 가게 되니 감사한 마음이 파도처럼 밀려왔다.

-이렇게 건재해주셔서 감사합니다. 내일 한국을 떠나기 때문에 오늘 할 일이 많아서 이제 가야겠네요. 이렇게 모두 만났으니까 앞으로는 좀 더 자주 만날 수 있겠지요. 아버지, 어머니 안녕히 계십시오.

세 명은 다시 포옹을 하였다.

-잘 가고 부디 건강하여라.

-예, 부모님도 건강하세요. 다음에 또 올게요. 아니, 미국에도 오세요. 연락드릴게요.

-그래 고맙다. 어서 가거라.

존은 미국에 돌아온 후에도 친가족을 만난 특별한 감동이 계속 이어졌다. 틈틈이 한국어 공부를 하고, 한국 역사와 문화 등 한국에 관한 책을 읽으며, 점점 더 한국 사람이 되어가고 있었다. 줄리아나에게도 조금씩 한국어를 가르쳤다. 잘 따라주니 고마운 일이다. 존은 알 수 없는 힘이 불끈 솟아나는 걸 느꼈다. 높아진 10월의 하늘이 눈부시게 파랗고 하얀 뭉게구름 사이로 까치 떼가 힘찬 날갯짓으로 평화롭게 날고 있었다. 까치의 하얀 깃털이 파란 하늘에서 눈부시게 반짝였다.

뉴몰든의 아침

이틀 동안 추적추적 비가 와서 공연히 마음도 뒤숭숭하고 우울했으나 오늘은 말끔히 구름이 걷히고 맑고 파아란 하늘이 모습을 드러냈다. 따스한 햇빛이 눈부시게 쏟아지는 5월 초. 런던 교외의 뉴몰든시 변두리의 조그만 벽돌집 거실에서 정도현과 한송희는 창밖으로 보이는 푸른 나무들과 여러 가지 알록달록한 꽃들이 선사하는 아름다움과 평화로움에 취해 있었다. 흐드러지게 피었던 벚꽃이 스러지고 있는 대신, 화단에 심은 메리골드, 빨간 장미, 청보라색의 무스가리, 아이보리색의 푸르지아, 하얀 수선화, 핑크색의 꽃잔디들이 피어 있으니 두 사람의 마음도 활짝 피어났다.

한송희는 한국에서 올 때 가지고 온 홍삼차를 도현에게 건네고 자기도 함께 마시며 말했다.

　─이 홍삼차는 언제 마셔도 좋은 것 같아요. 건강차라는 선입견 때문인지는 몰라도 확실히 마음이 안정되고 몸이 가벼워지는 느낌이 들

어요. 마당의 예쁜 꽃들을 보면서 마시니 더욱 좋네요.

－나도 그래요. 홍삼의 쌉싸름한 맛이 독특하고 향도 좋아요. 당신 말마따나 몸이 건강해지는 느낌 뭐 그런 게 있는 것 같아요. 꽃들이야 언제 보아도 아름답지요. 정말 오래오래 피어서 우리의 눈과 코를 즐겁게 해주면 좋으련만…. 하기야 너무 오래 피어 있으면 덜 소중할지도 모르지만.

도현네는 아무래도 이곳에 와야만 여러 가지로 편리하고 도움도 받을 수 있을 것 같아서 이곳 뉴몰든에서 자리 잡았다.

뉴몰든 시는 유럽에서 한국 교포들이 가장 많이 살고 있는 코리아 타운이다. 2만 명이 넘는 한국인이 살고 있고 북한 출신도 600여 명에 달하여 유럽에서 탈북자의 수가 가장 많은 지역이기도 하다. 이곳에는 큰 슈퍼마켓과 식당, 카페 등 한국업소가 많아 한국어 간판도 즐비하다. 한국어유치원과 교회도 있다.

－이곳에 온 것이 꿈만 같네요. 우리가 잘한 것 맞지요?

송희가 상기된 얼굴로 도현을 바라본다.

－잘하고 못하고를 따져서 뭘 하겠소? 이제 더 이상 생각지 맙시다.

－정말 이런 건 아니었는데….

－뭐가요?

－아무리 이젠 밥걱정 안 하고 남의 눈치 안 보고 산다지만, 난민 신분으로 여생을 살아야 한다는 것이 당신에겐 너무 안 된 일이에요.

－난민이라니? 우린 이제 영국 시민이 된 거예요.

－당신에게 미안해요. 한국에선 그래도 '대진정보주식회사 상무 정도현'이란 직함을 가지고 당당하게 살았는데, 여기에 와서 이름 없는

난민으로 살게 된 것이 마음 짠해요. 모두 나 때문에… 정말 미안해요. 막연히 이곳에 오면 남의 눈치 안 보고 차별 안 받고 살 수 있고, 아이들 영어 걱정, 대학 진학 걱정 안 해도 되고 아이들이 좀 더 넓은 시야로 국제적인 안목을 키우려니… 이런 생각만 했어요.

　―어허, 난민이라는 말 쓰지 말랬지요? 영국 시민, 알았죠? 이제 절대 뒤는 돌아보지 말고, 그냥 영국 시민으로 앞만 보고 삽시다.

　―우린 어차피 취업은 어려우니 무임승차해서 살 수밖에 없지요. 그나마 아이들을 학교 기숙사에 넣었으니 안심이 되네요. 또래들과 어울리면 영어도 빨리 배우고, 영국문화도 빨리 익혀서 이곳 생활에 빨리 적응하겠지요? 우리 아이들이 대학에 들어가면 우린 다시 한국에 돌아갈까요?

　―무슨 소리? 한국 가면 뭘 먹고 살아요? 취직도 할 수 없고, 연금이나 장사 밑천이 있는 것도 아니고….

　―하기야, 그러네요. 이젠 죽으나 사나 영국 시민으로 나라에서 주는 돈 받아서 욕심 없이 편하게 삽시다. 사실 이렇게 놀면서 안전하게 사는 것도 큰 복이지요. 물론 좋은 직장이 생기면 좋고요. 한국에서 가지고 온 돈도 아직은 제법 있으니 자동차 한 대만 사면 여행은 얼마든지 할 수 있잖아요?

　―그렇지요. 세계일주는 못 하더라도 영국과 가까운 이웃 국가들이라도 여행하면서 즐겁게 삽시다.

　―알았어요. 당신이 너무 낙담 안 하고 그냥 맘 편히만 살아준다면 나야 너무 고맙죠.

　―난민 지위 못 받아서 애태우던 한 달 전을 생각하면 지금은 너무

안정된 삶이지요. 나라에서 살게 해주니 고마운 일이고요.

　―내가 왜 영국 가자고 졸랐는지 모르지요? 당신이 한 번도 안 물었으니까 나도 말할 기회가 없었네요. 제일 큰 이유는 아이들 교육 때문이었어요. 한국에선 아이들이 학교에서 돌아오면 몇 가지씩 과외를 시키더라고요. 영어, 수학, 논술, 운동, 피아노, 미술… 그런 걸 다 뒷받침해주고, 좋은 학원 찾아주고 실력 있는 과외 선생님을 찾아서 아이들을 맡기는 엄마가 훌륭한 엄마이고 성의 있는 엄마가 되더라고요. 나는 도저히 그런 엄마가 될 수 없다는 게 가장 두렵고 아이들한테도 미안했어요.

　우리 지호 지수 친구 엄마들을 일주일에 두세 번씩 만나고 나면 진이 다 빠져나가는 것 같고, 자존심이 많이 상한 것 같고, 상대적인 빈곤감도 많이 느껴지더라고요. 다시는 만나지 말아야지 하면서도 한편으로는 정보에 뒤처질까 걱정되고 우리 지호, 지수에게 무능한 엄마가 되는 것 같아 불안했어요. 한마디로 아이들이 일류대학 못 가면 어쩌나 하는 조바심이 너무 커서 도망치고 싶었어요. 도망치려고 하니까 영국이 생각났지요. 아이들 영어 문제, 대학 진학 문제를 해결하고, 남한에서 느끼는 소외감이나 열등감 이런 걸 한꺼번에 해결하는 길이 영국행이라고 생각했어요. 영국은 어쩐지 믿음직하더라고요. 영국과 같은 전통 있는 선진국에서 배울 것도 많고 누릴 것도 많을 것 같았거든요.

　북조선에서 살던 때에 비하면 남한에서 매일 감동받고 감사하는 마음으로 행복하게만 살아야 하는데 참, 사람 마음이란 것이 요상하지요. '귀이망천貴而忘賤'이라고 배고프고 감시당하던 때는 다 잊고 감사할 줄 모르고 공연히 강남 엄마들과 비교하고…. 제3의 신분으로 산다는 게 정말 상상외로 어렵더라고요. 세상에는 디아스포라가 많고도 많을 텐데….

─이제 이런 이야기 그만합시다. 당신이 영국으로 가자 할 때 내가 군말 없이 따라왔잖아요? 당신이 그 끔찍한 북한을 벗어나서 꿈에도 그리던 서울에 오고서도 4년 후부터인가 자꾸 영국으로 가자고 조르니까 당신에게 뭔가 말 못 할 사정이 있나 보다 생각하면서 내가 순순히 받아들였던 거예요. 그게 바로 내가 당신을 존중하고 신뢰하는 증거 아니겠어요? 꿈에도 그리던 대한민국에 와서 얻은 자유와 풍요를 모를 리 없는 당신이 자꾸 영국으로 가자고 할 때는 그만한 이유가 있으려니 했어요. 사실 우리가 말이 통하는 한국을 두고 귀머거리 벙어리로 살아야 할 영국에 온다는 것이 얼마나 큰 모험이고 도전이었어요? 그러니 이제 다시는 지난 얘기 하지 말고 여기서 즐겁고 행복하게 살 궁리만 합시다. 잘못하면 우리는 평생 불행하게만 살다 갈 수 있어요. 이젠 정말이지 안정되고 행복하게 살고 싶어요, 여보.

─당신 말이 맞아요. 미안해요. 이제부터 나도 당신 마음 잘 헤아려서 행복한 마음만 갖도록 노력할게요. 우리 마트 가서 재료 사다가 불고기 해 먹고 TV나 볼까요?

─다 알아듣지도 못하는 TV는 봐서 뭘 해요? 오늘은 한 시간 정도 산책이나 합시다. 매일 한 시간씩 걸으면 건강에 더없이 좋다잖아요?

─알았어요. 아, 그리고 우리 이왕 영국에 왔으니까 하루에 두세 시간 영어 공부하는 거 어때요? 이 뉴몰든에 '밀러 학교'라고 아주 괜찮은 영어학교가 있대요. 각자 사정에 따라 2, 3시간부터 5, 6시간까지

영어공부를 할 수 있다나 봐요. 거기 가면 한국 사람 말고도 제3국에서 온 사람들도 만날 수 있대요. 다 같이 영어를 잘 못하는 사람들이니까 오히려 말하기가 더 쉽지 않을까요?

─그거 듣던 중 반가운 소리네요. 당장 내일부터 나갑시다. 쇠뿔도 단김에 빼라고 하잖아요? 내일 아침 일찍 가서 등록하고 바로 공부 시작합시다. 말이 제대로 통해야 살맛도 나고 나중에 자원봉사라도 하지요.

─그래요. 그게 좋겠네요.

두 사람은 결국 본격적으로 영어공부라는 것에 의기투합하고 나니 새로운 의욕과 새로운 희망이 모락모락 피어오르기 시작했다.

도현은 사실 아직 누구에게도 말 안 했지만 한국에 있을 때 남모르는 어려움을 겪었다. 봉급도 많고, 하는 일도 맘에 들고 사장과도 잘 지냈지만, 같은 부장으로 있던 고춘석이 도현을 너무나 괴롭혔기 때문이다. 고춘석은 도현과 나이도 비슷하고 직급도 같으나 입사는 도현보다 10년이나 빨랐다. 그러니 입사한 지 2년밖에 안 된 도현과 똑같이 부장이라는 게 너무도 억울하고 못마땅했다. 말하자면 춘석은 차근차근 단계를 밟아서 올라왔는데, 도현은 낙하산으로 내려와 입사 2년 만에 부장이 되니 기가 막혔다. 더구나 도현은 탈북자인데, 어느모로 보나 자기와 동급이라는 게 불공평하다는 생각을 지울 수 없었다. 사장이 일찌감치 도현의 실력을 알고 다른 회사에 빼앗기지 않기 위해 파격적인 대우를 하는 것을 춘석은 알지 못했다. 더욱이 1년 후 도현과 그 팀원들이 개발한 프로그램이 국내 굴지의 대기업에 팔리면서 회사에 큰 수익을 갖다 주었다. 따라서 논공행상 차원에서 도현을 상무로 승진시키고, 팀원들도 한 단계씩 승진시키고 월급을 올려주었다. 춘석은 더이상 참을 수 없어 도현을 직접 겨냥했다.

　—이번 프로그램을 또 어디에 팔아넘겼소? 북쪽에 빼돌린 건 아니오? 안 그렇다는 증거가 있으면 내놔 보시오. 난 당신을 믿을 수 없으니….

　도현은 가슴 밑바닥으로부터 치밀어오르는 분노를 주체할 수가 없었다. 우선 주먹으로 한 대 치고 싶은 충동을 심하게 느꼈으나 가까스로 참고 점잖게 말했다.

　—그럼 내가 그런 짓을 했다는 증거를 내놓아 보시오. 내놓지 못하면 난 당신을 무고에 의한 명예훼손죄로 고발하겠소.

　—내가 먼저 문제를 제기했으니, 아니라는 증거를 그쪽에서 먼저 대야 할 것 아니오? 왜 내가 너무 정확하게 알아맞혀서 놀랐소?

　—세상에서 남을 모함하는 것이 얼마나 큰 죄인지 모르시오? 있지도 않은 일을 어떻게 증명한단 말이오? 대응할 가치조차 없소. 어디 마음껏 모함해 보시오. 제 꾀에 자기가 넘어질 수 있음을 곧 알게 될 것이오.

　—아니라고 분명히 말하고 증거를 대지 못하고 말을 자꾸 돌리는 걸 보니 틀림없는 것 같소.

　—여러분! 우리 회사가 위기에 빠졌소. 우리 회사 기밀을 빼내는 사람이 있어요. 그것도 적국에 말이오.

　춘석은 그만 이렇게 소리 질러버렸다. 도현은 너무도 어이가 없고, 기가 막혀 아무런 말도 안 나오고 억울함과 분노로 얼굴만 벌겋게 달아오르고 씩씩거렸다. 당장 주먹으로 한 대 갈기고 싶은 충동을 가까스로 억눌렀다. '세상에 이토록 악독한 사람도 있구나.'

3일 뒤 도현은 사장실로 불려갔다.

─회사에 이상한 소문이 돌고 있는데, 알고 있소?

─예, 사장님, 하도 어이가 없어 대꾸할 가치를 못 느끼고 있습니다. 사장님은 저의 결백을 아시리라 믿습니다.

─'아니 땐 굴뚝에 연기 나랴' 하는 속담도 있지만 저는 정 상무님을 믿습니다. 시간이 지나면 모두 밝혀지겠지요. 허참, 이런 소문이 돌다니….

도현은 억장이 무너졌다. 할 수만 있다면 배를 갈라 속을 다 내보이고도 싶고, 춘석을 무고죄로 고발하고도 싶다. 그러나 처음 것은 할 수도 없는 일이고, 두 번째 것은 자신이 당장 가시적으로 손해 본 것도 없으니 고소가 되는지 어떤지도 모르겠다. '정신적 피해'라는 것도 있다지만, 개인 간의 고소고발 같은 것은 거의 없는 북한에서 살아온 도현으로서는 혼자 어떻게 고발하고, 재판을 이어가는지 엄두도 안 났다. 평생 한 번도 해본 적 없는 고소 고발을 할 생각을 하니 두려움이 앞섰다. 이튿날부터 그는 회사에 나가는 것이 어색하고 사람들을 만나는 것도 겁이 나고 일에 집중도 되지 않았다. 아침마다 출근할 시간이 되면 회사에 나가야 하나 말아야 하나 고민이 되었다. '참으로 무서운 세상이구나.', '남한도 역시 천당은 아니었구나. 모함과 모략이 있는 곳이구나. 나 이제 어떡해야 하나? 고춘석과 그를 따르는 한두 명만 빼면 모두 따뜻했는데 다른 회사도 그럴까? 다른 회사엔 고춘석 같은 사람이 없을까?'

지금까지 무엇으로도 남에게 져본 일이 없는 도현이었지만 춘석의 너무도 간악한 모함 앞에서는 어찌할 바를 몰랐다. 마음 같아선 뺨이라고 갈기고 싶지만, 폭행이 큰 죄가 되는 남한에서 함부로 폭력을 썼다간 또 무슨 봉변을 당할지 몰라 이를 갈면서 참았다. 머리나 실력, 심지어 힘으로 싸우는 것도 자신 있으나, 이런 모함을 당했을 때는 어떻게 해야 하는 건지 묘안이 떠오르지 않았다. 입씨름을 아무리 해봐야 승부가 나지도 않을 일이었다. 마음 같아선 당장 이 회사를 떠나고 싶은 생각밖에는 나지 않으나 그동안 자기를 믿고 인정하여 파격적인 대우를 해준 사장님께도 미안하고, 또 유난히 살가운 몇몇 동료들과, 자기를 믿고 따르는 팀원들도 마음에 걸렸다. 뿐만 아니라 춘석의 모함이 악랄한 모함인 걸 밝혀내지도 못하고 떠나면 그것이 기정사실처럼 될 것이므로 얼른 결론을 못 내리고 일단 경찰에 가서 자초지종을 말하고 도와달라고 했다. 일주일 후 경찰에서 나와 춘석도 만나고 다른 동료들도 참고인으로 만나고 가서는 다시 연락이 없어 고민만 가득하던 때에 마침 아내가 영국이민 이야길 꺼냈던 것이다.

아직 아내 송희에게도 회사 일은 한마디도 안 했던 터라 아무 일도 없는 것처럼 행동하고, 어디까지나 아내의 뜻을 들어주는 근사한 남편으로 알게 두었던 것이다. 아내에게 얘기해 봐야 속만 상할 거고, 아내가 해결할 수 있는 일도 아니니, 나 혼자 속상하고 말자고 생각했던 것이다. 아마 아내가 영국 얘길 안 꺼냈다면 언젠가는 얘기했거나 결국 알게 될 것이었다.

도현은 15년 전의 평성고등중학교 졸업반 때의 일이 갑자기 떠올랐다. 북송된 지 1년쯤 지난 때였다. 재포(재일교포 출신)는 최하 계층이어서 대학에 갈 수 없다 하여 실의에 빠져있었다. 오사카에서 북한으로 온 가장 큰 이유가 무상으로 대학 다닐 수 있다는 거였는데, 아예 대학을 갈 수 없다니까 말문이 막혔다. 대학도 병원도 모두 무료인 지상낙원이라고 선동해서 재일교포들을 북송시켜놓고는 입대 불허, 대입 불허, 입당 불허, 배급 불허 등 상상할 수 없는 차별을 하니 망연자실했다. 도현은 공부를 무척이나 좋아했고, 늘 잘했기 때문에 최고의 대학에 갈 수 있다고 생각해 왔는데, 아예 대학을 갈 수 없다니 기가 막혔다. 얼마 동안 실의에 빠져있다가 자기를 유난히 아껴주시는 이성현 담임선생님을 찾았다.

─선생님, 저는 대학을 못 가는 것은 견딜 수 없는 고통일 것 같습니다. 토대(출신성분)가 나빠도 대학에 갈 수 있는 길이 없을까요?

─음, 대학이라, 정도현은 성적도 좋고 특히 수학을 잘하니, 전국 수학경시대회에서 3등 안에 들면 대학 갈 수 있다. 김책공업대학이나 평성리과대학은 수학경시대회 입상자들을 우선적으로 뽑는데, 여기서는 계층이나 집안을 따지지 않는다.

─그래요? 그런 길이 있었습니까? 그럼 제가 열심히 공부할 테니 나중에 추천서를 좀 써주십시오, 부탁드립니다.

─알았다. 네가 수학경시대회에서 3등 안에 든다면 특별히 교장 선생님께 부탁하여 추천서를 써줄 터이니 열심히 준비하여 우리 학교 이름을 빛내거라. 이제 넉 달 밖에 안 남았다. 알갔지?

─예, 선생님, 열심히 준비하겠습니다. 용기를 주셔서 감사합니다.

도현은 너무도 기뻤다. 벌써 대학에 합격을 한 것처럼 마음이 들떴다. 마치 어깨에 날개가 달려 하늘로 날아오르는 것 같았다. '음, 그런 길이 있다, 이거지? 오늘부터 난 오로지 경시대회를 위해 살 거다. 밥 먹는 시간, 잠자는 시간 외는 수학경시대회 준비를 할 것이다. 이 좋은 기회를 놓칠 순 없지.' 그는 평소에도 공부를 열심히 했지만, 이후 훨씬 더 수학 공부를 열심히 하였다. 문제집을 몇 권이나 사서 모조리 다 풀어봤다. 과외하는 시간이 아까웠지만 그걸 안 하고는 밥도 먹을 수 없고, 책 한 권 살 돈도 없으니 과외를 그만둘 순 없었다. 일본에서 함께 북송선을 탔던 조부모님은 3년 만에 다 돌아가시고 혼자가 되어 잠시 꽃제비 생활을 하다가 대오각성하여 살길을 찾은 게 초·중학생 수학 과외였다. 그는 학교 수업을 하고 과외를 해주고 나머지 시간으로는 오로지 수학경시대회 준비만 했다.

드디어 수학경시대회 날이 밝았다. 도현은 간단히 아침을 먹고 손수 싼 곽밥(도시락)을 들고 경시대회장인 평성리과대학으로 가자니 막 가슴이 뛰었다. 버스에서 내리니 많은 학생들이 몰려들어오고 있었다. '난 김책공업대학에 들어가고야 말겠어.' 속으로 다짐하며 손을 불끈 쥐었다. 시험이 시작되었다. 도현은 별로 막히는 문제 없이 술술 풀기 시작했다. 8시간 동안 몇백 문제를 푸는 시험이었는데, 두세 문제를 제외하곤 자신 있게 풀었다. 그로부터 석 달 뒤 정도현은 전국에서 2등이라는 결과가 발표되었다. 담임선생님이 '잘했다'며 머리를 쓰다듬어 주셨다. 두 달 뒤 약속대로 교장 선생님께 부탁하여 김책공업대학 컴퓨터학과에 입학할 수 있도록 추천서를 써주셨다. 도현은 예비고사를 거쳐 본시험에서도 성적이 좋아 합격하였다. 그는 정말 하늘로 올라가는 환희를 느꼈다, '그래도 죽으라는 법은 없구나.' 자칫 대학도 못 갈 뻔했으나 북한 최고의 과학기술대학인 김책공업대학 컴퓨터공학과에 입학하고 군대도 면제받고 컴퓨터 공부만 하게 되었으니 여간 기쁘지 않았다.

입학식에 참석하려고 하루 일찍 평양에 가는 기차를 탔다. 평양에 내려서 보니 정말 눈이 휘둥그레질 정도로 평성과는 차이가 있었다. 평양 거리는 깨끗하고 자동차도 많이 다니고 높은 건물도 많았다. 말로만 듣던 고려호텔, 평양 지하철, 량각도국제호텔, 과학자거리, 주체사상탑, 금수산태양궁전, 려명거리, 창전거리 등 참으로 근사하고 번쩍번쩍하는 시설에 도현은 넋을 잃었다. 상상만 하던 평양의 이곳저곳을 직접 보니 감개가 무량했다. 이런 곳에서 대학을 다니면 너무나 즐거울 것 같았다. 대학에 입학해 보니 정말 등록금도 없고 입학금도 없었으며 심지어 기숙사비도 매우 쌌다. 아침도 기숙사에서 주고 점심도 강냉이빵과 두유가 나왔다. 도현은 감격했다.

그런데 막상 대학을 다녀보니 여러 가지 명목으로 계속 돈을 거두었다. 처음에 등록금이 없어 감격했는데, 자꾸만 돈을 거두니 참으로 괴로웠다. 할 수 없이 다시 고등학생 수학 과외를 두 명에게 해주어 돈을 벌었다. 학교에서 수시로 걷는 돈도 내고, 책도 사고, 옷도 사 입었다. 이제 안정적으로 학교에 다닐 수 있게 됐다. 컴퓨터 공부도 재미가 있었다. 평생 처음 컴퓨터를 만져보고 공부도 하니 '참으로 신기한 기계로구나.' 감탄하면서 컴퓨터의 무궁무진한 능력에 흠뻑 빠졌다. 그리고 번쩍번쩍하는 도서관에서 공부도 하니 꿈만 같았다. 반 친구들도 전국적인 수재들만 들어오기 때문인지 모두 학습 태도가 진지했다.

처음 일본 니카타항에서 만경봉호를 타고 청진에 내려 실망하고
충격받았던 것에 비하면 지금은 평양의 특권층이 된 것 같아 가슴이
벅차올랐다. 도현은 6년 후 대학을 졸업하고 중앙전산원에 배치되었
다. 성실하고 실력이 있으니 승진도 순조로워 직장생활이 즐겁기만
했다. 대학 때 만난 송희와 결혼 후 함께 중앙전산원에 다니며 아들딸
남매를 낳아 기르니 세상에 부러운 것이 없었다. 단지 월급이 상상 이
상으로 적어 네 식구 입에 풀칠도 빠듯했다. 이건 미처 생각지 못했던
것이다. 부부는 당황스럽고 고통스러웠다. 누구가 아프기라도 하면
큰일이었다. 병원에 가도 의약품도 없고, 주삿바늘도 썼던 걸 또 쓰고
하기 때문에 오히려 병을 더 키우게 되는 경우가 허다하다. 수술을 해
도 마취를 못하고 그냥 하니까 환자도 의사도 죽을 지경이다. 아이들
도 옷 한 벌 변변한 걸 사 줄 수가 없고, 특기 하나 가르칠 돈이 없었
다. 그러나 직장을 그만두는 것도 허용이 안 된다.

부부는 고민 끝에 주중 저녁과 주말에 과외를 하기로 하였다. 각각
고등중학생에게 수학을 가르쳐주고 받는 돈이 두 명 월급의 몇 배가
되었다. 숨통이 트였다.

경제적인 고통에서는 벗어났으나 또 다른 고통이 있었다. 전산실
에서는 실생활에 필요한 컴퓨터프로그래밍을 하는 것이 아니라 미국
과 한국의 주요 서버를 해킹하는 일을 주로 연구해야 하는 것이었다.
생산적이고 보람 있는 일을 하는 것이 아니라 나쁜 일만 해야 하는 것
이 정신적으로 너무 괴로웠다,

그러던 어느 날 회사 창립일이라고 처음으로 동료들과 술을 마시
게 되자 자신도 모르는 사이에 넋두리가 나왔다. '내 성적으로는 김일

성대학도 갈 수 있었는데, 억울하게 김책공업대학에 들어가서 평생 컴퓨터만 만지고 사는 팔자가 되었네요.' 이 말을 들은 지현철이라는 동료가 그걸 놓치지 않고 윗사람에게 보고했고 윗사람은 당에다 보고해버렸다. 어느 날 보위부에서 출두통지서가 날아왔다. 지정한 시간에 보위부에 가니 '동무는 장군님께 불온하고 불경스런 말을 했으므로 곧 재판이 있을 것이오'라고 하며 도현을 데려간 곳은 농포집결소였다.

도현은 집결소에 수용된 지 석 달 후 재판에서 노동교화형 10년을 선고받고 회령시에 있는 제16호 전거리교화소에 수감되었다. 청천벽력같은 사태에 억장이 무너졌지만, 피할 방법이 없었다. 교화소 생활은 참으로 어기찼다. 급식은 거친 강냉이밥 100g과 염장무 두세 조각과 가끔 배춧잎 두세 장 둥둥 더 있는 시커먼 소금국이 다였다. 이걸 먹고 일은 뼈 빠지게 해야 했다. 하루 12~16시간 동안 힘든 노동을 하니 하루하루 생명을 부지하기가 어려웠다. 마음 같아선 그냥 쓰러져 죽고 싶었으나 가족들 생각에 죽을힘을 다해 버텼다. 교화소에선 상상할 수 없는 참혹한 일들이 벌어지는데, 특히 여성 수감자들은 성폭행을 당한 후 비밀보장을 위해 살해돼 사라지는 경우도 있었다.

도현을 비롯한 수감자들은 늘 너무나 배가 고프니까 개구리, 쥐, 심지어 굼벵이라도 보기만 하면 잡아먹는데, 잡다 걸리면 발길질을 하고 30g짜리 '처벌밥'을 주거나 굶겼다. 보호 동물을 잡았다는 게 이유였다. 그래도 살아서 나가야 한다고 전의를 다지며, 마음과 몸을 추스르곤 했다. 교화소 내에 달구지가 자주 오가는데, 달구지 밖으로 팔다리가 축 늘어진 시체의 모습을 하루에도 몇 번씩 봐야 했다.

그러던 어느 날 뜻밖에도 아내 한송희가 면회를 왔다. 10분 동안의 면회시간이 야속하기만 했다. 알고 보니 장인이 당의 고위직에 부탁도 하고 뇌물도 줘서 겨우 면회를 온 모양이었다. 불과 여섯 달 만에 뼈만 남은 남편을 본 송희는 가슴이 찢어지는 아픔을 느꼈다.

—내가 어떻게든 손을 써 볼 테니 마음 단단히 먹고 견뎌내야 해요. 내가 무조건 당신을 빼낼 테니까요. 알았지라요? 정신 차리고 조금만 참아줘요.

하고는 눈 안에 눈물이 가득 고이더니 결국 줄줄 흘러내려 옷을 적셨다. 이로부터 1년 뒤 도현은 풀려나왔다. 입소한 지 1년 반 만이었다. 아내 송희가 자기 아버지에게 조르고 뇌물을 듬뿍 준 결과였다. 도현은 교화소에서 나와 몸을 가누기 어려웠지만 우선 처가에 들러 인사를 했다.

—정말 면목이 없습네다. 용서해 주시라요. 우선 살려주셔서 감사드립네다. 본의 아니게 큰 걱정과 손해를 끼쳤습네다. 참으로 죄송합네다. 열심히 살면서 은혜 갚겠습네다. 그러나 정말 억울하게 잡혀들어간 것입네다.

—그래도 이렇게 살아 나와주니 반갑고 고맙네. 우리도 마음고생이 이만저만 아니었다네. 특히 송희는 너무도 힘겨워했어. 불쌍해서 우리도 죽을 뻔했지라. 제발 정신 차리고 다시는 이런 일 없게 하라우.

—그럼요. 정말 다시는 이런 일 없도록 하겠습네다. 제가 죄인입네다. 아무런 변명도 안 하겠습네다.

도현은 두 달쯤 요양한 뒤 복직하였다. 그러나 옛날의 자기 자리가 아니라 맨 밑바닥에서부터 다시 시작해야 했다. 자기를 밀고한 사람들은 높은 자리에 올라가 있었다. 도현은 가족들 위해 어떻게든 버텨 보려고 했으나 도저히 이 상태로 일을 할 수는 없었다. 이제 북조선에 선 달리 살길이 보이지 않았다. 마음대로 퇴직도 안 되므로 탈북 외에 는 길이 없다는 결론에 이르렀다. 엄청난 반대를 각오하고 송희에게 말했다.

─그간 당신이 날 위해 얼마나 애썼는지 알아요. 고맙고 미안한 마음 형용할 수 없소. 그러나 지금 이대로는 도저히 살 수 없소. 그래서 이 나라를 떠나기로 마음먹었소. 당신도 진지하게 생각해 봐 주면 좋겠소. 내 결심은 변하지 않을 것이니 당신이 날 이해하고 따라주면 좋겠소.

그는 결국 태국을 거쳐 탈북 1년만인 2008년 6월 한국 땅을 밟았다. 아내 한송희와 지호, 지수도 함께였다.

도현은 어느 날 D 신문사의 현인수 기자와 인터뷰를 하였다. 수인 사가 끝나자 현 기자가 물었다.

─ 남한에 오셔서 어려움은 없습니까?

─예. 여러 가지 있지만, 우선 말이 다른 게 있어서 힘들었습니다.

─그렇게 다른 게 많습디까? 어떤 것들이죠? 예를 들면요.

─박띠를 '벨트', 무리등을 '샹드리에', 얼음보숭이를 '아이스크림', 기계삽을 '굴착기', 덧머리를 '가발', 대대를 '계단', 볼우물을 '보조개', 짬수를 '낌새'라 하더라고요. 어느 조선어학자가 그러는데 남북이 2만 단어 이상 다르대요.

─그렇게나 많아요? 하기야 저도 생소한 말이 있네요. 그래 지금은 어려움이 없나요?

―예, 많이 료해됐습네다.

―다행이네요. 아마 외래어도 차이가 날걸요.

―맞아요. 웽그리아를 '헝가리', 뜨락또르를 '트랙터', 뽈스까를 '폴란드', 빠숀을 '패션', 뛰르기예를 '터키', 미누스를 '마이너스'라 하대요.

―한국은 주로 영어 발음을 쓰고, 북한은 러시아 발음을 써서 그럴거예요. 남북한 국어학자들이 남북한의 다른 단어를 찾아 사전을 만들면 좋겠네요.

―맞아요. 그런 게 있으면 많은 도움이 될 겝네다.

―이번에는 북한의 좋은 점을 얘기해 보세요.

―예, 일반 인민들은 순박하고 순수해요. 잇속에 밝지도 않고요. 워낙 심한 감시체계를 만들어놓고 생활총화에서 이웃들을 갈갈이 찢어놓아서 그렇지, 아직 순수함이 남아 있는 분들이 많아요. 인정도 많고요. 경조사에는 모두 발 벗고 나서요. 특히 이웃에서 상을 당하면 내집 일같이 가서 거들고 손님들을 접대하고 그래요.

―아, 예. 그럼 남한에 오신 거 후회는 안 하세요?

―후회라니요. 이곳은 북에 비하면 천국인데요. 우선 자유가 있잖아요?

―그럼 다행입니다.

그러나 5년 뒤 도현과 송희, 그리고 지호, 지수 네 식구는 낯설고 물설은 영국에 왔다. 물론 처음에는 한국에서보다 몇 배 더 큰 어려움이 기다리고 있었다. 한국에선 무엇보다도 말이 통하니까 모든 게 쉬웠고, 실제로 탈북민들을 많이 배려해주었다. 그러나 말도 안 통하는 영국은 여행자로 방문하여 난민신청을 해 놓고 마냥 기다려야 했다. 원래는 정식으로 이민 수속을 밟아 영국에 가고 싶었지만 이민이 생각만큼 쉽지가 않았다.

마침 어느 일요일 뉴몰든 교회에서 안대철이라는 탈북자를 만나게 되어 매우 중요한 정보를 얻었다.

—한국에 계셨다는 건 아예 숨겨야 합니다. 북한에 살다가 가난과 학정에 못 견뎌 탈북했다고 하셔야 합니다. 아주 작은 말실수 하나를 엄청난 죄로 만들어서 교화소에 수감하고 인간 이하의 대접과 영양실조로 죽을 뻔한 내용을 있는 그대로 다 쓰세요. 이유 없이 심한 구타를 당하여 북한을 탈출할 수밖에 없었고, 꼭 영국에서 살고 싶다고도 쓰세요. 만일 난민으로 인정 안 되어 북송된다면 처참한 죽음을 맞이할 수밖에 없으니 선처해달라고도 쓰시고요. 도저히 북한에서 살 수 없었던 내력을 잘 써서 난민신청을 하세요. 신청을 하면 몇 달간 심사를 해서 가부를 통보해 줍니다. 심사위원들이 난민신청을 할 수밖에 없었다고 인정을 해야 하니 그들을 설득할 수 있도록 잘 써야 합니다.

—이런 내용을 모두 영어로 써야 합니까?

—아니요. 한글로 써도 자기들이 영어로 번역하여 읽으니까 그건 걱정 마시고요.

—그럼 난민으로 인정이 되면 어떻게 됩니까?

—그야 영국국민으로 받아주는 거고, 자국민으로 살아갈 수 있게 취업을 하기 전까지는 최소한의 생활비가 지급되지요, 한 달에 2천 파운드 나오니까 알뜰하게 살면 그걸로 충분히 생활이 가능합니다.

—여러 가지 좋은 정보 주셔서 정말 감사합니다.

—예, 잘 되시길 빕니다.

도현과 송희는 안대철이 너무 고마워 어느 날 저녁 초대를 했다. 참으로 오랜만에 김치도 담고, 불고기도 하고, 샐러드도 만들고, 한국에서 가져온 재료로 잡채도 하고 미역국도 끓이고 전도 서너 가지 부쳤다. 음식 같은 음식을 해본 지 얼마 만인지 모른다. 그들은 맛있는 음식을 먹으며 한국 이야기, 북한 이야기, 일본 이야기, 영국 이야기로 시간 가는 줄 몰랐다.

이튿날부터는 다시 한국에서 가져온 돈이 곶감 빼먹듯 줄어드니까 불안하기 이를 데 없었다. 우선 아이들 학교 보내는 일이 급해서 마음은 더욱 조급해지고 속은 타들어 갔다. 매일 기도를 했다. 그러던 어느 날 난민 신청한지 딱 넉 달 열흘 만에 승인이 나고 즉시 푸드 쿠폰과 생활보조비로 2천 파운드가 나왔다. 도현과 송희는 너무도 기뻐 서로 얼싸안고 춤을 추었다. 다사로운 봄볕이 방안 가득 눈부시게 쏟아져 들어왔다.

—우리 이제 여기서도 살 수 있게 됐으니 하느님과 조상님께 감사하며 삽시다.

한 달 후 아내 송희가 제안을 했다.

—그럭저럭 안정도 되었으니까 이젠 좋은 일 좀 해보면 어때요? 그러면 당신이 좀 더 보람있게 살 수 있을 것 같은데요.

—그게 뭔데요?

—음, 이곳 뉴몰든에 사는 한국 사람과 북한 사람 모두를 묶는 모임을 하나 결성하는 거예요. 현재 한인회가 있지만, 친목에만 뜻을 두고 있잖아요? 북한 사람들은 소외되어 있고요. 그런데 좋은 목표만 있으

면 남북한 사람들이 자연스럽게 좀 더 적극적으로 모이지 않을까요?

　—그래, 그 목표가 뭐냐고요?

　—남북통일을 촉진하는 통일마을을 만드는 거예요. 현재의 자기 집에 살면서 넓은 의미의 통일마을에 산다고 생각하게 하는 거지요. 영국뿐만 아니라 독일, 네덜란드, 스위스, 프랑스, 캐나다, 미국 등 구미 각지에 사는 탈북자도 동참시키고, 탈북자가 아니더라도 탈북자 후원단체나 통일을 지향하는 사람은 모두 하나의 사이버통일네트워크, 즉 통일마을 안에 들어와서 대화도 하고, 적극적으로 의견도 개진하고, 아이디어도 내고, 통일을 위한 구체적인 사업도 하고요.

　—할 수만 있으면 좋겠네요. 그래요. 내가 한번 나서 보겠소. 당신 좋은 생각했어요. 한편으론 '세계한민족통일네트워크'를 만들면서 한편으론 한국에 나와 있는 탈북자 자녀들에게 영국에서 영어연수를 할 수 있는 기회를 제공해 주면 좋을 것 같아요.

　—아주 좋은 생각인데요.

　뉴몰든 지역에 살고있는 남북한 사람이 2만 명 정도니까 5천 가구라 치고 그 10분의 1만 참여시켜도 5백 가구가 되고, 한 집에서 두 명의 홈스테이만 해주어도 1천 명의 탈북자 자녀에게 영어연수를 시켜 줄 수 있다는 계산이 나온다. 모두 힘을 합하면 교육비도 후원할 수 있을 것이었다. 영어연수 자체도 의미가 있지만, 우리 한민족이 세계 도처에 있다는 것과 앞으로 통일을 위해 무슨 일이라도 해야겠다는 생각을 할 계기를 만들어 주는 것에 더 큰 의미를 두었다.

　도현은 무엇이든 통일에 보탬이 되는 일을 하고 싶다. '통일'이라는 단어만 들어도 막 가슴이 뛴다. 남북한 국민들보다도 탈북자와 제3,

제4의 신분을 가진 한민족 사람들이 더욱 통일을 갈망한다. 비록 몸은 떨어져 있어도 하나의 통일된 조국을 갖고 싶기 때문이다. 세계지도를 보면 안 그래도 조그만 나라가 두 개로 나누어져 있으니 안타깝기 그지없다. '제발 통일이 되어야 하는데….'

도현은 통일마을의 성격과, 필요성, 앞으로의 활동과제와 통일마을에 입회하는 방법을 일목요연하게 정리하여 SNS에 올렸다.

뉴몰든의 아침이 온 세상의 빛을 다 모아서 한 번에 발산하듯 눈부시게 빛나고 있었다.